KB072126

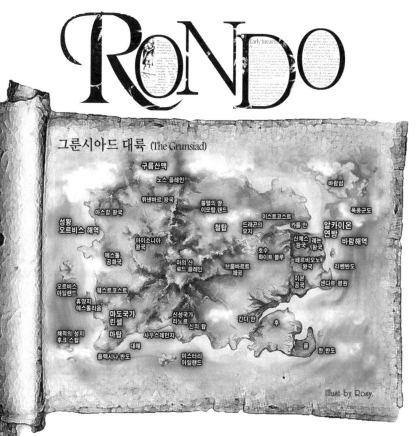

RONDO

그룬시아드 대륙 (The Grunsiad)

구름산맥

노스 플레인

바람섬

뷔넨바르 왕국

불멸의 땅
이모탈 랜드

폭풍군도

아스칼 왕국

성왕
오르비스 해역

철탑

드래곤의
묘지

이스트코스트

카들 만

알카이온
연방

아이소니아
왕국

산체스 레논
왕국 왕국

바람해역

에스톨
공화국

호수
화이트 블루

페르비오노
왕국

리벤반도

마의 산
로드 플레인

브롤바르트
제국

센다르 평원

오르비스
아일랜드

이몬
공국

웨스트코스트

휴양지
에스톨리온

마도국가
린셀

신성국가
라노르 신의 탑

긴다 만

해적의 성지
후크 스웝

마탑

대해

후

들렉시나 반도

사우스레인지

미스터리
아일랜드

울

한 반도

Illust by Rosy.

신성 게임 판타지 소설

FANTASY FRONTIER SPIRIT

론도 4

신성 게임 판타지 소설

초판 1쇄 찍은 날 § 2007년 12월 4일
초판 1쇄 펴낸 날 § 2007년 12월 14일

지은이 § 신성
펴낸이 § 서경석

편집장 § 문혜영
편집책임 § 유혜림
편집 § 서지현

펴낸곳 § 도서출판 청어람
등록번호 § 제1081-1-89호
등록일자 § 1999. 5. 31
어람번호 § 제1-0924호

주소 § 경기도 부천시 원미구 심곡1동 350-1 남성B/D 3F (우) 420-011
전화 § 032-656-4452 팩스 § 032-656-4453
http://www.chungeoram.com
E-mail § eoram99@chollian.net

ⓒ 신성, 2007

ISBN 978-89-251-1062-2 04810
ISBN 978-89-251-0890-2 (세트)

R

론도

신성 게임 판타지 소설

FANTASY FRONTIER SPIRIT

④

진실(眞實)의 장

RONDO

도서출판
청어람

RONDO

Contents

Episode 019.	Spiral waltz	7
Episode 020.	Fingerprints of the Gods	85
Episode 021.	Holy knight	157
Episode 022.	Sirius	219
Episode 023.	Crevasse	295
Episode 024.	The left arm	327
Another Story.	**The winter rose**	357

EPISODE **019**
Spiral waltz

잔디 언덕 위에는 두 남자가 서 있었다. 한 남자는 허리에 낀 상자 속에서 가루 같은 것을 꺼내어 뿌리고 있었고, 다른 한 남자는 그것을 멍하니 지켜보고 있었다. 부드럽게 둘을 휘감던 산들바람의 틈새에서 한순간 격랑이 일었다.

분노가 공기를 전율시킨다.

수련은 다짜고짜 아크에게 다가가 멱살을 거머쥐고 다그쳤다.

"…당신, 지금 무슨 짓이야?"

망막에는 불신이 새겨져 있었다. 아크는 긴 눈꺼풀을 내리깔며 들판 쪽으로 시선을 돌렸다.

순결함의 군상처럼 새파랗게 빛나는 풀잎들. 수련에게 멱살이 잡힌 와중에도 아크는 작은 상자 속에서 끊임없이 가루를 꺼내 쥐어 바람결에 실어 보냈다.

한참이나 숨을 씨근거리던 수련은 치켜든 주먹을 천천히 내리고는 간신히 숨을 진정시켰다. 마지막 희망마저 놓치고 싶지는 않았다. 수련은 숨을 크게 들이키며 입을 열었다.

"지아는……."

"지아는 죽었지."

대답은 너무도 간결하고 빨랐다. 그래서 한순간 그 의미가 이해되지 않았다. 반사적으로 튀어나가는 대답에는 명백한 적의가 스며들어 있다.

"거짓말하지 마."

"사실이다."

아크는 말을 맺으며 자신의 허리에 끼워져 있던 상자와 수련을 번갈아 보더니, 이내 그에게 그 상자를 건넸다. 수련은 떨리는 손으로 그것을 받아 들었다. 상자 안에는 은빛 입자가 고여 있었다.

잠시 침묵이 내려앉았다. 무슨 말을 해야 할까. 어떻게 이런 상황이 만들어질 수 있을까. 수련은 자신의 내부에 고이는 극렬한 모순을 지워내며 어처구니없다는 듯이 웃었다.

"당신, 지금 장난치는 거지?"

그는 이제 아크에게 존댓말을 하지 않았다. 스스로를 통제하기에는 이미 너무나 빗나가 버렸다. 고작 이딴 걸 건네고서 지아가 죽은 것을 인정하란 말인가?

"게임 속에서 장례식이라도 하겠다는 건가. 이게 뭐야, 화장 가루 대신이라도 되나 보지? 빌어먹을. 지금 장난치는 거야?"

처음으로 아크의 두 눈에 슬픈 빛이 떠올랐다.

수련은 흠칫하고 놀랐다. 이걸로 그의 눈빛에서 감정다운 감정을 읽은 것은 두 번째였다. 그리고 적어도 그 감정만큼은 무엇보다도 진실에 가까웠다.

묘한 반발감 속에서, 수련은 거칠게 상자를 집어 던졌다. 무엇 하나 납득할 수 없는 상황. 세상이 미쳐 있는 것 같았다. 잔디밭에 스르르 흩어지는 은빛 입자를 보던 아크가 조용한 목소리로 말했다.

"후회할 텐데."

"닥쳐! 저게 뭐 어쨌다고!"

증오가 스멀스멀 피어올랐다. 소녀의 죽음을 이런 식으로 능멸하다니. 당신의 여동생이잖아, 당신의 사촌 여동생이 죽었다고. 그런데 어떻게 이런 짓을 벌일 수 있지?

이곳은, 게임이란 말이다.

"지금 네가 버린 것은, 지아의 화장 가루가 아니다."

"당연히 아니겠지. 저런 건……!"

"그녀에 관한 기억이지."

순간 솜털이 경직되었다. 수련은 말을 잇지 못하고 멍하니 아크의 이어지는 말을 들었다.

"나는 지금 그 아이에 관한 기억을 버렸다는 이야기다."

무슨 말이지? 그게 대체 무슨 말이야? 물어보고 싶었지만 입이 떨어지지 않았다. 점점 확실시 되어가고 있는 무서운 사실이 몸의 통제권을 사로잡았던 것이다.

지아는 정말로 죽어버렸다.

아크는 소리없이 돌아섰다. 그가 걸치고 있던 회색 망토가 파리하게 휘날렸다. 어울리지 않게도, 그 광경은 그렇게밖에는 설명할 방법이 없었다.

"또 만나지."

아크의 목소리는 먼 메아리처럼 가늘게 들려왔다. 아니, 정확히 말해서 그가 정말 말을 했는지 안 했는지에 대한 확신조차 없었다.

그럼에도 수련은 외쳤다.

"기다려, 신민호!"

수련의 얼굴은 더 이상 괴이쩍을 수 없을 만큼 심각하게 일그러져 있었다. 잔혹한 패배감, 깊은 슬픔, 사무치는 후회. 모든 것이 얽히고설켜 지독한 표정을 자아내고 있었다.

"당신은 아크가 아니야. 신민호지, 그렇지? 빌어먹을 성환 그룹의 회장 신민호지!"

일순간 아크의 몸이 멈추는 듯했다. 그러나 착각이었는지, 그의 몸은 계속해서 멀어져 갔다. 걷고, 걷고, 또 걸어간다. 조금의 후회도 미련도 남기지 않은 거침없는 걸음이었다.

완벽(完璧)이었다.

그의 모습이 능선 바깥으로 완전히 사라질 무렵, 수련은 자리에 주저앉았다.

"나는 지금, 내가 품고 있던 그 아이에 관한 기억을 버렸다는 이야기다."

아크가 남긴 말이 계속해서 귓가에 맴돌았다. 언뜻 뇌리에 스치는 것이 있었다.

"후회할 텐데."

수련은 미친 사람처럼 그가 남긴 상자를 주워 들었다. 이미 고여 있던 은빛 입자는 남아 있지 않았다.

찾아야 해. 그걸 찾아야만 해!

그는 허겁지겁 근저의 땅을 파헤치며 은빛 입자를 찾았다. 그러나 어디에도 없었다.

"제길!"

그의 모습이 걱정되었는지 멀찍이서 상황을 지켜보던 용병들이 다가오고 있었다. 이런 모습을 보이고 싶지 않다. 바보 녀석, 빨리 자리에서 일어나!

풀잎 사이에 고인 은빛 가루들이 눈에 띈 것은 그때였다. 수련은 발작적으로 그 풀에 손을 갖다 대었다.

그리고 바로 그 순간, 기억이 그의 뇌리 속으로 전이(轉移)되었다.

그것은 정확히 말해서 지아의 기억도, 아크의 기억도 아니었다. 그저 이 일과 아무 관계도 없던, 아무 관계도 없어야 했던 한 남자의 기억이었다.

*　　　　*　　　　*

"뭐?"

게임 속에서 죽는다? 유저가 죽는다? 무슨 말이지?

처음 그 말을 들었을 때 스즈하라는 마냥 입술을 깨물 수밖에 없었다. 그런 이야기는 한 번도 들어보지 못했었기 때문이다. 그에게 있어서, 그 것은 불가해한 문장이었다.

"그게 무슨 말이야? 이해하기 쉽게 설명해 줘."

"사람을 죽여라. 게임 속에서."

"뭐야, 그러니까 그냥 게임 속에서 죽이라는 말이잖아? 그런데 왜 이렇게 어렵게 말해?"

"어렵게 말하지 않았다."

남자의 무뚝뚝한 말에 스즈하라는 못마땅한 표정을 지었다. 그는 한국에 온 지 그리 오래되지 않아서 조금이라도 말을 꼬아버리면 알아듣지 못하는 경향이 있었다. 물론 스스로는 전혀 그렇게 생각하지 않았지만.

남자와 스즈하라가 만난 것은 정확히 세 시간 전의 일이었다. 스즈하라는 게임이 좋아서 한국에 입국한 프로게이머 지망생이었다.

'스페이스 오페라'의 등장, 그리고 게임 산업단지의 조성. 마침내 인류 최초의 가상현실 게임인 '론도'에 이르기까지. 그는 눈부시게 약진하는 한국의 모습을 보며, 반드시 한국에 가겠다는 결심을 하게 되었다.

'그리고 프로게이머가 되겠어.'

하지만 막상 입국한 그가 할 수 있는 일은 아무것도 없었다. 한국의 프로게이머들은 강했고, 프로게이머의 세계는 그가 생각했던 것보다 훨씬 혹독했다.

힘들게 커리지 매치를 뚫고 올라가 준 프로의 자격을 얻어도 결국 대회 등지에서 마땅한 성과를 거두지 못하면 무참하게 밟히는 곳이 바로 그 세계였다.

여덟 시간이 넘는 연습량, 조금의 여가 시간도 즐길 수 없는 참담한 준 프로의 현실. 게다가 언어의 차이도 그를 계속해서 괴롭혔다.

한국에 입국한 지 3년이 넘어가는 지금에서야 조금 나아졌지만, 은근히 뒤에서 그를 조롱하는 한국인들의 존재를 알게 될 때마다 참을 수 없는 서글픔이 밀려왔다.

이곳은 파라다이스가 아니야.

그 생각을 한 것이 작년 3월이었다. 그 이후 스즈하라는 프로게이머의 길을 그만두고 거리를 전전하며 노숙자 생활을 했다. 마약을 하고 술에 절어 살게 되는 것은 자연스러운 전개였다.

그러다 얼마 전 알게 된 곳이 바로 노숙자 구호 센터였다.

처음에는 주로 여성 노숙자만을 대상으로 했지만, 최근에는 규모가 크게 확장되어 남녀노소 할 것 없이 받아들이고 있다는 이야기가 있었다.

주머니에 푼돈 하나 없었던 스즈하라는 바로 그곳으로 향했다.

그리고 격리, 감금되었다.

스즈하라는 황당했다. 갑자기 감금이라니? 방에는 최소한의 편의시설과 서적들만이 비치되어 있었다. 텔레비전도, 전화도, 심지어는 냉장고도 없었다.

"무슨 짓이야! 여기 노숙자 구호 센터라며? 날 어서 풀어줘!"

노숙자 구호 센터가 이런 곳인 줄 알았더라면 처음부터 찾아가지 않았을 것이다. 스즈하라는 자신이 왜 감금되었는지조차 알지 못했다. 그와 함께 감금 생활을 하는 노숙자는 총 스무 명. 개중에는 소년도 있었고, 노인도 있었으며, 심지어는 소녀까지 있었다.

"여, 스미마셍?"

용케도 스즈하라가 일본인이라는 것을 눈치 챘는지, 중년인 하나가 다가와서는 이를 드러내며 깝죽거렸다. 스즈하라는 불쾌한 기색으로 답했다.

"한국말 할 줄 알아."

"오, 그래?"

중년인은 소년 하나를 데리고 있었다. 아버지와 아들일까?

그것까지는 알지 못했다. 남자는 자기가 일본 만화를 굉장히 좋아한다면서 헛소리를 늘어놓기 시작했다.

"남자라면 역시 불꽃이지! 불꽃 남자!"

"시끄러워."

사이코가 분명했다. 스즈하라는 그를 완전히 무시하기로 마음먹었다. 격리 공간에서의 식사 시간은 늘 정해져 있었다. 7시, 12시, 그리고 6시. 시간이 될 때마다 늘 종이 울렸고, 종이 울리면 사람들은 번개처럼 식사를 받기 위해 강철문 앞의 작은 배식 구멍으로 몰려갔다. 스즈하라는 파블로프의 개가 된 기분이었다.

대체 뭐야, 우리를 시험이라도 할 생각인가? 그는 문득 언젠가 책에서 읽었던 스탠포드 감옥 실험이 떠올랐다. 설마 그걸 한국에서 재현할 생각일까?

설마하는 우려가 스치며 이내 마음이 착잡하게 가라앉았다. 아무리 그래도 죽이지는 않을 것이다. 그리고 그런 실험을 한다면 적어도 돈을 줄지도 모르는 일 아닌가.

스즈하라가 그런 생각을 하고 있을 때, 멀리서 노숙자 몇 명이 모여 일을 벌이는 것이 눈에 띄었다. 그는 호기심에 자리에서 일어나 그쪽으로 다가갔다. 옆에서 말소리가 들렸다. 예의 소년과 자칭 불꽃 남자 중년인이었다.

"아저씨, 저거 말려야 되는 거 아니에요?"

"쟤들이 옷이냐? 말리게."

"지금 그런 말이 나와요?"

소년이 황당하다는 목소리로 투덜거리는 동안, 스즈하라는 노숙자 무리 사이로 더욱 접근했다. 자세히 보니 안쪽에서 여고생으로 보이는 노숙자 하나가 집단 성추행을 당하고 있었다.

이 방에서 여자는 그녀 하나뿐이다. 그렇다면 이 상황이 어떻게 된 것인지는 불 보듯 빤했다. 하지만 스즈하라는 그들을 말리지 않았다. 오히려 운이 좋다는 생각까지 했다. 어쩌면 그도 한판 뛸 수 있을지 모르는 일 아닌가.

울먹이던 소녀의 눈은 이제 퀭하게 변해 있었다. 때 묻은 그녀의 나신이 형광등의 불빛 아래 축 늘어져 있다. 스즈하라는 침을 꿀꺽 삼키면서도 강한 저항감 같은 것을 느꼈다.

이러면 안 된다는 것을 잘 알면서도 자신을 조절할 수가 없었다.

나는 이미 이 집단의 일부야. 남들이 다 하는데 나라고 안 할 수는 없잖아? 그래, 나도 해야 해. 맞아, 이건 실험의 일부일 거야!

그렇다면 동참해 줘야지.

그런 마음을 먹고 다시금 한 걸음을 내딛는 순간, 뒤에서 소년의 목소리가 들려왔다.

"일본인 아저씨, 실망인데요."

고개를 돌리니 그곳에는 소년의 경멸 어린 눈동자가 자리 잡고 있었다. 스즈하라는 본능적으로 어깨를 움츠렸다. 그런 눈으로 보지 마. 네가 이상한 거라고. 난, 난…….

죄악감이 수축된 심장을 집어삼킨다.

…난 쓰레기야.

그 순간 강철문의 커다란 경첩 소리가 울렸다. 노숙자들은 소녀의 육체를 탐닉하다 말고, 멍한 표정으로 그곳을 바라보았다. 아직 식사 시간이 아닌데?

아니, 그보다 지금 철문이 열린 건가?

뇌가 사태를 파악하기까지는 몇 초가 더 걸렸다.

'탈출할 수 있을지도 몰라.'

최초로 문을 향해 달려간 노숙자를 필두로, 소녀를 내팽개친 노숙자들이 줄지어 문을 향해 내닫기 시작했다. 스즈하라는 아쉬운 눈으로 소녀의 몸을 흘끗 보고는 그 무리에 합류하기 위해 뛰어들었다.

마지막으로 돌아보는 순간, 자신의 재킷으로 소녀의 몸을 덮고 부축해 주는 소년의 모습이 망막에 잡혔다. 온몸에 전류가 흐른다. 스즈하라는 양심을 찔러대는 고통을 애써 외면하며 걸음을 빨리 했다.

노숙자들의 무리는 좀처럼 앞으로 나아가질 못하고 있었다. 누군가 막고 있는 것일까? 의문은 곧 해소되었다. 앞줄에서 비명 소리가 연신 울려 퍼지더니, 이내 노숙자들의 몸이 썩은 짚단처럼 축축 늘어지기 시작했던 것이다. 누군가가 폭력을 행사하고 있었다.

겁먹은 스즈하라는 두어 걸음을 물러섰다. 어느새 그의 앞에 있던 노숙자도 바닥에 쓰러졌다. 이젠 그의 차례다. 사시나

무처럼 몸을 떠는 스즈하라의 앞에 검은 정장의 사내가 나타났다.

"당신이 스즈하라인가?"

그게 스즈하라와 남자의 첫 만남이었다.

스즈하라는 작금의 상황이 좀체 이해되지 않았다. 왜 여기에 끌려왔는지는 차치하고, 그 많은 노숙자들 중에서 왜 그만을 따로 불러낸 것일까?

빠르게 걸음을 옮기는 남자는 이상하게도 초조해 보였다. 뭔가에 쫓기는 사람 특유의 분위기가 조금씩 새어 나오고 있었다. 뭔가 급한 일이 있는 걸까?

검은 정장 사내는 그런 스즈하라의 의문을 아는 듯 모르는 듯 자신이 할 말만을 계속해서 했다.

"커리지 매치를 통과해 프로 자격증을 땄더군. 그런데 왜 이 모양이 됐지?"

"프, 프로… 실패한 게이머의 말로는 대개가 그렇지."

스즈하라는 자신이 무슨 말을 하는지도 모르는 채 그런 어휘들을 쏟아냈다. 남자의 눈빛을 보려고 했으나 선글라스를 끼고 있어서 알 수가 없었다. 마치 무심함의 군상 같다.

한참이나 남자의 눈치를 보던 스즈하라는, 남자가 서류철만을 넘기며 아무런 질문도 하지 않자 조금씩 마음이 안정되기 시작했다. 스즈하라는 생각했다.

'잠깐, 이 녀석들이 나를 필요로 하는 거라면…… 오히려 주도권은 내가 잡고 있는 것이 아닌가?

그러나 스즈하라는 이내 그 생각을 지워 버렸다. 이곳은 평범한 노숙자 보호시설이 아닌 것 같았다. 그들이 마음만 먹으면 일본인 불법 체류자 하나쯤은 손쉽게 처치할 수 있을 것이다.

상상이 거기에 미치자 두려움이 엄습했으나 이내는 어차피 이렇게 된 거 궁금한 거라도 알아야 되지 않겠느냐는 생각이 들었다.

"여긴, 여긴 어디지?"

스즈하라는 자신의 말투에 당혹스러움이 서려 있지 않기를 기도하며 남자를 정면에서 바라보았다. 그의 용기에 남자는 순간 놀랐는지—표정은 알 수 없었으나 아마 그런 것 같았다— 스즈하라를 잠시 바라보더니, 이내 피식 웃었다.

"노숙자 구호 시설이지."

"아닌 것 같은데."

스즈하라는 어눌한 한국어로 잘도 말을 이어나갔다.

"노숙자들을 저렇게 가두어두는 것은 불법이다."

"그렇지. 하지만 상관없어. 노숙자니까."

순간 거대한 혼란이 스즈하라의 머릿속을 뒤덮었다. 남자의 논리가 차갑고 치밀하게 그의 가슴을 옥죄어오고 있었다. 노숙자니까. 그의 끝말이 계속해서 메아리쳤다.

노숙자니까? 노숙자가 어때서?

그들은 대체 어떻게 되는 거지? 그리고 나는?

남자의 말이 격랑을 비집고 귓가를 울렸다.

"만약 재기의 기회를 준다면, 어떤가."

"재기?"

스즈하라는 그런 단어는 처음 듣는다는 목소리로 반문했다.

"프로게이머로 다시 데뷔할 수 있게 해주겠다는 말이다. 그것도 아주 화려하게 말이지."

남자의 보상 방법은 두 가지였다. 막대한 부, 아니면 프로게이머로서의 화려한 데뷔. 스즈하라는 둘 중의 하나를 선택해야만 했다. 꿈이냐, 아니면 현실이냐의 문제와도 같았다.

스즈하라는 고민 끝에 돈을 선택했다. 그는 스스로 자신에게 재능이 없다는 것을 알고 있었다. 아무리 좋은 팀에 들어가서, 좋은 대접을 받아도 결국 성적을 내지 못하면 떨어지는 것이 프로게이머의 현실이다. 돈을 택하는 순간 남자의 표정에 기묘한 웃음이 번진다. 참담함이 가슴을 적셨다.

약 2주의 시간 동안, 스즈하라는 주지육림 속에 빠져 살았다. 그곳은 론도라는 게임 속이었다. 하지만 게임 속이라도 좋았다. 현실보다 훨씬 예쁜 여자들이 있고, 맛있는 음식들이 있었다.

고통 하나 없는 완전한 유토피아! 그곳이 바로 론도였다. 하렘가의 포주들은 그가 가는 길목마다 나와서 반겼고, 그는 검은 정장의 남자가 준 게임 머니를 펑펑 쓰고 다녔다.

아무런 아픔도 없고, 상처도 없다.

세상은 온통 즐거움으로 가득 차 있다!

그를 상대해 주는 여자들 또한 자신들의 행위에 대해 전혀 부끄럼이나 수치심을 느끼지 않는 것 같았다. 그녀들은 이곳에서 나가는 순간 완전히 다른 사람이 되는 것이기에.

하지만 정말 그녀들은 다른 사람이 되는 걸까. 그럼 지금 내가 상대하고 있는 여자들은 대체 누구지?

환락의 와중에도 그는 그런 생각을 했다. 죄책감은 없었지만 마음속에서는 무분별한 혼란의 꽃이 피어나고 있었다.

기묘한 찝찝함. 그 낯선 감정만큼은 끝내 덜어낼 수 없었다. 쾌락이 지속되는 동안 일시적으로 그 감정을 털어버릴 수는 있었지만 끝끝내 잊어버릴 수는 없었다.

'최소한의 양심 같은 것일까.'

그건 인간인 이상 어쩔 수 없는 거겠지. 스즈하라는 그렇게 생각하며 당장의 현실을 즐기기로 했다.

남자가 찾아온 것은 게임 시간으로 약 2주가 지난 뒤였다.

"유희는 잘 즐겼나? 이제 갈 시간이다."

남자는 게임 속에서도 똑같은 모습이었다. 그는 주변을 몹시 경계하며 세심하게 살피고는, 스즈하라에게 몇 가지 아이템과 두둑한 자금을 건네주었다. 건네준 아이템은 모두 최고급으로 꼽기에 무리가 없는 것들이었다. 그것들만 현금으로 처분해도 상당한 돈을 벌 수 있을 것이다.

스즈하라는 아무래도 불안해졌다. 고작 게임에서 사람 하나를 죽이는 데 이렇게 많은 돈을 주다니. 남자의 품속은 도라에 몽의 주머니라도 되는 것처럼 계속해서 물건이 쏟아져 나왔다.

"그리고 이것."

그는 마지막으로 단검 하나를 건넸다. 기이한 오오라가 흐르는 흑색의 단검이었다. 재질도 알 수 없었고, 마감 재료도 다른 무기들과는 다른 것 같았다.

"이건?"

"이걸로, 목표를 죽여라. 반드시 이걸로 죽여야만 한다."

단검의 서슬에는 불길함이 감돌고 있었다. 스즈하라는 꺼림칙한 표정으로 그것을 받아 들며 물었다.

"누군진 모르겠는데, 그 유저를 죽이면 되는 거지? 그 유저를 죽이면 다시 이 생활을 할 수 있는 거지?"

"그렇다."

남자는 목표의 아이디와 생김새가 그려져 있는 종이를 건네주었다. 스즈하라는 지금 그것을 펴볼까 망설이다가 그냥 품속에 넣었다. 지금 열어보면 왠지 좌절할 것 같은 기분이 들었던 것이다. 흉악하게 생긴 놈이면 자신감이 없어질 것 같다. 그 모습을 본 정장 남자의 표정이 약간 굳었다.

"지금 보고 외운 후 태워라. 갖고 있으면 안 돼."

"알았어. 가기 전에 다 보고 태울게."

"지금 태워라."

남자의 강경한 태도가 스즈하라의 반발을 샀다. 그는 내키지 않는 얼굴로 종이를 펴는 척하며 궁금한 것을 물어봤다.

"매일 접속해 있어야 해? 로그아웃은 어떡하고?"

"임무를 완수하기 전까지는 로그아웃할 수 없다."

"뭐? 그럼 난 죽잖아!'

"네 큐브는 현실 시간으로 일주일 이상 가수면 상태에서 게임을 할 수 있도록 특수 제작되어 있다. 영양분은 링거를 통해 공급될 것이고, 생리적인 문제도 자연히 해결되도록 만들어놓았다."

잠깐, 그건 불법이잖아? 그런 짓을 하면 게임 회사에서 화낼지도 모른다고! 스즈하라는 그런 말을 하고 싶었으나 선뜻 그에 맞는 한국어가 떠오르지 않아서 입을 다물고 말았다.

"기한은 한 달이다."

그 말에 스즈하라는 반사적으로 몸을 움츠렸다.

한 달이나 필요할 만큼 강자인가?

"일찍 끝내면 다시 이 생활로 돌아올 수 있는 거지?"

그 남자는 잠시 침묵하더니 고개를 끄덕였다.

"물론이다."

스즈하라는 그의 확언에 안도했다. 그렇다면 상관없지. 설마 한 달이나 필요하려고. 얼른 끝내버리고 이곳으로 와야지.

그는 그런 생각을 하며 종이를 펴서 목적지를 확인했다. 페르비오노의 변경 마을인 '리저브'라는 곳이었다.

'내키지 않아.'

목적지까지 걸음을 옮기는 동안, 스즈하라의 마음속은 그 다섯 음절의 문장만이 빼곡하게 차올라 있었다. 목표의 얼굴을 확인하는 순간부터였다.

아스라이 반짝이는 백금발, 세류를 깎아 빚은 듯한 투명한 눈망울, 새하얀 피부. 보기만 해도 가슴이 떨리는 미소녀였다.

"한국인들은 매너가 없군. 미소녀와 미녀는 어떤 일이 있어도 건드려선 안 된다는 사실을 모르는 건가."

스즈하라는 그렇게 말도 안 되는 넋두리를 하며 자신을 위로했다. 그는 이것저것 가릴 수 있는 상황이 아니었다. 끓으라면 끓어야 한다. 죽이라면 죽여야 한다. 놓칠 수 없는 기회다.

그의 인생이 바뀔 수도 있다.

'하지만, 아무리 그래도 이건…….'

그러는 사이에도 마을은 시나브로 가까워지고 있었다.

이젠 정말 돌이킬 수 없다.

마을로 가는 내내 스즈하라는 검을 휘두르는 연습을 했다. 누군가에 의해서 조작된 버그 캐릭터인지, 능력치와 숙련이 비정상적으로 높았다. 그럼에도 그는 적응을 게을리 하지 않았다.

실제 감각과 캐릭터 간의 격차를 최대한 좁혀놓기 위해서는 캐릭터의 움직임 자체에 익숙해질 필요가 있었던 것이다. 게다가 상대가 아무리 연약한 소녀라고 해도 그렇게 간단한 임무였다면 이런 장비들을 세팅해 줄 리가 없었다.

소녀가 엄청난 강자라거나 하는, 가정 또한 하지 않을 수 없었다. 물론 소녀의 사진 어디를 훑어봐도 그런 느낌은 받을 수 없었지만.

'아이디가…… 서지아, 라고 했나?'

스즈하라는 자신의 모든 상상력을 동원해서 현 사태를 추리했다. 어쩌면 검은 정장의 남자는 게임 속 어느 길드의 사주를 받았는지도 모른다. 혹은 복수일 수도 있다. 길드전에서 졌다거나, 공성에서 패배했다거나, 얼마든지 이유가 있을 수 있다.

소녀는 어쩌면 거대 길드와 관련되어 있거나, 적의 길드 마스터가 아끼는 연인이나 여동생일지도 몰랐다. 잘은 모르겠지만 아마도 하찮은 복수일 테지.

하지만 현실에서의 남자를 떠올리는 순간, 그런 가설들이 전부 설득력을 잃어버렸다. 이건, 그렇게 간단한 일이 아니다. 남자는 왜 그를 찾은 것일까.

남자는 분명 '스즈하라'를 찾았다. 스즈하라는 데카르트의 코기토처럼 하나의 절대명제를 놓고서 사유를 시작했다. 문득 철학자가 된 느낌이라 가슴이 뿌듯해졌다.

왜 하필 그 수많은 노숙자들 중에 그, 스즈하라였을까. 다른 노숙자들과 그의 차이점이 뭘까? 의외로 해답은 너무 쉽게 나왔다.

그는 프로게이머였다.

일반 대중들은 프로게이머를 상당히 얕잡아본다. 단순히 게임만 열심히 하면, 혹은 좋아하기만 하면 될 수 있는 직업이라

착각하기도 한다. 오산도 그런 오산이 없다. 프로게이머는 그렇게 쉬운 직업이 아니다. 수많은 아마추어 고수들이 프로의 문을 끝내 넘지 못하고 좌절하는 것만 봐도 알 수 있었다.

2010년 이후로 프로게이머 자격증 취득이 훨씬 어려워진 탓에, 매년 상당 숫자 배출되던 합격자의 수 또한 대폭 감소하여 그 등용문은 더욱 좁아져 있었다. 재능이 없던 스즈하라가 그 벽을 넘어선 것은 거의 기적에 가까운 일이었다.

프로게이머는 세상에 있는 어떤 게이머보다 게임에 대한 적응력이 강한 인간들이다. 예컨대 취미로 소설을 쓰는 사람과 직업적으로 소설을 쓰는 사람에 비유할 수 있겠다. 취미로 쓰는 사람은 그냥 쓰고 싶은 이야기를 쓰게 된다. 이 이야기도 써보고, 저 이야기도 써보고…… 하지만 전업 소설가는 다르다.

매일 새롭고 더 참신한 표현, 어휘를 찾기 위해서 궁리하고 하루도 빠짐없이 책을 읽고 습작을 하는가 하면, 흐름과 스토리라인, 캐릭터와 세부 플롯 하나까지도 꼼꼼히 연구를 한다. 개연성에 문제는 없는지, 독자들을 어떤 장면에서 사로잡을지…….

그게 일반 아마추어 고수와 프로게이머의 결정적인 차이다. 그리고 그 자세의 차이, 정신력의 차이가 둘의 격차를 만들어놓는다.

쉽게 말하면 목숨을 거는 것이다.

스즈하라는 문득 자신과 비슷한 처지에 있는 다른 프로게이머들도 비슷한 의뢰를 받았을지도 모른다는 생각이 들었다.

조금씩 두려움이 피어올랐다. 발을 잘못 디딘 것 같았다. 상황은 어딘가 본질적으로 뒤틀려 있었다.

리저브에 도착한 것은 여행 시작 후 정확히 일주일 만이었다.

온기를 머금은 부드러운 바람이 잔디에 파랑을 일으키며 스쳐 갔다. 하늘은 한없이 높고 파랗기만 했다. 닿을 수 없는 이상마냥, 그곳에서 묵묵히 스즈하라를 방조하고 있었다. 잡을 테면 잡아봐, 하지만 잡을 수 없지. 마치 그렇게 말하고 있는 듯하다.

"너무나 아름다운 가짜로군."

스즈하라는 자조하듯 말했다. 하늘은 가짜다. 이 세상은 존재하지 않는다. 그런 하늘이 비웃음을 품고 있다니, 이런 부조리가 또 어디 있을까. 가짜에게 업신여겨지는 그의 존재는 대체 어떤 가치가 있는 걸까.

고개를 넘자 녹빛 잔디가 지평선을 메우고 있었다. 스즈하라는 나직한 탄성을 터뜨리며 그 언덕 위에 서서 아래를 내려다보았다. 숨이 확 트일 만치 상쾌한 감각이 차 오른다.

그때, 바람 소리 사이로 인기척이 끼어들었다. 아니, 인기척이라고 말하기엔 너무나 자연스러운, 하지만 무언가의 독보적인 개성을 품은 기척이었다. 스즈하라는 천천히 고개를 돌렸다.

소녀가 그곳에 있었다.

하늘하늘한 귀밑머리를 쓸어 넘긴 소녀의 긴 금백발이 바람결을 따라 쏟아지듯 넘쳐흐르고 있었다. 살짝 벌어진 입술, 잘 만들어졌다고밖에 할 수 없는 섬세한 눈썹과 투명한 두 눈.

스즈하라는 순간 숨이 턱하고 막혔다. 이런 여자 아이가 이 세상에 정말 있구나. 만화에나 나오는 이야기가 아니었구나.

그가 한국에 오고 나서 가장 먼저 깨달은 명제는 '한국에는 예쁜 여자들이 많다' 라는 것이었지만, 지금 눈앞에 있는 여자 아이는 그런 여자들 중에서도 단연 독보적인 아름다움을 갖고 있었다. 세상 그 어떤 순수를 빗대어도 은유할 수 없는 미(美). 스즈하라는 감각을 넘어선 경외를 느꼈다.

그 순간 시선이 마주친다. 망막에 서로가 발을 딛고 서 있는 풍광이 비친다. 마주 본다는 것이 이렇게 신비로운 것이었던가. 소녀의 입술이 빠끔거린다 싶더니 이내 어휘가 흘러나왔다. 소리는 바람에 먹혀 잘 들리지 않았다.

'안녕하세요.'

분명 그렇게 말한 것 같았다. 스즈하라는 자기도 모르게 왼손을 들어 안녕, 하고 말했다. 통역 시스템을 켜놓지 않아서 얼떨결에 일본어가 흘러나왔다는 것도 알지 못했다.

소녀가 희미하게 미소 지었다. 그리고 스즈하라는 그 순간에야 잔혹한 사실을 깨달았다. 멍하던 뇌 속에 차갑고 따가운 소금물이 가득 찬 느낌이었다. 어떻게 그토록 가혹할 수 있을까.

그는 눈앞의 소녀를 죽여야만 하는 것이다.

변경 중에서도 극 변경에 속하는 리저브는 고요했다. 유저
의 숫자가 슬슬 안정권에 접어들자 상주 인구가 자연히 수도
급의 대도시들로 집중되었던 탓이다.

물론 이런 목가적인 풍경을 좋아하는 유저들도 많았지만,
대륙의 크기와 유저들의 접속 시간을 감안하면, 이런 자그마
한 마을에서는 좀처럼 사람과 조우하기가 어려운 것이 보통이
었다.

더군다나 리저브는 로드 스트림과 붙어 있는 지역이기에,
유저들은 굳이 위험을 감수하여 로드 스트림을 건너기보다는
최근 통행로를 뚫은 이온 공국 쪽을 경유해서 페르비오노로
진입하는 것을 더 선호했다.

스즈하라는 소녀의 뒤를 쫓아 인적없는 거리를 걸었다.

바로 앞에서 소녀의 하얀 원피스 뒷자락이 팔락거리는 것을
보면서도 스즈하라는 그녀를 죽여야 한다는 생각을 떠올리지
못했다. 설명할 수 없는 감각이었다. 머릿속에 두 개의 뇌가
있고, 그것이 서로 얽혀 사고를 마비시켜 버린 듯했다.

어떻게 이럴 수가 있을까, 부유하듯 떠다니는 그 문장을 간
신히 낚아챘을 때는 자신감 같은 것이 부풀어올랐다. 그렇다,
지금 소녀를 죽이는 것은 중요하지 않다.

한 달.

그제야 스즈하라는 남자가 한 달을 준 이유가 조금씩 이해

되기 시작했다. 심지어 한 달이 아니라면 이 소녀를 죽인다는 것은 불가능하게까지 여겨졌다.

'아니, 불가능하지 않다. 나는 지금이라도 널 죽일 수 있어.'

스즈하라는 각별한 아름다움이 깃든 소녀의 등을 보며 반발하듯 속으로 뇌까렸다. 그것은 내면의 작은 항거 같은 것이었다. 그는 분명하게 믿었고, 그 믿음은 여유를 낳았다.

그는 언제라도 소녀를 죽일 수 있다.

소녀는 어딜 봐도 강해 보이지 않았다. 가는 팔과 다리는 한없이 연약해 보였고, 육체는 조금이라도 부딪치면 부러질 것처럼 가냘팠다. 결정적으로 소녀의 직업은 신관인 듯했다. 신관이 아무리 강하다고 해도 능력치를 비롯한 모든 측면에서 익스퍼트 최상급을 넘나드는 검사 스즈하라를 당해낼 수 있을 리가 없었다.

처음에는 어딘가 이 소녀를 지키는 사람이 있을지도 모른다는 상상에 경계를 곤두세웠으나, 이내 그런 일이 있을 리 없다는 생각에 사로잡혔다.

마을은 한없이 고요했고, 소녀는 외로워 보였다.

그것은 감싸고 싶을 만치 애절한 외로움이었다. 우수에 차 있는 동공은 항상 어떤 기치를 향하고 있었고, 망막에 아로새겨진 어두운 커튼을 들추면 그녀가 그리던 어떤 인영(人影)이 당장이라도 나타날 것만 같았다.

소녀는 그가 따라오든 말든 별로 신경 쓰지 않는 눈치였다.

분주하게 놀리는 발걸음에는 깊은 여유가 잠재되어 있었다.

그녀는 도망갈 생각이 없다.

사고가 거기에 이르러서야, 스즈하라는 간신히 그 외의 주변을 살필 여유를 가지게 되었다. 그리고 기묘함은 그때서야 그의 내면을 파고들었다.

희미한 생동감으로 가득 차 있는 거리였다. 그는 알지 못하는 에너지가 소녀를 중심으로 이 마을에 흐르고 있었다. 텅 빈 공백, 채워지지 않는 허무. 극단에 선 그리움.

마을의 모든 것이 위태위태해 보였다. 얼기설기 만들어진 박공지붕과 누추한 담벼락, 손질되지 않은 작은 화단의 꽃잎 하나에서도 그런 위태로움이 느껴졌다. 손을 내밀어 잡아주지 않으면 쓰러질 것 같은 붉은 장미 송이들.

에너지는 손에 잡힐 듯 분명하게 흘렀다. 이 에너지는 대체 어디서 나오는 걸까?

"또 왔구나, 지아야."

스즈하라는 그 목소리를 듣고 흠칫 놀랐다. 그러나 이내 안도했다. 유저가 아니었다.

'뭐야, NPC였잖아.'

머리 위에 자그맣게 떠 있는 문자를 확인한 스즈하라는 속으로 한숨을 폭 내쉬었다.

"그래, 오늘도 밀가루를 달라고?"

"네, 빵을 만들 거예요."

"잘 만들어지면 나도 하나 맛보게 해주려무나."

소녀는 꾸벅 인사하며 20카프 상당을 지불하고서 밀가루를 받아 들었다. 그 하얗고 조그만 손에 가득 쥐어진 밀가루를 보는 순간, 잘못 끼워진 블록을 보는 듯한 느낌에 사로잡혔다.

이상한 광경이었다.

물론 유저와 NPC가 서로 허물없이 지내는 경우는 제법 많았다. 하지만 아무리 친해도, 결국은 유저와 NPC에 불과하다. 유저들은 무의식, 혹은 속으로 그런 생각을 잊지 않고 있는 것이다.

'NPC는 살아 있지 않다.'

하지만 살아 있음과 살아 있지 않음의 경계는 대체 어떤 것일까? 스즈하라는 얼마 전 텔레비전에서 보았던 '존재 토론'에 관한 이야기가 떠올랐다. NPC와 유저는, 대체 어떻게 다른 것일까?

'사람은 숨을 쉬잖아.'

숨은 동물들도 쉬어. 그리고 NPC들도 이 세계에서는 숨을 쉬지.

'생각을 하잖아.'

NPC들도 생각을 해.

'우리는 기억을 하고 있어. 서로를 기억하지.'

NPC들도 기억을 해. 서로를 기억하고, 알아보지.

'태도가 달라. 이 세계에 대한 태도. 삶에 대한 태도 말이지. 유저에게 있어서 이 세계는 한낱 유희에 지나지 않고, NPC에게 있어서는 진짜 삶이지.'

그 말이 맞았다. 하지만 그 사실을 인정하는 순간 스즈하라는 두려움에 잠겨들었다. 만약 NPC와 유저를 구분하는 선이 그 태도의 차이라고 한다면, 그 경계가 사라지는 순간 유저와 NPC에 대한 구별은 어떻게 이루어질 수 있는 걸까?

만약 유저가 '이 세계'에서 진짜 삶을 살아가야 한다거나, 혹은 우리가 살아 있는 공간이 사실 '게임 속'이었다면, 인간은 과연 그때도 자신이 NPC가 아니라 인간이라고 주장할 수 있을까?

흐릿한 뭔가가 또렷해진다 싶더니 상념 사이로 목소리가 비집고 들어왔다.

"또 오너라."

"고맙습니다, 아저씨."

소녀는 생긋 웃으며 인사했다.

그녀의 태도는 본질적인 면에서 일반적인 유저들과는 달랐다. 딱히 '이 부분에서부터 다르다!' 하고 지적할 수 있는 성질의 것이 아니었다. 사소한 행동, 작은 배려, 그리고 몸짓.

스즈하라는 어떤 신선함과 공포를 동시에 느꼈다.

이 소녀는, 자신과 NPC를 동일시(同一視)하고 있다.

소녀는 아연하게 서 있는 스즈하라를 돌아보았다. 나직하고 고운 미성이 울렸다.

"도와줄래요?"

잠시 후,

"그러니까, 이렇게?"

스즈하라는 열심히 밀가루를 반죽하고 있었다. 스스로가 뭘 하는지도 모른 채 정신없이 반죽을 주무르고 또 주물렀다. 그 서투른 동작을 보며 소녀가 웃었다.

"아저씨 되게 못한다. 그죠?"

"아저씨 아냐."

"그럼요?"

태연한 물음에 스즈하라는 당황했다. 막상 그렇게 물어오니 뭐라고 답해야 할지 알 수 없었다. 청년? 남자? 나는 대체 뭐지?

난처해하는 그를 소녀가 도와주었다.

"이름."

"아, 스즈하라. 스즈하라 류스케."

그 어눌한 대답에 소녀는 약간 놀라는 것 같았다. 놀랄 만도 하지. 일본 사람이니까. 하지만 이내 개의치 않는 표정이 되었다.

"그렇군요. 좋은 이름이네요."

한국인들은 일본을 싫어하는 걸로 알았던 스즈하라로서는 조금 뜻밖이었다.

소녀는 그 이상 아무것도 묻지 않았다. 스즈하라 류스케. 소녀는 입술을 작게 우물거리며 되뇌었다.

귀여웠다. 스즈하라는, 이미 알고 있음에도 의심을 사지 않기 위해 질문을 던졌다.

"네 이름은?"

"지아. 서지아예요."

소녀의 작은 등을 볼 때마다 스즈하라는 욕구에 휩싸였다.

'찔러.'

저 등만 찔러 버리면 그는 다시 향락과 쾌락에 젖은 생활 속으로 돌아갈 수 있었다. 하지만 지아가 고개를 돌려 그를 보는 순간이 되면 정작 그 상상들은 마음속의 빈틈 속으로 마법처럼 빨려 들어가 버렸다. 마치 처음부터 존재하지 않았던 것처럼.

"맛있어요?"

"응, 맛있어."

그는 소녀가 건넨 빵을 씹으며 말했다. 그리고 그럴 때마다 이해할 수 없는 감정에 젖어들었다. 그와 소녀 사이에는 어떤 절대 선 같은 것이 그어져 있었고, 그것을 넘지 않는 한 그와 소녀는 언제까지나 이렇게 지낼 수 있을 것 같다는…….

한 달.

스즈하라는 다시 그 단어를 되새기며 고개를 저었다. 한 달이 되기 전에 그는 소녀를 죽여야 했다. 슬픈 이별이 찾아올 것이다.

하지만 그걸 알면서도, 그는 소녀를 죽일 수 없었다. 단지 게임일 뿐인데, 아니, 오히려 게임이기에.

조금만 더 그녀를 지켜보고 싶다. 조금만 더 이렇게 있고 싶다. 그 작은 욕심이 그녀를 향해 서슬을 겨누는 것을 막고 있었다.

'그래, 어차피 죽일 거라는 사실에는 변함이 없다. 그렇다면 언제 죽이냐 하는 문제는 그리 중요한 것이 아냐.'

그는 그렇게 스스로를 위로하며 빵을 빚는 소녀의 고운 얼굴을 지켜보았다.

스즈하라가 그 남자를 만난 것은 소녀와 만난 첫날이 저물던 무렵이었다. 빵을 다 만든 지아는 손을 후후 불며 부드러운 종이로 빵을 감싸서 어딘가로 발걸음을 옮겼다.

소녀는 마을 밖으로 나가서 잔디 언덕을 향했다. 일정한 보폭이 축적될 때마다 스즈하라는 조금씩 불안해졌다. 빵을 누군가에게로 가져가고 있었다. 하지만 누구에게?

마을 밖에는, NPC가 없는데?

궁금증은 금방 풀렸다. 놀랍게도 언덕 위에는 한 남자가 서 있었던 것이다. 온몸을 흰 빛이 감도는 도포로 감싼 그는 그 공간을 지배하는 절대자처럼 고고히 스즈하라를 내려다보고 있었다.

그 공간에 들어서는 순간, 스즈하라는 솜털이 삐죽 서는 것을 느꼈다. 대기가 확연히 다른 어떤 기운 같은 것을 품고 있었다. 몸을 짓누르는 중력이 두 배쯤 증가한 것 같았다.

"오셨군요, 아가씨."

"백호 아저씨."

소녀는 옅게 웃으며 남자를 향해 웃어 보였다. 남자는 지아에게서 빵을 건네 받으며 희미하게 웃어 보였다.

"고맙습니다."

사람 좋아 보이는 얼굴이었다. 깨끗하게 깎은 수염과 잘 손질된 턱이 무척이나 깔끔한, 동시에 헌앙한 인상을 주는 사내였다.

그 순간, 전신의 세포가 바싹 오그라들었다.

"저분은?"

"아, 스즈하라씨. 조금 전에 만난 분이세요. 빵 만드는 걸 도와줬어요."

소녀가 그 말을 하지 않았더라면 어떻게 되었을까. 스즈하라는 문득 서늘해진 목 주변에 손을 갖다 대었다.

남자는 자신을 베려고 했다.

스즈하라는 침을 삼키며 고개를 살짝 숙여 보였다.

'나보다 강한가?'

그럴 리 없었다. 그는 최상위급의 랭커와 싸워도 밀리지 않을 정도의 전투력을 보유하고 있었다. 아마 방금 그건 착각일 것이다. 이렇게 사람 좋아 보이는 남자가……

고개를 드는 순간 남자와 시선이 마주친다. 그리고 그 순간, 스즈하라의 머릿속에서 다른 모든 생각들이 산화하고, 오직 한 문장만이 남았다.

이 남자는, 소녀를 지키고 있다.

어찌 된 영문인지는 알 수 없었지만, 스즈하라는 그 시선의 교차 속에서 직감했다. 남자가 그보다 강하든 강하지 않든 간에, 그는 분명 소녀를 지키고 있었다.

　소녀와 보내는 하루하루는 어쩐지 꿈을 꾸는 듯한 순간들이었다. 아니, 실제로도 꿈을 꾸고 있긴 하지만.

　"아저씨는 직업이 뭔데요?"

　"음, 나? 음……."

　문득 던져진 질문에 스즈하라는 한참이나 고뇌하다가 답을 내놓았다.

　"프로게이머야."

　"헤에. 수련 오빠도 프로게이머였다는데……."

　소녀는 그렇게 들릴 듯 말 듯한 목소리로 덧붙였다. 수련? 그 이름을 듣는 순간 일시적으로 소름 같은 것이 돋았다. 어디선가 들어본 적 있는 이름인데 좀처럼 생각이 나질 않았다.

　"매일 여기에 있니?"

　"네."

　"왜? 다른 곳도 많은데. 한곳에만 있으면 심심하잖아."

　"괜찮아요."

　"밖으로 데려가 줄까?"

　자신이 왜 그런 말을 꺼냈는지, 스즈하라는 순간 이해할 수 없었다. 소녀는 묵묵히 고개를 저었다.

　"기다리는 사람이 있어요."

　"기다리는 사람?"

…누구? 스즈하라는 살짝 떨리는 입술로 간신히 첨언했으나 소녀의 대답은 돌아오지 않았다. 산뜻한 바람이 불어와 대화 사이에 공백을 만들어놓았다. 침묵이 내려앉아야 할 어색한 틈새가 순식간에 메워졌다.

소녀는 먼바다를 보는 듯한 표정으로 잔디 언덕 너머를 곧게 응시하고 있었다. 시선은 분명 그곳에 있었으나 소녀는 다른 것을 보고 있었다. 대체 뭘 보고 있는 걸까. 스즈하라는 문득 강한 질투 같은 것을 느꼈다.

"뭔가, 재미있는 이야기 없어요?"

"재미있는?"

"일본에는, 재미있는 이야기 없나요?"

그 뜬금없는 물음에 스즈하라는 짧은 고뇌에 빠졌다. 그러고 보니 언젠가 연애백서에서 여자들은 유머러스한 남자를 좋아한다는 내용을 읽은 기억이 났다. 소녀도 그런 경우일까?

그럼 재미있는 이야기를 해주면 소녀도 그를 좋아하게 될까?

스즈하라는 살짝 얼굴을 붉히며 입을 열었다.

"내가 어릴 적에."

그는 첫 문장을 꺼내놓고서 잠시 속으로 이야기를 정리했다. 일단 전형적인 서두를 뽑았다. 어떤 이야기가 좋을까? 스즈하라는 일본말을 한국어로 조금씩 치환하며 말을 이었다.

"거울을 본 적이 있어."

이상하게 들렸을까, 마치 지금은 거울을 보지 않는다는 것 같잖아? 불결하게 생각할지도 몰라. 스즈하라는 자신의 말이 오해를 낳지 않았을까 하는 소심한 걱정에 순간 입을 다물었다.

스즈하라가 말을 잇지 않자 소녀가 살짝 고개를 갸웃거렸다.

"듣고 있어요."

"응, 거울을 본 적이 있어. 그러자 거울 속의 녀석도 나를 바라보더군."

스즈하라는 일부러 뜸을 들였다. 긴장을 유발시키기 위해서였다. 소녀는 이야기가 끝났다고 생각했는지 의문을 표시했다.

"당연한 이야기잖아요. 어디가 재밌는 거죠?"

"아직 끝나지 않았어. 계속 들어봐."

스즈하라는 살짝 미소를 머금고 또박또박 말했다.

"바위 가위 보를 했어."

"가위 바위 보요?"

"응, 가위 바위 보. 아무튼 그걸 했어."

"혼자 거울을 보면서요?"

"응. 난 주먹을 냈지."

스즈하라는 계속해서 말했다.

"그런데…… 내가 이겼어."

잠시 어색한 침묵이 들어찼다. 스즈하라는 뭔가 큰 불경이라도 저질러 버린 듯한 심정이 되었다. 바람 소리가 잔잔히 깔

리고, 풀잎이 비틀거리며 넘어졌다. 소녀는 뒤늦게 웃으며 말
했다.

"그건 괴담이잖아요."

나무 등걸에 기댄 스즈하라는 달리는 소녀를 내려다보았다.
어떤 숭고한 의식이라도 치르는 사람처럼, 소녀는 온 힘을 다
해 그 들판을 달리고 있었다.

그 전원적인 풍경이 자연스레 미소를 짓들게 한다. 언제까
지고 이렇게 평안할 수 있으면 좋겠다. 누구도 죽지 않고, 누구
도 아프지 않았으면 좋겠다.

문득 스치는 그런 생각에 스즈하라는 깜짝 놀라고 말았다.
왜 그런 생각을 했지? 의문을 품는 순간, 그보다 더 이질적인
뭔가가 끼어들었다.

등 뒤에, 누군가가 서 있나.

숨이 차갑게 식으며 목덜미가 뻣뻣하게 굳었다. 전혀 눈치
채지 못했는데……. 스즈하라는 용기를 내어 입을 열었다.

"누구야?"

스즈하라는 스스로의 음성에 깜짝 놀랐다. 자기도 모르게
긴장했는지 목소리에 비장미 같은 것이 감돌고 있었다. 정체
불명의 상대는 정체를 감추지 않고 걸음을 옮겨 그의 옆에 섰
다.

예의 백호라는 사나이였다.

그나마 아는 사람이라는 생각에 조금 마음을 놓으려 하는

데, 그의 다음 말이 스즈하라를 당혹스럽게 했다.

"아가씨를 노리고 왔지?"

"무슨……?"

그는 애써 아무렇지 않은 척 말을 돌리면서도, 천천히 자리에서 일어나 천천히 칼자루 쪽으로 손을 옮겼다.

이 남자는 모든 것을 알고 있다.

지금 싸운다면 이길 수 있을까.

베어버리는 것에 죄책감은 없었지만 칼을 쉽게 뽑을 수는 없었다. 어떤 육감 같은 것이 그가 칼자루로 손을 가져가는 것을 방해하고 있었다.

"아까 그건 일본식 유머인가? 재밌더군."

남자는 스즈하라의 긴장을 풀어주려는 듯, 은은한 정감이 감도는 목소리로 말했다. 긴장에 이물이 끼얹어진 느낌이었다.

조금의 적의도 느껴지지 않는 목소리. 이 남자는 지금 그와 싸울 생각이 없다. 그런 강한 예감이 들었다.

스즈하라는 칼자루로 옮기던 손을 축 늘어뜨리고는 입술을 달싹거렸다.

"설명해 줘."

"그러지."

스즈하라가 다시 언덕배기에 엉덩이를 걸치자 백호 또한 그의 곁으로 걸어와 사뿐히 앉았다. 내 이름은 백호다. 백호는 작은 목소리로 그렇게 중얼거렸다.

"알고 있어."

"그럼 이야기가 쉽겠군."

이름을 알고 있다는 것만으로 이야기가 쉬워질까? 스즈하라는 찰나에 끼어든 생각 때문에 다음 순간 이어진 백호의 말을 제대로 듣지 못했다.

"…네가 처음이 아니야."

"무슨 말이지?"

"아가씨를 죽이러 온 사람은, 네가 처음이 아니라는 말이다."

순간 이해가 되지 않았다. 스즈하라는 인수분해를 배울 차례에 미적분에 대한 설명을 들은 고등학교 1학년생처럼 멍한 얼굴로 되물었다.

"그게 무슨……."

그리고 갑자기 모든 것이 이해되기 시작했다. 가장 어려운 퍼즐 조각 하나를 맞춘 기분이 들더니, 이내는 그 저변에 있던 조각들이 자동적으로 몰려들어 제멋대로 밑그림을 만들어냈다.

처음이 아니다.

예상은 했었다. 지키고 있는 사람이 있다는 것은 노리고 있는 사람이 있다는 이야기다. 그 또한 그중의 하나가 아니던가.

'이 남자는 그 많은 암살자들을 모두 혼자서 물리쳐 온 건가…….'

갑자기 스즈하라는 자신이 없어졌다. 이 남자는 어쩌면 그가 생각했던 것보다 훨씬 강할지도 모른다.

"그래서 날 죽일 건가?"

"글쎄."

스즈하라는 혼란스러워졌다. 지키는 자가 파괴하려는 자를 죽이지 않다니? 백호는 그런 스즈하라의 표정을 재미있다는 듯이 바라보더니, 이내 입술을 열었다.

"하나 물어보지."

"뭐를?"

"너는, 아가씨를 죽일 수 있을 것 같나?"

스즈하라는 재빠르게 가정했다. 지금 남자는 자신이 그녀를 지키지 않을 경우를 말하고 있는 것이다. 오직 소녀만을 놓고, 그가 소녀를 죽일 수 있겠느냐고 묻고 있는 것이다.

죽인다. 그 문장을 떠올리는 순간 아릿하고 뭉클한 뭔가가 심장 부근에서 울컥하고 솟아올랐다. 섬전이 뇌리를 스친다.

"죽일… 수 없다……?"

스즈하라의 중얼거림과 동시에 백호의 말의 느릿하게 이어졌다.

"지금까지 아가씨를 죽이러 왔던 남자는 너까지 해서 총 여섯 명이다."

여섯 명. 그 숫자를 듣는 순간 시야가 희끗거렸다. 백호는 숨도 쉬지 않고 말들을 토해냈다.

"첫 번째 녀석에게 주어진 기한은 하루였지. 녀석은 아가씨를 보는 순간 임무를 포기했다. 두 번째 녀석은 삼 일. 아가씨와 몇 마디를 나눠보고 포기했다. 세 번째 녀석은 일주일. 아가씨와 며칠을 함께 지내더니 자살을 해버렸지. 네 번째 녀석은 이 주일. 이 녀석은 좀 독했어. 끝까지 기회를 노렸으니까. 하지만 끝내는 죽이지 못하고 말았다. 다섯 번째 녀석은 삼 주. 그 녀석은 임무 실패의 두려움을 이기지 못해 마지막 날 도망쳤다. 그리고 네가 여섯째지."

어떻게 그럴 수 있을까. 스즈하라는 그 이야기에 온몸으로 부정하며 머리를 감싸 쥐었다. 아마 그들은 모두 자신과 같은…….

"프로게이머였지."

백호는 고개를 끄덕이며 긍정했다. 그리고 작게 덧붙인다.

"솔직히 나도 처음에는 이해할 수 없었다. 자신의 인생과 같은 저울에 놓고 그 가치를 겨룰 수 있는 존재가 세상에 있다는 건……."

어려운 말이었지만 어렴풋이 알 것도 같았다.

들판을 거니는 소녀의 모습이 망막에 잡혔다. 쉽게 목을 비틀어 버릴 수 있을 만큼 연약한 모습이다. 하지만 아무도 그럴 수 없었다. 이렇게 보면 그냥 아름다운 소녀일 뿐인데…….

하지만 세상에는 그런 아름다움도 있다.

죽음 앞에서도 넋을 놓아버리게 하는, 그런 아득한 아름다움이.

꿈결 같은 광경이었다. 스즈하라는 몽롱한 통증 속에서 쥐어짜 내듯이 물었다.

"너는 누구지?"

"난 아가씨를 지키는 사람이다."

질문이 잘못되었다. 스즈하라는 다시 물었다.

"너희들은 누구지? 그리고 내게 저 아이를 죽일 것을 사주한 사람은, 대체 누구지?"

그 질문을 하는 순간 이상하게 답 같은 것이 떠올랐다. 하지만 그것은 모순이었다. 있을 수 없는 일이었다.

"우리는 리메인더(Remainder). 세상에 남겨진 자들. 그리고 너에게 아가씨의 죽음을 사주한 자들은 우리의, 우리 주군의 적이지."

앞의 말은 이해할 수 없었다. 하지만 스즈하라는 자기도 모르게 고개를 저었다. 그녀의 죽음을 사주한 것이, 주군의 적이라고?

"내가 보기엔 아닌 것 같은데."

상황 자체가 워낙 일그러져 있어서 하마터면 그냥 넘어갈 뻔했다. 뒤늦은 직감 같은 것이 고개를 들고 있었다. 백호는 그 말을 이해하기까지 꽤나 시간이 걸린 사람처럼 한참 만에 대답을 구했다.

"무슨 의미지?"

"아마 저 여자 아이는 네 주인의 소중한 사람이겠지?"

뜻밖의 질문이었는지 백호는 잠시 주저하며 고개를 끄덕였다.

"그렇다."

"그런데 왜, 그 소중함을 시험하고 있는 거지?"

"뭐?"

"그토록 소중한 것을 왜 죽이려고 하는 거지?"

백호는 실눈을 뜬 채 스즈하라를 쏘아봤다. 순간 무형의 살기 같은 것이 언뜻 비친 것 같아서 솜털이 바짝 일어섰다.

"여섯 명 중에서 네가 제일 예리하다. 그건 인정해 주지."

"별로 고맙지는 않아."

스즈하라는 뾰루퉁하게 쏘아붙였다. 단순히 기세에서 밀리고 싶지 않기 때문이었다. 백호는 옷깃에 붙은 먼지를 쓸어 내리듯 말했다.

"반은 맞고, 반은 틀렸다."

"한국인들은 말을 너무 어렵게 해. 맞으면 맞고 틀리면 틀린 거지. 반 맞고 반 틀린 건 뭐야?"

백호는 그 말을 못 들은 체하며 말을 이었다.

"너는 아마 아가씨의 죽음을, 내 적이 아닌 '내 주군'이 사주했다고 생각하는 모양이지?"

"그래."

왜 그런 생각을 했는지는 모른다. 자신의 가장 소중한 존재를 죽이려 하는 남자. 하지만 너무도 소중하기에 죽일 수 없는 남자. 그래서 어쩔 수 없이 남의 손을 빌리려 하는 남자.

상식적으로 있을 수 없는 이야기임에도 스즈하라는 소녀에게서, 그리고 백호라는 남자에게서 그런 남자의 존재를 보았다.

소중한 것의 몰락을 눈앞에 두고도 그토록 태연할 수 있다는 것은, 처음부터 그 사실을 알았거나 그 사실을 직접 창조해 낸 사람들에게나 가능한 이야기이다.

"그것은 사실이 아니다. 아가씨의 죽음을 원하는 존재는 따로 있지. 정확히는 '단체'라고 해야 옳다."

"그게 틀린 반이군. 맞은 반은 뭐지?"

스즈하라는 술술 흘러나오는 자신의 한국어에 놀라며 물었다.

"주군이 그것을 방관하고 있다는 것이지."

"방관하고 있다고?"

내부에서 가는 실 같은 것이 팽팽하게 당겨지더니 이내는 끊어져 버렸다. 모든 상황이 그의 이해를 초월해 있었다. 그러나 기이하게도 스즈하라는 그 이름 모를 주군이란 남자의 심정을 조금은 이해할 수 있을 것 같았다. 그건 정말로 이상한 일이었다.

소녀는 여전히 잔디 위를 서성거리고 있다. 선들바람에 순간적으로 눈을 깜빡였을 때, 백호의 다음 말이 이어졌다.

"자주 있는 일이지, 이상과 현실의 대립이라는 건. 아가씨의 존재는 이상을 추구하는 주군을 현실에 매어놓을 수 있는 유일한 매개다. 그리고 주군은 그것을 한없이 소중히 여기면서도, 끝내는 끊어버려야 한다는 것을 알고 있는 거지."

이상과 현실.

스즈하라의 머릿속에 자연히 이미지가 떠올랐다. 한 번도 만난 적이 없는 사내임에도, 비현실적일 만치 생생했다. 주군이라는 남자는 어떤 이상을 상정하고 거기에 도달하려 하고 있고, 현실은 그의 발목을 붙잡고 있다. 쇠사슬처럼 단단히 그의 몸을 옭아맨 현실. 그러나 그는 그 현실을 사랑하지 않을 수 없다.

그 쇠사슬은, 바로 저 소녀니까.

그런데 그 순간 이해가 막혔다.

"그럼 네 존재는 어떻게 설명할 수 있지?"

그 이름 모를 주군이란 작자가, 정체 모를 단체의 위협으로부터 소녀를 방관했다고 치자. 그럼 백호의 존재는 어떻게 설명할 수 있다는 말인가?

거기까지 생각한 순간, 스즈하라는 자기도 모르게 말을 내뱉었다.

"…미련."

소중한 것에 대한 미련. 끊지 못한 현실에 대한 집착. 아무리 발버둥 쳐도 벗어날 수 없는 인간의 모순.

그런 현실 속에서, 이상은 잉태된다.

"나는 주군의 명을 받았다, 아가씨를 지키라고. 그리고 그것이 주군이 아가씨에게 할 수 있는 마지막 배려였지."

방관하되 외면하지는 않는다.

"네가 갇혀 있던 시설은 원래 우리 조직에 소속되어 있는 기관이다. 그럼에도 널 이곳으로 데려온 것은 적의 끄나풀이지. 무슨 말인지 이해할 것 같나?"

스즈하라는 작은 신음을 흘렸다.

그에게 임무를 맡긴 검은 정장 남자가 이상하게 초조해 보였던 것은 바로 그런 이유 때문이었을 것이다. 전직 프로게이머였던 노숙자가 그렇게 흔할 리 없다. 그렇다곤 해도 적진 내에서 암살자를 구하다니, 어처구니가 없다.

스즈하라는 속으로 말도 안 된다는 생각을 하면서 말했다.

"너희는, 모든 걸 알면서 방관하고 있었군."

그 주군이란 자가 소녀의 죽음을 방관하지 않으려 했다면 애초부터 스즈하라를 데려온 '조직'의 끄나풀들을 격멸시켰을 것이다. 그럼 그는 그 시설에 더 이상 갇혀 있지 않아도 되었을 것이고.

하지만 주군이란 남자는 최후의 올가미(백호)를 남겨둔 채 그것을 묵묵히 좌시했다.

죽어야 하지만 죽어서는 안 되는 소녀.

뫼비우스의 띠 같은 그 이중성. 엉망으로 뒤얽힌 이해의 소용돌이는 심장의 내부를 돌기처럼 감싸 안았다. 스즈하라는 강렬한 혐오와 동정을 동시에 느끼며 다음과 같은 질문을 던졌다.

"너는 그런 네 주군을 이해할 수 있나?"

백호는 바로 고개를 저었다.

"누구에게도 이해받지 못하는 것이야말로 주군의 유일한 자랑이자 미덕이지."

백호는 그 말을 하며 자리를 털고 일어났다. 그가 앉은 잔디는 마치 전연 무게를 받지 않은 것처럼 꼿꼿이 고개를 들고 서 있었다.

"편히 쉬다 가도록. 넌 어차피 아가씨를 죽이지 못할 테니까."

그 단정적인 말에 스즈하라는 주눅이 들었다.

그 말을 듣고 나니 정말 소녀를 죽일 수 있을 것 같지 않았다. 아니, 그가 죽이려 하더라도 결국은⋯⋯.

서늘한 저녁 공기가 숨에 섞여들자, 스즈하라는 천천히 남자의 얼굴을 올려다보았다. 그곳에는 황혼의 볕을 받으며 다듬어진 날카로운 검 한 자루가 있었다.

남자의 모습은 그 이외의 말로 묘사할 수 없었다. 오직 한 사람만을 위해 자신의 몸을 희생하는 고귀한 칼날.

문득 그런 말을 하고 싶어졌다.

"내 이름은 스즈하라 류스케다. 네 이름은 뭐지?"

그 말에 백호의 입술이 순간 움찔거렸다.

"말했잖은가, 내 이름은 백⋯⋯."

백호는 그렇게 말하려다가 이내 입을 다물었다. 그리고 들릴 듯 말 듯한 높낮이로 말을 이었다. 어차피 들어도 이해할 수 없을 거라는 투의 무성의한 목소리였다.

"베텔기우스. 진령의 8인 중 여섯 번째인 중력의 베텔기우스다."

하늘은 더할 나위 없이 맑았다. 현실이었다면 당장이라도 뭔가 좋은 일이 생길 것만 같은 날씨. 그러나 아무 일도 일어나지 않는다. 그것은 스즈하라도, 그의 옆을 지키는 백호도 알고 있었다.

이상할 만치, 지나치게 평화로웠다. 마치 폭풍전의 고요처럼.

스즈하라가 리저브에 온 지도 벌써 3주일이 흘렀다. 이제 소녀와 함께할 수 있는 시간은 고작 일주일뿐. 그 명약관화한 절망에 모순적이게도 감정이 조금 고조되었다.

"그날 이후로 늘 이곳에 앉아 있군."

백호는 특유의 고저없는 목소리로 말했다. 기계음을 연상케하지만 느낌이 있는 목소리였다.

스즈하라는 그의 말투 속에 스며들어 있는 일종의 호의를 느낄 수 있었다. 그것은 스즈하라가 어떤 '선'을 넘지 않는 한 명백하게 지켜질 종류의 감정이었다.

"너와 비슷한 녀석이 하나 있었지."

"나처럼 지아를 죽이러 온 남자들 말인가?"

"아니, 그는 조금 달라."

백호는 말하기를 꺼리는 듯 그대로 침묵했다. 그 단절이 스즈하라를 더 애태웠다.

"혹시, 저 애가 좋아하는 남자인가?"

백호는 살짝 주춤하더니, 천천히 고개를 끄덕였다.

"아마도."

"그럼 너의 주군이란 사람?"

"아니, 주군은 아니다."

그럼 대체 누구지? 스즈하라는 머릿속이 살짝 복잡해졌다. 불쑥 고개를 들이민 질투는 쉽게 가라앉지 않는다. 세상에는 그가 모르는 일들이 너무나 많았다.

다시 입을 연 사람은 백호였다.

"그때 어떻게 그걸 눈치 챘는지 물어봐도 될까?"

스즈하라는 질문의 요지를 잠시 파악하다가 이내 그가 무엇을 묻는지 깨달았다. 의외로 그런 것을 신경 쓰고 있었구나.

"난 이래 봬도 눈치 10단이거든. 미묘한 분위기 같은 게 있었어. 왜 네가 바로 날 베지 않았을까, 라는 명제를 생각하다가 문득 떠올랐지. 사실 그냥 아무렇게나 지껄여 본 거야."

주군이란 남자의 패러독스. 그는 자신이 사랑하는 소녀를 소중하게 생각하지만, 그녀가 죽기를 바라고 있다. 그럼에도 그는 그녀를 죽일 수 없다. 하지만 지키지 않을 수도 없다.

그는 차도살인(借刀殺人)과 의무(義務)의 경계를 걷고 있었다.

"고작 그런 걸로……."

"더 쉽게 말해볼까? 그냥, 소중한 것을 빼앗으려는 자를 눈앞에 두고도 태연한 네 태도가 마음에 안 들었을 뿐이야."

스즈하라는 투덜대며 말했다. 백호는 처음 만났을 때 그를 베었어야 했다. 그것이 그의 의무니까. 하지만 그는 베지 않았다. 백호는 조금 당황하는 듯했다.

"그때 베었다면……."

그는 무안한 듯 뜸을 들이다 한숨 쉬듯 말을 맺었다.

"네 의견을 듣지 못했겠지."

"바보 같은 말이야."

스즈하라는 웃음을 터뜨리며 말을 이었다.

"그땐 좀 더 멋있게 말해야 하는 거라고."

"무슨?"

"그때 너를 베었더라면 너란 사람을 알 수 없었을 것이다, 라고 말이지."

언젠가 읽었던 만화에 나오는 말이었다.

흘끗 눈을 돌려보니 백호는 말없이 하늘을 보고 있었다. 어색한 공기가 맴돌자 스즈하라가 머쓱하게 머리를 긁적였다.

노을이 진다. 어느덧 열네 번째 보는 노을이었다.

사랑스러운 소녀와 무뚝뚝한 백호와 함께 보낸 삼 주일. 그는 문득 자신의 과거에 대해 생각했다. 부모님들은 어떻게 지내고 계실까? 쪽지 하나 남기지 않고 집을 나온 그였지만 가족이 걱정되지 않을 수는 없었다.

기억이 최신의 것으로 교체되어 갈수록 밋밋한 불안 같은 것이 조금씩 고개를 들기 시작했다. 진흙 반죽처럼 비정형을 갖추고 있던 의문은 시간이 지남에 따라 조금씩 그 형태를 갖추어갔다. 스즈하라는 문득 생각난 것처럼 말을 꺼냈다.

"참, 한 가지 물어봐도 되나?"

"내가 답할 수 있는 한도 내의 정보라면."

"날 데려온 것은 너희의 적이지만, 적어도 그 시설은 너희의

것이란 이야기를 했었지? 그렇다면 그 시설에 갇혀 있는 사람들은 대체 어떻게 되는 거지?'

백호는 그 질문에 잠시 침묵했다. 왠지 그건 답할 수 없다, 라는 말이 나올 것 같았는데 뜻밖에도 그는 기묘한 대답을 내놓았다.

"굳이 표현하자면…… 미래의 주민들이 되겠지."

스즈하라는 그의 말을 이해할 수 없었고, 그 이상 질문을 던지지도 않았다. 답변이 돌아오지 않을 것을 알았기 때문에.

스즈하라는 매일 아침이면 소녀와 함께 빵을 만들었고, 그것을 나누어 먹었다. 이 세상에 아주 작은 천국이 허락된다면 이곳이 아닐까, 하는 생각이 종종 들 정도로 평화로운 세계였다.

안락, 그리고 평화. 그가 아는 한국 어휘의 한계는 명확했지만—아무래도 일본인이었기 때문에—그 이외의 비슷한 단어가 있다면 얼마든지 열거해도 좋을 정도였다.

마을에는 따뜻한 힘이 감돌았다. 언젠가 시골집에서 달콤한 새벽 공기와 함께 기지개를 켠, 그런 순간에 비유할 수 있을 법한 상쾌함이 늘 들뜬 아이처럼 소녀의 곁에서 노닐었다.

스즈하라는 소녀에게 연민을 품었다. 이유는 아주 간단했다.

"넌 걸을 수 없다고?"

"네, 하지만……."

소녀는 걸을 수 없었다. 어릴 적 교통사고를 당해서 두 다리를 쓰지 못하게 된 것이었다. 그 이후로 점점 몸이 약해져서 학교도 갈 수 없었고, 하루의 대부분은 잠으로만 보내게 되었다.

그런 소녀에게 허락된 공간이 바로 이 게임 속이었다.

"이곳에서는 걸을 수 있어요. 이렇게 땅을 딛을 수 있는 두 다리가 있고……."

스즈하라는 처음으로 론도라는 게임이 이 세상에 존재하는 것을 감사하게 생각했다.

소녀, 지아가 걸을 수 없는 것은 선천적인 것이 아니었다. 처음부터 맹인이었던 사람과 후천적으로 맹인이 된 사람은 다르다. 더 이상 걷지 못한다는 사실은 그녀에게 있어서 얼마나 커다란 마음의 짐이 되었을까. 스즈하라는 그 무게를 감히 짐 작하지조차 못했다. 그래서 더 슬펐다.

"그래서 가능하면 이곳에 오래 있고 싶어요. 현실로 가면 제가 걸을 수 없다는 사실도 잊고 저도 모르게 움직이려 하거든요. 그러다 엎어지기도 하고……."

그 말을 들은 순간에야 스즈하라는 소녀의 근저를 떠도는 기이한 열기의 정체를 조금이나마 알 수 있을 것 같았다. 그의 이해를 뛰어넘어 있던 그 미증유의 에너지…….

"전 오래 살지 못한다고 해요. 다른 사람들에 비해서… 이 곳에 있으면 잠깐이나마 그런 것들을 잊을 수 있어요. 더 이 상 살아가지 못한다는 것에 대해서……. 물론 그런 건 생각하지 않는다고 해서 없어지는 건 아니지만요. 하지만 적어도 그걸 의식하지 않는다는 것만으로도, 그것만으로도 제게 남은 시간을 살아갈 용기를 가질 수 있게 되는걸요. 저는 그거면 돼요."

소녀는 웃으며 말했다. 하지만 스즈하라는 세상에서 가장 슬픈 표정을 묘사할 만한 단어를 알지 못했다. 그래서 다른 생각을 해야만 했다. 이제 소녀의 주변을 떠도는 에너지는 손에 잡힐 것처럼 뚜렷해져 있었다.

이 에너지는 죽음을 앞둔 자의 최후의 윤무(Waltz) 같은 것에 가깝다. 스즈하라는 그렇게 생각했다. 언젠가 죽을 것을 알면서도 끊임없이 돌고 도는 무한의 사이클. 모든 인간의 모순을 감싸듯 소녀는 그렇게 하루하루를 살아가고 있었다.

세상에는 종종 그런 순간이 있다. 어쩌면 이 시간은 영원에 기억되지 않을까, 하는 생각이 작렬하는 순간이. 앞으로 많은 시간을 살아갈 것이고 또 언젠가는 죽게 되겠지만, 적어도 그 죽는 순간에 이 순간을 다시 기억하게 될 것처럼 느껴지는 순간이 있다.

그리고 스즈하라에게 있어서 소녀와의 한 달은 그런 시간들이었다. 한 시간은 길었고, 하루는 짧았다. 1초가 모여 하루가 되고, 일 년이 된다는 이야기가 비로소 실감나기 시작했다.

물론 의식의 저변에서는 론도를 처음 접할 때 느꼈던 향락과 쾌락 속으로 돌아가고 싶은 마음이 남아 있었다. 하지만 그런 감정은 소녀의 얼굴을 볼 때마다 마법처럼 소멸해 버렸다.

'이건, 정말 마법이군.'

스즈하라는 왜 소녀가 신관인지 알 것 같은 심정이었다. 그는 얼기설기 엮은 꽃 화관을 소녀에게 건네주었다.

"자, 이거 받아."

"아, 고마워요."

그때 소녀는 먼 창공을 비행하는 비둘기를 바라보고 있었다. 비둘기의 발에 뭔가가 감겨 있는 듯한 느낌을 받은 순간, 가슴이 살짝 내려앉았다.

"편지 보낸 거야?"

"네."

누구에게? 그렇게 묻고 싶었지만 뒷말이 나오질 않았다. 소녀는 수줍게 웃으며 화관을 받았다.

다음 순간 스즈하라는 갑자기 울고 싶어졌다. 소녀에게는 좋아하는 사람이 있었다. 사랑하는 사람을 기다린다고. 그 사람 없이는 자신도 존재할 수 없다고.

소녀는 화관 속에서 다른 사람을 추억하고 있었다. 소녀임에도 전혀 소녀다운 분위기를 풍기지 않는 소녀. 어느 소설에선가 읽은 글귀가 생각났다.

모든 소녀들은 어느 순간을 경계로 여자가 되어버린다.

나는 지금 그 경계를 지켜보고 있는 걸까. 스즈하라는 착잡함이 깃든 시선으로 그녀를 잠시 바라보고는 한숨을 내쉬며 자리에 주저앉았다.

이미 지아를 죽여야 한다는 목적을 잊은 지는 오래였다. 그는 시간이 멈추기를 바랐던 헤겔의 심정으로 영원을 바랐다.

이 소녀를 가질 수 있다면 뭐든지 할 수 있을 것만 같다.

그랬다. 남자는 소녀를 사랑해 버렸다.

그리고 마지막 날은 찾아왔다. 마지막 황혼 역시 아름다웠다. 어쩌면 죽음이라도 찬미할 수 있을 것 같은 심정이었다.

하지만 이글거리는 태양의 몸집이 점차 줄어들어 갈 때마다 심장도 덜컹거렸다. 발끝에서부터 차츰 번져간 경련은 차츰 그 영역을 넓혀가더니, 이내 밤이 찾아왔을 때는 온몸이 사시나무 떨듯이 벌벌대고 있었다.

그리고 약속한 한 달이 끝났다,

스즈하라는 누구보다도 확연하게 그것을 느낄 수 있었다. 그는 임무에 실패한 것이다.

차가운 밤의 인기척과 함께 풀이 눕는 소리가 들려왔다.

스즈하라는 불안함에 반사적으로 입을 열었다.

"백호인가?"

인기척은 순식간에 그의 옆까지 다가왔다. 왜 대답을 하지 않는 거지? 낯선 상상이 머릿속에 퍼지는 순간 등줄기가 선뜩해졌다.

"나다."

백호구나. 스즈하라는 쓸어내리듯 한숨을 쉬었다. 그러나 절망은 잠시 유예되었을 뿐이다. 그 사실을 몸소 깨닫는 순간 스즈하라는 마침내 눈물을 떨어뜨리고 말았다.

"나는, 이제 어떻게 되는 걸까? 임무를 수행하지 못했으니…… 이곳에서 로그아웃하면 녀석들이 도끼눈을 뜬 채 나를 죽이려 들겠지? 링거를 통해 영양분을 공급받고 있던 나는 힘없이 죽어버리고 말겠지? 녀석들은 정말 나를 죽일까?"

목소리가 덜덜 떨려 나왔다. 백호는 대답하지 않았다. 한 방울, 두 방울. 떨어지는 눈물만큼 두려움이 번져 간다.

"백호, 나는 살고 싶어. 조금만 더, 조금만 더 지아와 그리고 너와 함께 있을 순 없을까? 네 적이라며? 네가 그들을 제거해 줄 수는 없을까? 부탁이야, 백호……."

스즈하라는 울먹임 속에서 자기도 모르게 말끝이 잦아드는 것을 느꼈다. 난 틀렸어. 이건 옳지 않아. 그는 황급히 첨언한다.

"미안하다. 방금 말은 못 들은 걸로 해줘."

백호는 캄캄한 밤하늘을 올려다보고 있었다. 마치 세상의 모든 진리가 그곳에 있는 듯이, 그 이상의 가치는 이 세상에 존재하지 않는다는 듯이. 그의 목소리는 마치 짧은 천둥 같았다.

"난 널 도와줄 수 없다. 엄연히 말해서 넌 내 적이니까. 하지만… 넌 내 친구이기도 하지."

친구. 그토록 짧은 시간을 함께한 사람을 그렇게 부를 수 있을까. 그래도 스즈하라는 그걸로 만족했다. 하지만 그렇다고 해서 죽음에 대한 두려움까지 알아서 극복되는 것은 아니었다.

그는 여전히 무서웠다.

"류스케."

"응."

스즈하라는 눈물을 닦으며 대답했다. 그의 친구가 처음으로 불러준 이름이었다. 백호는 느릿하게, 그리고 확실한 어조로 말을 이었다.

"난 널 살려줄 수 없다. 하지만 도와줄 수는 있어. 네가 이 상황을 벗어날 방법이…… 단 하나 있기는 하다."

그의 목소리는 어쩐지 서글퍼 보였다. 스즈하라는 말의 진의(眞意)를 쉽게 포착할 수 없었다. 지금의 위기에서 벗어나는 것은, 곧 그의 생존을 말한다. 하지만 백호는 단지 '도울 수 있다'라고 표현했다.

…무슨 말이지? 분명 그렇게 말한 것 같았는데 울음에 목이 메여 목소리가 나오지 않았다. 백호의 목소리가 그 작은 틈을 파고들었다.

"이곳의 주민이 되는 것이지."

이곳의 주민이 되는 것. 전에도 그런 말을 들은 것 같았다. 그게 대체 무슨 의미지? 백호의 다음 말은 그의 의문을 깨끗이 씻어내었다. 하지만 그건 너무나 흉측한 진실이었다.

"이곳에서, 살아가야 한다는 말이다."

이곳? 사고가 프레임 단위로 끊어졌다. 비틀어진 세계, 망가진 시계(視界). 생각은 정체 상태에서 좀처럼 움직일 줄을 몰랐다. 스즈하라는 자기도 모르게 그 말을 되뇌었다.

"현실이 아니라, 게임 속……."

그리고 그 순간, 뭔가가 번쩍하고 뇌리를 강타했다.

왜 그걸 잊고 있었을까. 왜, 그 사실에 대해서 한 번도 질문하지 않았을까. 너무 영리한 그였기에, 너무나 당연시 하고 있었던 그 사실은 그의 심장을 부숴 버릴 듯이 움켜쥐었다.

게임 속.

그렇다, 이곳은 게임 속이다. 순간 당연하다 생각하고 가정하고 있었던 '어떤 사실'이 최후의 의문 같은 것으로 다가왔다. 스즈하라는 믿을 수 없을 만큼 침착한 음색으로 말했다.

"백호, 유저의 목숨은 열 개다. 맞지?"

"그렇다."

"그렇다면…… 넌 왜 그 아가씨라는 사람을, 그러니까 지아라는 소녀를 지키고 있는 거지?"

한순간 공기가, 그리고 세상이 멈춰 버린 것 같았다. 왜 한 번도 의문을 품지 않았을까.

처음부터 백호는 소녀를 지킬 필요가 없었다.

그리고 그 자신 또한 소녀를 암살할 필요가 없었다.

"유저를 죽이려면 최소한 열 번 이상 캐릭터를 죽여야만 하지. 하지만 그렇게 죽였다고 해서, 그 캐릭터를 사용하는 '유저' 마저 죽어버리는 것은 아니야."

당연하다. 너무나 당연하다. 그럼에도…….

당연하지 않다. 그 사실은 백호에게 있어 당연하지 않았다. 그것이 바로 백호가 소녀를 지키고 있는 이유였다.

"그렇지, 일반적으로는."

어떤 사실은 때론 너무나 차갑다. 그래서 그 사실을 말하는 사람의 목소리에도 감당할 수 없는 한기가 깃든다.

"…하지만 너도 알다시피 세상에는 종종 불가해한 일들이 존재한다. 예를 들면 너의 존재."

스즈하라의 존재.

스즈하라는 소녀를 죽이기 위해서 이곳에 파견되었다. 하지만 그가 소녀를 죽인다고 해서 정말 소녀가 죽는 것은 아니다. 그것은 단순한 '게임 속 개인의 복수'라고 보기에는 너무 넓은 영역이었다. 백호는 말을 이었다.

"그리고 나의 존재."

백호의 존재.

백호는 지아라는 작은 소녀를 지키고 있다. 하지만 그건 처음부터 있을 수 없는 일이다. 게임은 어디까지나 게임일 뿐이다. 게임 속에서 캐릭터가 죽는다고 해서 유저가 죽는 것도 아닐뿐더러, 그런 불미스러운 사태조차 유저 개인에게 있어서는 일종의 '유희'에 속하는 일인 것이다. 그건 백호에게도 마찬가지다.

게임을 한다는 것은 곧 유희를 즐긴다는 것. 백호의 관점에서는 그 지킨다는 행위 자체가 유희에 속할 수 있는 것이다. 단지 그런 유희를 위해서, 그녀를 지킨다는 임무를 자신의 모든 시간을 바쳐 수행하는 사람이 과연 세상에 있을 수 있을까?

백호의 마지막 말은 모든 의문을 일소시켰다.

"캐릭터가 아닌, 유저 자체를 죽일 방법이 있다. 그리고 내가 이곳에 있는 이유는 그런 사태를 막기 위해서다."

스즈하라는 전율적으로 몸을 떨었다.

"…그 말은 즉, 캐릭터가 죽으면 유저가 죽게 된단 말이야?"

"그렇다. 방법이라기보다는… 어떤 '개체' 에 가깝지."

"개체라고?"

"예를 들어서, 내가 너를 죽이게 되면 너는 죽는다."

"뭐?"

백호의 허리춤에 매달린 칼날이 섬뜩한 예기를 뿜는 것 같았다. 스즈하라는 등뼈 사이로 식은땀이 흐르는 것을 느꼈다. 조용한 어둠 사이로 핏빛 그림자가 내려앉은 것 같다. 정말로 그럴 것이라는 강한 예감이 치민다.

그는, 스즈하라를 '정말로' 죽일 수 있다.

"나 말고도 게임 속에서 '사람' 죽일 수 있는 사람이 몇 명 있다. 그리고…… 어쩌면 너도."

스즈하라의 생각이 가진 흑색 단검에 미친 것은 그 순간이었다. 유저를 죽일 수 있는 무기.

"네가 만약, 단 한 번이라도 아가씨 앞에서 그 단검을 꺼냈다면 내게 죽었을 거다."

순간 어깨에 힘이 풀렸다. 의문이 치솟은 것은 거의 동시였다.

스즈하라에게는 지아를 죽일 수 있었던 「시간」이 분명 존재했었다. 바로 그가 처음 소녀를 만났던 그 순간, 그때라면 가능했을 것이다. 백호는 분명 나중에 나타나지 않았던가?

"네가 오기 전부터 네 존재를 느끼고 있었다. 이 마을 전체는 내 영지가 닿는 구역이다. 너는 리저브의 변경에 발을 딛는 순간부터 내 관할에 들어온 거다. 그리고 아가씨를 죽일 수 없게 되었지."

어쩐지 변명 같은 말이라고 생각했다. 스즈하라는 침을 삼켰다. 방금 전까지 친구였던 그는, 이제 그에게 선택을 강요하고 있다.

"날…… 죽일 건가?"

"너는 선택해야 한다."

아까의 그 모호한 말이 또 나오려는 걸까? 스즈하라가 입을 열기도 전에 백호가 타이밍을 빼앗았다.

"단지 존재로서 존재하기만 할 것인가, 아니면 조금이라도 살아 있는 자신을 느끼며 사람답게 생을 마감할 것인가."

"그러니까, 그게 무슨……."

마을의 변경에서 커다란 폭발음이 들린 것은 그 순간이었다. 하늘이 괴이쩍은 빛을 뿜는 듯하더니, 백호의 안색이 창백해진다.

스즈하라는 뭔가가 벌어졌다는 사실을 깨달았다. 다음 순간 백호의 몸이 그의 정면에서 벗어났다.

백호는 하늘을 달리고 있었다.

눈에 보이지 않는 거대한 방호벽을 부수는 듯한 거대한 지진이 일어났다. 비틀거리던 스즈하라가 간신히 몸의 중심을 잡았을 때 수십 미터 앞의 허공에서는 불꽃과 굉음이 터져 나오고 있었다. 스즈하라는 두려움을 느끼면서도 엉금엉금 기어서 그 눈부신 전장의 틈새로 들어갔다.

"리겔! 당신이 어떻게 여기에……!"

백호는 허공에서 연신 날아드는 번개의 파편을 막아내느라 힘겨워 보였다. 그가 다룰 수 있는 중력으로도 빛의 궤도를 바꿔낼 수는 없었다.

백호의 맞은편에는 청색의 자켓에 가벼운 스키니 진을 입은 남자가 서 있었다. 화려한 황금빛 머리카락은 당장이라도 전류를 토해낼 것처럼 거세게 꿈틀대고 있다. 남자는 무겁고 강렬한 목소리로 말을 토해냈다.

"중력의 베텔기우스, 아크는 생각보다 약한 녀석을 붙여놓았군."

"뇌전의 리겔……."

백호, 베텔기우스는 입술을 깨물며 말을 이었다.

"당신의 강함은 잘 알고 있어. 하지만 쉽진 않을 것이다. 날 쓰러뜨릴 순 있겠지. 하지만 적어도……."

베텔기우스는 오도카니 서 있는 지아를 곁눈으로 바라보며 말했다.

"아가씨를 건드릴 수는 없을 것이다."

"두고 보면 알겠지."

공기의 빛깔이 붉게 변하기 시작했다. 베텔기우스는 시선을 흘리듯 스즈하라 쪽을 홀끔거리고는 다시 전투 태세를 취했다.

마치 보이지 않는 손이 공간을 우그러뜨리는 듯한 일그러짐이 발생하며, 전류의 흐름이 조금씩 흐트러지기 시작했다. 벼락과 뇌전이 허공의 곳곳을 상처 입히며 거대한 폭음이 이어졌다.

스즈하라는 백호의 마지막 시선을 되새기며 곤혹스럽게 서 있었다. 그 시선의 의미는 대체 무엇이었을까?

웅성거림이 들려오기 시작한 것은 그 무렵이었다. 폭음 때문에 귀가 먹먹해져서 잔디 사이로 들려오는 자박거림을 듣지 못했던 것이다. 스즈하라는 멍한 얼굴로 시선을 돌렸다.

사람들? 이 마을에는 사람들이 없다.

언덕 바깥쪽에서 다가오는 대량의 유저들이 보였다. 그들의 손에는 하나같이 검은색의 윤기가 흐르는 무기가 쥐어져 있었다.

"유저를 죽일 수 있다."

백호의 말이 머릿속을 스쳐 간다. 유저들은 어딘가 익숙한 얼굴들이었다. 스즈하라는 부지중에 중얼거렸다.

"프로게이머?"

모두 프로게이머들이다. 그와 같은. 납득하기 힘든 감상이 터져 나오려던 찰나, 백호의 처절한 목소리가 울렸다. 그는 바닥으로 추락하고 있었다.

"아가씨! 빨리 로그아웃하십시오!"

"늦었어. 이 공간은 이미 차단되었다."

리겔은 자신의 손에 쥐어진 자그마한 장치를 들어 보였다. 조금의 웃음기도 없는 그 말이 형용할 수 없는 공포를 자아내고 있었다.

이곳에서, 소녀는 죽는다. 백호의 목소리가 떨리고 있었다.

"아가씨를…… 죽일 셈인가?"

"인질로 데리고 갈 거다."

그렇다. 죽이는 것은 적의 분노만 살 뿐, 의미가 없다. 인질로 가져야 교환의 가치가 생긴다. 한순간 막대한 뇌전력(雷電力)이 몰려들며 베텔기우스의 하반신을 태워 버렸다. 베텔기우스는 참담한 얼굴로 무릎을 꿇었다.

프로게이머들은 어느새 지척까지 다가와 있었다.

"뭐야? 너도 우리 편이지?"

프로게이머 중의 하나가 스즈하라의 허리춤에 매달린 흑색 단검을 보고 능글맞게 웃었다. 너희 편이라고?

그 순간 스즈하라는 깨달았다. 백호의 말에 의하면 스즈하라는 그들의 적이 보낸 암살자였다. 그리고 지금 눈앞에 있는 사내들은 스즈하라와 같은 목적으로 온 이른바 '같은 편'이었다.

"생각보다 예쁘잖아? 데리고 가기 전에 어떻게 할 수 없을까?"

음탕한 시선이 소녀를 삼킬 듯이 바라보자 지아는 불쾌한 듯 몸을 떨었다. 스즈하라는 자기도 모르게 앞을 막고 섰다. 백호의 목소리가 들려왔다.

[아가씨를, 죽여다오.]

"뭐?"

[아가씨를 죽여줘. 네 임무는 아가씨를 죽이는 게 아닌가.]

백호의 입장에서는 당연할지도 몰랐다. 소중한 것은 빼앗기는 것보다 차라리 없어지는 것이 낫다. 소녀는 그의 주군과 현실을 잇는 유일한 매개라고 했다. 그 최후의 사슬이 풀려나면 주군이란 남자는 비로소 움직이게 될 것이다.

그리고 그의 임무는 소녀를 죽이는 것이었다.

하지만 왜 죽여야 하지? 자신의 동료로 추정되는 다른 프로게이머들은 지아를 '데려가려' 하고 있잖아? 이젠 다르다. 그의 임무는 소녀를 죽이는 것이 아니다. 이제 그는 죽지 않아도…….

순간 소름이 온몸에 쫙 끼쳤다.

이상했다. 왜 이제 와서 임무가 바뀌었단 말인가? 그의 임무가 바뀔 이유가 전혀 없었다. 생각해 보면 이상했다. 그의 임무는 왜 소녀를 납치하는 것이 아니라 죽이는 것이었을까?

정말 저들은 자신의 동료들일까?

"어이, 너. 우리 편 아냐? 빨리 걔 안 데려오고 뭐 해?"

"야야, 납치하기 전에 좀 즐기자고."

소리가 멀게 들려왔다. 이 이야기는 처음부터 아귀가 맞지 않았다. 스즈하라는 백호의 말에 거짓말이 있었다는 사실을 알았다. 하지만 대체 어디가 거짓말이었을까?

'내게 명령을 내린 사람은, 혹시 다른 사람이 아니었을까?'

그 가정이 다른 모든 가정을 엎질러 놓았다. 스즈하라는 다시 처음으로 돌아갔다. 만약 스즈하라를 이곳으로 보낸 자가 '백호의 적'이 아니라 '백호의 주군'이라면?

순간 고개를 젓는다. 백호의 주군은 이 일을 방관하고 있다 했다. 그런 자가 누군가를 시켜서 그의 소중한 것을 없애려 할 이유가 없는 것이다. 아무리 자기 모순에 빠져 있다고 해도 그런 행동은 설명되지 않는다. 그렇다면 백호의 주군과 백호를 제외하고, 그를 이곳으로 데려올 만한 사람은 대체 누구란 말인가?

"아!"

자기도 모르게 전율하고 말았다. 그럴 수 있는 사람이 단 한 명 더 있었다. 그제야 모든 것이 하나하나 맞춰져 가는 느낌이었다.

백호, 바로 '그 자신.'

소중한 것으로부터 주군의 독립을 원하는 그. 최후의 현실을 뽑으려 하는 그. 조직 내에서 제법 높은 위치를 가지고 있어서 스즈하라 같은 하찮은 인간 하나쯤 데려오는 것은 아무런 문제가 없는 그. 그럼에도 불구하고 그의 주군과 마찬가지로 자기 모순 때문에 '아가씨'를 지켜야 하는 운명에 처한 그.

그래서…… 자신의 손을 빌리지 않고 주군의 소중한 것을 베어내려 했던 그. 처음 백호가 소녀의 곁을 지키지 않았던 것은 그에게 소녀를 죽일 최후의 기회를 준 것이었던가.

소녀를 죽일, 처음이자 마지막 기회를.

스즈하라는 슬퍼지고 말았다. 그가 자신에게 준 우정은 모두 거짓이었던 것이다.

하지만 왜 백호는 거짓말을 했단 말인가? 왜 이렇게 스즈하라를 돌아오게 만든 것일까? 왜 솔직히 말하지 않았지?

이유는 너무나 간단했다.

그가 소녀를 죽이도록 만들기 위해서는 적이어야만 한다. 같은 편이라면 긴장감이 없다.

적이어야만 죄책감없이 그녀를 죽일 수 있다.

사고는 그 이상 이어지지 않았다. 바보가 되어버린 것 같았다

"빌어먹을!"

스즈하라는 흐느끼듯 웃으며 품속에서 비수를 꺼내 들었다. 그래, 복잡하게 생각할 것 없어. 소녀를 죽이기만 하면 된다. 이번이야말로 마지막 기회였다.

죽여야만 한다. 그래, 죽여야만 해. 그럼 나는 이제 현실에서 남부럽지 않게 살 수 있다. 백호는 약속을 지켜줄 거야.

"어, 야! 뭐하는 거야, 저 새끼!"

"죽이려는 것 같은데?"

"야, 말려!"

그를 바라보는 소녀의 눈망울이 크게 떨렸다. 그녀는 모든 것을 알고 있는 듯 체념한 눈빛으로 그를 바라보더니, 마지막으로 희미하게 웃어주었다.

스즈하라는 소리없이 울었다. 현실, 그게 그렇게 중요한가?

이 소녀를 죽이라고? 한없이 순수하고, 깨끗하고, 또 아름답기까지 한…… 이 소녀를 죽이라고?

'나는 할 수 없다.'

단검을 든 손이 벌벌 떨리더니 이내 축 늘어지고 만다. 달려온 유저들에 의해 제압당한 두 손은 이미 힘을 쓰지 못했다. 리겔이라 불린 금발의 남자가 잔혹한 말을 남겼다.

"그 녀석은 우리 편이 아니다. 죽여."

그 명령에 유저들이 움직였다. 죽여?

스즈하라는 온 힘을 다해서 저항했다. 일단 검을 뽑아 들자 신들린 것처럼 손이 움직였다. 그의 반항에 당황한 유저 몇의 팔과 다리가 공중을 날았다. 분노한 음색이 터져 나왔다.

"이 새끼!"

미안해요, 미안합니다.

스즈하라는 소녀를 지키기로 결심했다. 왜 그랬는지는 모른다. 다만 지금이라면 지킬 수 있을 것 같았다. 그들이 얼마나 강한지는 모르지만, 백호와 함께 싸운다면 이길 수 있을지도 모른다.

게임은 이제 그만둬도 좋다. 소녀를 알았다는 것만으로도, 짧은 시간이나마 소녀와 함께 있었다는 것만으로도 행복하다.

'그래, 이걸로……'

하지만 그것은 커다란 오산이었다.

리겔이 방출한 뇌전에 심장을 얻어맞은 스즈하라는 온몸이 찢어발겨지는 고통을 느끼며 허공을 날았다. 시계가 크게 흔들리며 뇌가 몽롱해진다. 끝이다……

잔디 언덕을 굴러 후들후들 떨리는 손으로 간신히 일어섰을 때, 리겔이 차가운 눈으로 지아를 바라보고 있었다.

바로 그 순간, 온몸이 무거워졌다. 마치 지하 깊숙한 곳에 숨겨진 자석 같은 것이 체세포 하나하나를 잡아당기는 기분이었다. 스즈하라는 토할 것 같은 기분 속에서 풀썩 무릎을 꿇고 주저앉았다. 풀숲 사이를 엄청난 속도로 움직이는 백색 인영이 있었다.

그것은 마치, 하얀 맹수(白虎) 같았다.

스즈하라는 다음 순간 절규하듯 입을 벌렸다.

지아—!

터져 나온 목소리가 자신의 것이라 확신할 수 없었다. 아니, 제대로 목소리가 나왔는지도 알지 못했다. 영활하고 민첩하게 움직인 호랑이의 오른팔은 소녀의 가슴을 그대로 관통했다.

은빛이 숨결처럼 터져 나왔다.

리겔이 황급히 백호의 얼굴을 향해 주먹을 날렸으나 이미 지아가 받은 상처는 돌이킬 수 없이 깊었다. 소녀는 힘없이 웃으며 마지막으로 그를 돌아보았다.

그것은 평생 잊을 수 없을 듯한 얼굴이었다.

하지만 기억되지 못할 얼굴이었다. 그는 살아남지 못할 테니까.

스즈하라는 그 순간, 자신이 이제 살아남지 못할 것을 알면서도 그 얼굴을 누군가가 기억해 줬으면 했다. 누군가가 내 기억을 대신 가져가 준다면, 그녀의 마지막을 기억해 준다면…….

힘이 빠진 팔과 함께 서서히 사위가 무너져 내렸다. 입에서 흘러나온 고운 은빛이 결정이 되어 바닥에 흩어졌다.

소녀가 마지막 순간 누구의 얼굴을 떠올렸는지는 알 수 없었다. 단지 스즈하라가 알 수 있었던 것은 소녀가 울고 있었다는 사실, 그것뿐. 그래서 스즈하라는 대신 미소 지어주었다. 우는 소녀를 대신해서, 그녀의 미소를 대신해서.

울지 마, 울지 마, 울지 마…….

내밀던 손이 힘없이 떨어졌다. 스러지는 은빛이 점차 검게 물들고, 소녀의 하얀 얼굴이, 소녀의 까만 눈망울이, 소녀의 매끄러운 머리칼이…… 차츰차츰 희미해져 갔다.

온몸이 나른해지는 것을 느꼈다. 이게 죽음이구나.

그리고 그것이 기억의 끝이었다.

*　　　*　　　*

핼쑥한 하늘이 힘없이 허공에 드리워져 있었다. 어떤 원근감도 찾아볼 수 없는 짙푸름. 드문드문 끼어 있는 구름이 비바람의 전조를 알리고 있었다.

　종종 파도 소리와 새소리가 들렸다. 눈을 깜빡여 봐도 전혀 현실감이 없었다.

　그의 현실은 이미 사라져 있었다. 수련은 더 이상 눈물이 나오지 않는 얼굴을 추스르며 몸을 일으켰다. 옷에 묻은 모래가 부스스 떨어짐과 동시에 메마른 음성이 흘러나왔다.

　"지아."

　이젠 세상에 없다. 그녀는 죽어버렸다.

　막대한 허탈감이 밀물처럼 차오른다. 갈 곳 없는 분노가 목표를 상실한 채 깊은 공허를 쥐어 비틀었다.

　"여기서 뭘 하고 있나?"

　그것은 온당히 수사할 수 없는 목소리였다. 그래도 굳이 표현한다면 그렇다, 그건 운명 같은 목소리였다.

　"…제롬."

　그곳에는 제롬이 서 있었다. 제롬, 나훈영, 아크, 성하늘…… 그들의 공통점은 대체 뭘까? 언제나 그랬다. 수련이 위태로울 때면 늘 그들은 '그곳'에 서 있었다.

　그제야 조금씩 실감이 났다. 엄마가 죽었고, 여동생이 다쳤고, 지아가 죽었다. 그리고 지금 자신은 이곳에 남아 있다.

　얼마나 시간이 흐른 걸까. 하루? 이틀?

　뭔가를 해야 한다는 압박감은 왔지만 무엇을 해야 할지는 알 수 없었다. 프로게이머가 되어 처음 냉혹한 서열의 세계에 들어섰을 때, 그리고 스무 살이 되어 처음 사회에 홀로 내던져

졌을 때…… 그때보다도 더 가혹한 심정이었다.

수련은 힘이 빠져 자리에 주저앉았다. 세상은 너무 어렵다. 제롬은 예의 연초를 입에 물고 있었다. 향긋함이 퍼져 나가자 임신한 고양이마냥 민감해 있던 심장이 조금 안정을 되찾았다.

"무슨 일 있나?"

제롬이 태연히 물었다. 수련은 먼 수평선을 응시하고 있었다. 파도가 물결칠 때마다 눈동자도 크게 흔들렸다. 흘러나오는 목소리에서는 기운이라곤 조금도 찾아볼 수 없었다.

"제롬, 뭐 물어봐도 될까요?"

"맘대로."

"용서하지 않으려면 대체 어떻게 해야 하는 겁니까?"

제롬에게 있어서 그 질문은 꽤나 의외였던 모양이다. 그는 아무것도 못 들은 것처럼 천연스럽게 연초를 태우다가, 반쯤 탔을 무렵에 발로 비벼 껐다.

수련은 대답을 기다리지 않고 말을 이었다.

"저는 태어나서 지금까지 용서하는 법만을 배워왔습니다……."

그것은 비단 그뿐만은 아닐 것이다. 대부분의 인간은 태어나는 순간부터 용서만을 최고의 미덕이라 생각하며 자란다. 인간은 누구나 그렇다. 목소리는 터져 나온 봇물처럼 흘러나왔다.

"아버지를 죽게 만든 사채업자들을 상대로 비난의 말 한마디 퍼붓지 못했고, 여동생을 친 범죄자를 눈앞에 두고서 이유를 캐묻지조차 못했습니다. 게다가 한때 제 왼팔의 생명을 가져갔던 원수를 두고 칼 한 번 못 휘둘러 봤습니다. 전…….".

용서하는 법은 이미 알고 있다. 용서? 그래, 그건 물론 어렵다. 하지만 어떻게든 '할 수 있는' 것이다. 용서하는 방법쯤은 모두가 다 알고 있으니까.

그런데 만약 용서하고 싶지 않다면, '용서하지 않으려면' 대체 어떻게 해야 하는가?

"전 지금, 누군가를 용서하고 싶지 않습니다."

"용서라…….".

모두가 용서하는 방법만을 말한다. 용서하라고 말한다. 하지만, 누구도 '용서하지 않는 방법'을 연구하지는 않는다.

제롬은 두 번째 담배를 꺼냈다. 이번 연기는 답지 않게 매캐했다. 마치 유황의 입자를 뽑아낸 듯 맵고 불길한 연기였다.

"인간은 누구나 상처받는 걸 두려워해."

제롬은 그렇게 말을 시작했다.

"인간이 '용서한다'와 '용서하지 않는다' 중에 전자를 선호하게 된 것은 그것이 상처를 덜 받는 방법임을 알기 때문이지. 어떤 일이든 언젠가는 잊어버리게 되어 있고, 전자를 선택하게 되면 더 큰 상처를 입지 않고 그 기억에서 피해갈 수 있게 되거든. 반면 후자를 선택하게 되면…….".

깊고 아득한 침묵이었다. 수련은 그 흐림 속에서 정신이 어질어질해지는 것 같았다.

"인간은 반드시 커다란 상처를 입게 되지. 누군가를 용서하지 않는 순간 그 순간은 기억이 아니라 각인이 되어버려. 가해자에게도 피해자에게도, 그것은 돌이킬 수 없는 흉터로 남지."

"그 정도는."

"각오야 누구나 하지."

"각오가 아닙니다. 전……."

수련은 말을 잇지 않았다. 뒷말을 대신한 침묵이 그의 강경한 의지를 보여주었다. 무엇으로도 꺾을 수 없고, 어떤 일이 있어도 굴복하지 않을 그런 굳건한 표정으로.

제롬은 그에 걸맞은 무미건조한 목소리로 말했다.

"복수할 건가, 그들에게?"

이들은 이미 모든 것을 다 알고 있다. 누가 죽었는지, 그리고 범인들이 누구인지. 그리고… 어떻게 복수해야 하는지. 수련은 천천히 고개를 돌렸다. 한없이 다듬고, 또 다듬어진 시선이었다.

제롬은 어느덧 세 번째 담배를 꺼내고 있었다. 손끝에서 튕긴 불꽃이 담배의 꽁무니에 불을 붙였다. 스산한 소리를 내며 종이가 타 들어가기 시작한다.

"자네의 복수가 힘든 것은 적이 많기 때문인가, 아니면 유저 개인이 가지는 힘의 한계 때문인가?"

"둘 다입니다."

"그럼 지금 상황에서 방법은 하나밖에 없군."

제롬은 가늘게 뜬눈으로 수련을 흘끗 바라보았다.

"자네, 이곳이 「그룬시아드 연대기」를 바탕으로 만들어진 가상의 세계라는 것 정도는 알고 있겠지?"

수련이 고개를 끄덕이자, 제롬의 말이 이어졌다.

"그룬시아드의 역사에 의하면 용병왕은 '용병의 난' 당시 사망한 것으로 기록되어 있지. 하지만 누구도 그의 시체를 발견하지 못했어. 단지 죽는 모습을 보았다, 라는 증언이 전부일 뿐. 하지만 그가 정말 죽었을까? 그토록 강한 인간이?"

"요지만 말해주시죠."

"급할수록 돌아가라고 했네. 아무튼 용병의 난 이후 8년 뒤, 북쪽 노스 플레인에서 암흑의 군대가 일어났지. 구름 산맥을 넘어온 마족들의 짓이었어. 그런데 그 군대를 지휘하던 나이트의 검술이 심상치 않았어. 왼손에서는 섬광이, 오른손에서는 환영이……."

수련이 숨을 멈췄다. 제롬의 입가에 짓궂은 미소가 걸려 있었다.

"그리고 올해가 정확히 8년이 되는 해지. 하지만 이 세계에 '용병왕'은 없어. 그렇다면, 그 의문의 '나이트'는 대체 누굴까?"

언제부턴가 깜빡이고 있는 퀘스트 창. 그동안 정신이 없어서 확인하지 못하고 있었는데…… 수련은 입술을 살짝 벌린 채 그 창을 출력시켰다. 새로운 퀘스트가 추가되어 있었다.

[연계 퀘스트, 아홉 명의 왕 '마왕' 편이 시작되었습니다.]

[아홉 명의 왕, 마왕 편] : 연계 퀘스트

난이도 : S+

시간 제한 : 없음

설명 : 상실력 624년, 죽었다고 알려져 있었던 용병왕은 다크 나이트가 되어 마왕군의 선봉에 서서 다시 나타났다. 용병왕의 진전을 이은 당신은 그와 같은 '길'을 선택할 권리가 있다.

선과 악, 그 경계에서 어떤 길을 택할 것인지는 당신의 자유다. 무엇이 선이고, 무엇이 악인가? 그리고 용병왕은 대체 왜 모두가 악이라 불리는 그 길을 택했는가?

승낙─마왕을 찾으시오.

거절─신성국가 라노르의 대신관 '알튀세르'를 찾으시오.

아마 게임 시나리오의 일환인 것 같았다. 예정대로라면 '브룸바르트 내전 이벤트' 이후에 '마왕의 강림' 에피소드가 이어지게 되어 있었다. 그리고 만약 이것을 선택한다면…… 그는 마왕의 편에 서서 유저들과 싸우게 될 것이다. 그러면, 유저들을 죽이더라도 머더러가 되지 않을 수 있으며, 오히려 정당방위로 인정되어 경험치를 얻게 된다. PK장소를 가리지 않을 뿐더러 동시에 그것은 분명한 '살해'로 간주되어 유저의 목숨을 깎는 것이다. 수련이 퀘스트의 내용을 다 읽었을 무렵, 제롬의 음성이 들려왔다.

"'우리'가 도와주지. 단, 조건이 있네."

"뭡니까?"

"이 일이 끝나면 우리에게 협력해 줘야 하네."

수련은 협력의 조건도 들어보지 않고 승낙했다. 그답지 않은 성급함이었다. 그는 섬뜩한 한기가 감도는 목소리로 대답했다.

"좋습니다. 단, 확실하게 도와주셨을 때의 이야기입니다."

EPISODE **020**

Fingerprints of the Gods

고요는 규칙적이고 기계적인 목소리에 의해 일정한 간격으로 절단되고 있었다. 그 형이상학적인 절단면은 너무나 깨끗하여 듣는 이로 하여금 어떤 혼란 같은 것을 느끼게 할 정도였다.

브라운관에는 한 우람한 체격의 젊은이가 격앙된 목소리로 뭔가를 외쳐 대고 있었다.

"그러니까, 제가 게임에서 나오는 기술을 사용했다 이겁니다. 태권도 한 번 배워본 적 없는 제가 손으로 짱돌을 부쉈다니까요?"

"보여주실 수 있습니까?"

"그러니까, 이걸 이렇게…… 어라?!"

그러나 한참 동안 용을 써도 청년은 돌을 부수지 못했다. 아픔에 비명을 질러대는 청년. 그를 회화화하는 문구가 화면에 떠오름과 동시에, 삑— 하고 채널이 바뀌었다. 기다렸다는 듯이 흘러나오는 뉴스. 신민호는 회색 동공으로 그 화면을 바라보고 있었다.

"가상현실 게임 론도를 플레이하던 게이머의 사망 소식 이후 게임 폐지를 주장하는 민간단체들의 여론이 점차 힘을 얻어가고 있습니다. 전문가들은 이 사건을 기점으로 하여 가상현실 게임의 안전성에 대한 재검토를 강력하게 촉구하며, 레볼루셔니스트에 게임의 안전성이 검증될 때까지 서비스를 중단할 것을 요구……."

딱. 따닥.

흥겨운 리듬처럼 테이블 위를 민활하게 움직이는 오른손. 손가락은 피아노 건반을 두드리듯, 혹은 뭔가를 타이핑하듯 연신 테이블의 딱딱하고 차가운 표면을 건드렸다. 그것은 신민호가 뭔가에 집중할 때 나타나는 버릇이었다. 마치 뇌에 어떤 전자 정보를 입력하는 것처럼 그의 손가락은 아름다울 만치 규칙적인 율동을 반복하고 있었다.

깊은 사색에 잠긴 듯 침잠하는 눈빛으로 테이블을 내려다본다. 표면을 장식하는 매끈한 검은색의 반석 위에 신민호의 얼굴이 어슴푸레하게 비쳤다.

그리고 손가락이 멈췄다. 멀어져 가던 텔레비전 소리는 더이상 들려오지 않았다. 아득한 침묵이 내려앉았다.

"조금만 더 버틸 수 있었다면."

젊은 회장, 신민호는 입술을 깨물었다. 예상치 못했다고는 할 수 없었지만, 그럼에도 전연 뜻밖의 사건이었다. 지금 일어나서는 안 되는 일이었다. 소녀의 죽음은, 레볼루셔니스트 바깥으로 드러나서는 안 되는 정보였다.

'그때, 언론사의 사장이 모두 참석하지 않은 이유가 있었군.'

소리를 잃은 텔레비전은 붕어처럼 입을 뻐끔거리고 있다. 채널의 오른쪽 귀퉁이에는 M사의 로고가 붙어 있었다. 그때 비밀 회동에 참석한 언론사의 사장은 K사가 유일했다.

그 짧은 기간 동안 M사가 적으로 돌아선 것이다. 어떤 배후 공작이 있었을까. 또 얼마만큼의 자금이 융통된 것일까.

생각만 해도 머리가 아픈 그 가정들이 젊은 회장의 머릿속에서 하나하나 정리되어 가고 있었다.

'아무리 M사가 적으로 돌아섰다고 해도 레볼루셔니스트 내에서 이 정보가 유출될 리는 없다. 그렇다는 것은……'

내부에 첩자가 있다는 것.

설마했지만 레볼루셔니스트 내부에까지 첩자가 있을 거라고는 미처 생각하지 못했다. 사실 어떻게 보면 이 정도에서 끝난 것이 다행이었다. 첩자는 아마 홍보부나 모니터 요원 중의 하나일 것이고, 정작 중요한 '시설'의 모체만큼은 들키지 않았으니까. 만약 시설이 들켰다면 이미 게임은 끝난 것이나 다름없었다.

그럼에도 사건의 파장은 너무나 컸다. 이대로라면 그 '시설'이 발각되는 것도 그리 먼 일은 아닐 것이다. 게다가 어쩌면 적은 이미 그 '시설'의 존재를 눈치 채고 있음에도 그 이상의 목적을 위해 침묵하고 있는지도 몰랐다.

깨문 입술이 점점 더 하얗게 변색되었다.

2개월을 더 버틴다면 정권을 유지할 수 있었다. 3개월을 더 버틴다면 의석의 과반수 이상을 이쪽으로 포섭시킬 수 있었고, 4개월을 더 버텼다면 한국을 지배할 수 있었을 것이다.

그런데, 1개월도 채 못 버텼다.

그의 적은 너무나 강하고 민첩했다. 일반 시민들이 보기엔 한없이 멍청해 보이고 어리석어 보이는 정치인들은 이런 배후 세계의 머리 싸움에서는 무섭도록 치밀하고 또 영민하다. 야당은 강했다.

'아니다, 아직 괜찮아. 아직 끝나지 않았다.'

신민호의 눈동자는 흔들림이 없었다. 최악의 사태로 치닫고 있음에도, 너무나 명백한 의지가 그 동공 속에 박혀 있었다.

그런데 문자가 와 있었다. 그의 외조부인 합참의장, 서정후로부터 온 메시지였다.

─이번 일에서 이만 손 떼겠네. 일처리 능력이 정말 형편없군. 이미 판은 깨졌네. 여기서 조용히 정리하도록 하지.

"소심한 늙은이……."

괜찮아, 혼자서도 충분하다. 가장 큰 힘이 떨어져 나갔지만, 서정후 또한 입을 막기 위해서 검찰 쪽의 입단속을 철저히 할 것이다. 그렇게만 해준다면 더 이상 직접적인 도움이 없다고 해도 아무 문제가 없다.

신민호는 안심했다. 아직 아무것도 끝나지 않았다. 아무것 도…….

하지만, 정말 아무것도 끝나지 않았을까?

아무도 듣지 않지만, 그러나 너무나 분명하게 들리는 그 독백이 자연스레 흘러나왔다.

"이미…… 모든 게 끝나 버렸는데."

손가락 끝이 파르르 떨리고 있었다. 경련은 손가락 끝에서 손으로, 손에서 팔꿈치로, 이내 오른팔 전체로 확대되어 갔다. 신민호는 그 떨림이 어깨에 이르기 전에 왼팔로 경련을 제압했다.

그리고 마술처럼 그 소지진은 사라졌다.

자조조차 하지 않는다. 소름 끼칠 만치 황량한 얼굴. 신민호는 그대로 자리에서 일어났다. 그의 무게를 지탱하고 있던 검은색 소파는 그제야 안도하듯 푸우, 하고 숨을 내쉰다.

그는 방의 한쪽 구석에 있는 작은 문으로 갔다. 방의 문은 작고 수더분했으나, 마치 어떤 고귀하고 거대한 존재를 품은 것처럼 단단한 존재감을 드러내고 있었다. 누군가가 봤다면 호기심에라도 열어볼 법한 문이었다. 그러나 아무나 열어볼 수 있는 문이 아니었다. 문에는 커다란 자물쇠가 채워져 있었기 때문에.

요즘 시대에 걸맞지 않는 아날로그적인 자물쇠였다. 신민호는 정장 주머니에 손을 찔러 넣어 자그마한 열쇠 하나를 꺼냈다. 큼지막한 자물쇠가 철컹, 소리를 내며 무너졌다.

그리고 방의 속살이 공개되었다.

방은 서너 사람이 겨우 들어가 이야기를 나눌 수 있을 만큼 협소했다. 마치 누군가의 마음에 덩그러니 놓인 틈새처럼. 방은 바닥에는 힘없이 너부러져 있는 하얀 나무 의자가 있었다. 신민호는 천천히 몸을 숙여 그 의자를 끌어 세워 앉았다.

고개를 들자 숨이 턱 막혀온다. 질식할 것만 같은 세계다. 산소의 희박함 때문이 아니었다. 온 세계를 뒤덮은 하얀 공간.

끝없이 뻗은 천장. 누구의 작품인지조차 알 수 없는 그 기형의 세계는 자신을 찾아온 낯선 외부인을 향해 강렬한 적의를 드러내고 있었다.

신민호는 손가락으로 두 눈을 꾹 눌렀다가 천천히 눈을 떴다. 그 세계에는 그림 몇 점이 걸려 있었다. 그림들은 한결같이 그로테스크한 형태의 형이상학적인 어떤 것을 형이하학적 그림으로 빚어내려 애쓰고 있었다.

뭉크의 절규, 고야의 사투르노, 케테 콜비츠의 Woman with Dead Child…… 수많은 좌절과 절망을 담은 그 방은 마치 세상의 모든 어둠이 모조리 뭉쳐진 결정체 같았다. 하얀 어둠. 세상에서 격리된 양 이질적인 그 공간은 공간 자체로서 이미 모순이었다.

그는 평소의 담담하고 오연한 시선으로 그 그림들을 하나하나, 오랜 시간을 들여 살폈다.

그것은 고상하면서도 역겨운 의식이었다. 그림 한 점 한 점에 담긴 절망의 깊이를 측량하듯 그림이 흐르는 유려한 선을 따라 하나하나 세밀하게 들여다본다.

그것은 내부의 암흑을 토해내는 행위였다.

신민호는 한 방울의 눈물도 흘리지 않았다. 그러나 누구보다도 더 처절하게 울고 있었다. 축적된 슬픔과 피로(疲勞), 어둠을 모두 모아서 한 번에 털어낸다면 그런 표정이 될까?

신민호의 얼굴은 슬픔의 군상이라도 되는 것처럼 그곳에 있었다. 그는 오만한 시선으로, 그 처절한 시선으로 뭉크의 절규를 노려보고 있었다. 초현실적으로 망가져 가는 인간. 그 몽환적으로 일그러진 세계의 선을, 신물이 날 정도로 깊게 들여다본다.

그는 절규하고 있었다.

그것은 소리없는 절규였다. 세상의 어디에서도 밖으로 꺼내놓지 못했던 자신의 어둠을, 그는 그곳에서 모두 게워내고 있었다.

그 이세계(異世界)는 절대적인 완벽을 구상하는 그에게 있어 유일한 불완전임과 동시에 인간적인 치부였다. 모순적이게도 그는 그 때문에 그 공간을 사랑했다. 그렇기에 버려야 했다.

공기의 밀도가 높아졌다. 공간은 아무런 말도 하지 않았으나 너무도 명백한 분노를 쏟아내고 있었다. 갈 곳 없는 분노였다.

얼마나 시간이 지났을까, 그는 커다랗게 숨을 들이키며 천천히 호흡을 고르기 시작했다. 폐에 들어 있던 이물(異物)을 모두 빼낸 듯, 눈빛은 이전보다 훨씬 날카롭고, 또 차가워졌다.

'잘못되었다.'

신민호는 처음으로 그렇게 생각했다. 무엇이 잘못되었는지, 구체적으로 어디서부터 일이 그르쳐졌는지는 알 수 없었다. 하지만 뭔가가 잘못되었다는 느낌이 강하게 들었다.

그럼에도, 그것은 '잘못되지 않아야' 했다.

그의 현실은 완벽이고, 절대적인 것이어야만 했다. 태어났을 때부터 그랬고, 지금 역시 그랬다. 그는 그 부조리한 완벽을 날실과 씨실을 대신해 명석한 두뇌와 두 손을 이용해 짜내며, 지난 추억을 더듬어갔다.

세상에는 종종 지우려 애써도 지워지지 않는 기억이 있다.

수련의 앞에서 기억을 털어내니 어쩌니 하는 부질없는 의식을 치렀음에도, 그의 기억에서 '지아'라는 소녀의 존재는 조금도 지워지지 않았다. 그리고 그는 그것을 지우지 않기로 했다.

그것이 그 완벽에 유일한 오점이 될 것이라는 걸 알면서도…….

'백호.'

백호의 행동반경은 이미 예상하고 있었다. 그는 신민호가 다루는 네 명의 리메인더 중에서 가장 충성심이 강했고, 동시에 주인인 그를 닮아 있었다. 백호가 신민호에게 품는 감정만큼, 신민호는 백호를 '이해'할 수 있다고 생각했다.

주군의 이상을 위해, 그를 대신해서 그 약점을 끊으려는 백호. 하지만 그 주군의 수하이기에, 패러독스에서 벗어날 수 없는 백호.

그래서 그의 독단적인 행동을 방관했다. 백호 또한 그 사실을 알고 있었고, 그 과정이 현재라는 결과를 초래했다. 한 소녀가 죽었고, 그는 이제 움직일 수 있게 되었다. 그가 앞으로 그려갈 세계에서 고작 소녀 하나의 희생은 티끌보다도 작은 것이었다.

더 많은 희생을 필요로 했고, 더 많은 기존의 행복들이 망가져야만 한다. 하지만 그럼에도 '그'라는 개인에게 있어서 소녀의 상실은 너무나도 큰 타격이었다. 그가 다시는 들어오지 않을 것이라 맹세했던 이 '절규의 방'에 들어올 수밖에 없었던 이유도 바로 그 소녀 때문이었다.

숨을 들이킨다. 그리고 천천히 내쉰다.

그의 적은 그가 생각한 것보다 더욱 강했고, 그는 이제 혼자가 되었다.

가면은 더욱 공고하고 단단해진다.

신민호는 천천히 자리에서 일어나서 의자를 가지런히 세워 놓았다. 그리고 방을 나왔다. 굳건한 자물쇠를 채우고, 열쇠를 문 밑 틈새로 밀어 넣었다. 다시는 들어가지 않을 것이다. 이제 더 이상 그에게는 절규도 절망도 품을 여유가 없었다.

깨끗한 휴대폰의 액정은 아직까지도 예의 문자를 출력한 채 깜빡거리고 있었다. 그는 말없이 액정 뚜껑의 덮개를 덮었다. 그리고 마치 스스로에게 강한 암시를 부여하듯 한 자 한 자 또박또박 소리 내어 말했다.

"아직, 아무것도 끝나지 않았다."

                    *   *   *

네르메스의 안색은 몹시 나빴다. 루피온과 베로스는 눈앞에 찾아온 어리둥절한 상황에 어찌할 바를 모른 채 손을 놓고 있었다. 그녀는 뜬금없이 같은 말을 반복했다.

"루피온, 베로스. 나 좀 도와줄래?"

그녀의 표정에 떠오른 다급함에 무슨 말을 덧붙여야 할지 고민하던 베로스가 답답하다는 듯한 목소리로 말문을 열었다.

"뭘 도와달라는 건데? 도대체, 말을 해야⋯⋯."

"그게 그러니까⋯⋯."

뭔가를 털어놓으려던 목소리는 이내 잦아들었다. 표정은 더욱 어두워져 있었다.

"뭐야, 무슨 문제라도 있어? 왜 말하다 말아?"

루피온이 고개를 갸웃거리며 물었다. 베로스가 재촉하는 눈길로 그녀를 바라보았다. 하지만 속 편한 2인조와는 달리, 네르메스의 얼굴에는 깊은 근심이 어려 있었다.

"모르겠어. 이걸 너희들한테 털어놓아야 할지……."

"말을 시작했으면 끝까지 해야지. 들어줄 테니까 말해. 최근의 너답지 않게 왜 그래?"

"최근의 나라니?"

"너, 우리를 처음 만났을 때의 너와는 많이 다르다는 거 알고 있어? 뭐…… 그게 현실의 '너'일지도 모르겠지만."

"맞아."

루피온이 티나게 고개를 끄덕이며 동의하고는, 음흉하게 웃더니 엄숙한 표정으로 대사를 늘어놓았다. 극적 분위기의 조성을 위해 눈물을 훌쩍이는 연기를 하는 것도 잊지 않았다.

"저, 전 성형한 거 아니라구요… 머리 색깔 바꾼 게 다인걸요……."

그것은 셋이 처음 만났을 때 네르메스가 울먹였던 말이었다. 루피온의 말에 베로스의 입꼬리가 조금씩 꿈틀대더니 이내 파안대소로 이어졌다.

"다, 닥쳐!"

네르메스는 이 와중에도 뭐가 그렇게 부끄러운지 얼굴을 붉히며 버럭 소리를 질렀다.

이 바보 녀석들은 정말, 남의 속도 모르고…….

네르메스는 입술을 꼭 깨물며 험상궂게 표정을 찡그렸다. 그런 한가한 농담을 하고 있을 계제가 아니었다.

그녀는 지금 정말로 위태로웠다.

하지만 어떤 식으로 이야기를 시작해야 할지 조금도 감이 잡히질 않는다. 게다가 이 일은 너무나 위험했다.

"이거 들으면, 너희들도 말려들어 버릴지 몰라. 그래도 괜찮겠어?"

한 사람의 도움이라도 더 필요하다. 네르메스는 될 대로 되라는 심정으로 그런 말을 늘어놓았다. 루피온과 베로스는 약간 의아함을 표하면서도 긍정의 표시로 고개를 끄덕여 보였다.

"위험한 일이야?"

"어쩌면, 매우."

그 말에도 생각없는 루피온은 재미있겠다는 얼굴로 채근했고, 베로스 또한 잠시 생각하더니 연이어 고개를 끄덕였다. 네르메스는 낮게 한숨을 내쉬었다.

어디서부터 이야기를 시작해야 할까. 한참을 망설이던 네르메스는 어렵게 첫 말문을 열었다.

"그러니까 말이지……."

*   *   *

혜영은 정신없이 달아났다. 까진 정강이에서 피가 흐르고, 왼쪽 어깨뼈가 계속해서 아려왔지만, 그녀가 느끼는 막연한 두려움은 그런 통증마저 잊게 만들 만큼 거대했다.

진곤을 차에 남겨두고 온 것이 계속 마음에 걸렸지만, 이동하면서 핸드폰으로 119를 불렀으니까 지금쯤이면 병원에 이

송되어 있을 것이다. 설마 녀석들이 아무리 지독하다고 해도 병원에 입원해 있는 사람을 당장 건드리지는 않겠지.

상대방의 치밀함을 가정하면 상당히 안일한 생각이었지만, 그것이 지금의 혜영이 할 수 있는 최선의 것이었다.

핸드폰에는 부재중 통화 기록이 남아 있었다. 게임에서 만난 녀석들의 이름이 액정 위에 나지막하게 떠 있었다. 잠시 고민하던 혜영은 폴더를 덮었다. 경찰도 도울 수 없는 일을 그 녀석들이 해줄 수 있을 리가 없었다.

그녀는 다리를 절뚝거리며 걷고 또 걸었다. 북적이는 동성로의 거리를 오가던 남자들이 종종 그녀를 흘끔거렸다. 제발 그냥 모른 척해줘. 속으로 그렇게 외치며 열심히 발걸음을 옮겼지만, 결국 정의감에 불타는 남정네 하나가 그녀를 향해 말을 걸고 말았다.

"저기, 아가씨. 많이 다치셨는데……,"

"상관하지 말고 갈 길 가요."

혜영은 부축하려 드는 사내의 손을 매정하게 뿌리치며 분주히 걸음을 옮겼다. 빙설처럼 차가운 목소리였다. 그녀의 말을 제대로 듣지 못한 듯 사내가 당황한 표정으로 되물어왔다.

"네?"

"갈 길 가라고요!"

그녀는 그렇게 쏘아붙이고는 최선을 다해서 걸어갔다. 주변의 사람들이 수군거리자 황량하게 남겨진 사내는 머쓱하게 머리를 긁으며 돌아섰다. 몇몇 사람들이 야유를 퍼부었다.

"거참, 성격 한번 까칠하네."

"예쁘면 다냐! 우우!"

장난스러운 어조였지만, 그런 장난에 응해줄 기력도 없었다. 혜영이 찾는 것은 방송국이었다. 방송국이라면 이 칩의 내용을 바로 전국에 방영시킬 수 있을 것이다. 물론 방송국장이 그녀의 제의에 바로 응해줄 것인지는 별개의 문제였다.

"제길, 어디 있는 거야?"

동성로의 어디를 둘러보아도 방송국의 건물을 찾을 수는 없었다. 한참을 길가에서 헤매던 그녀는 이윽고 당연한 결론에 이르렀다.

'택시를 잡아서 바로 이동한다면.'

처음부터 그랬어야 했다. 한심하게도 겁에 질린 나머지 제대로 된 사고를 하지 못하고 있었던 것이다. 혜영은 스스로에게 아직 늦지 않았다는 암시를 퍼부으며 뒷주머니로 손을 옮겼다.

그런데 지갑이 없었다.

감당하지 못할 분노가 치밀었다. 그녀는 속으로 욕설을 마구 쏟아냈다. 이게 뭐야! 대체 이게 뭐냐고! 이 한심한 꼴이!

울분을 터뜨리던 그녀의 눈에 띈 간판이 있었다. 전국 어디에서나 흔히 볼 수 없을 법한 평범한 PC방의 간판이었다.

'파일은 복사가 안 돼. 하지만, 어쩌면 단순한 칩의 문제가 아니라 파일 자체의 문제일 수도 있어. 개중에는 복사가 가능한 파일이 있을지도 모르고……'

지금은 차선책이라도 급하다.

혜영은 그런 생각을 하며 문득 핸드폰을 바라보았다. 파일 자체가 복사가 안 된다고 해서, 그 내용을 유포할 방법이 없는 것은 아니다. 그녀는 지체하지 않고 계단을 올라가 유리문을 열었다.

작은 플라스틱 케이스에 꽂혀 있는 회원카드를 뽑아 든 혜영은 선언하듯 외쳤다.

"후불요!"

꾸벅거리던 아르바이트생의 눈이 화등잔만 하게 커진다. 난데없이 몸 곳곳에 피를 묻힌 아름다운 여자가 나타나서는 그렇게 외치고 휑하게 돌아서는데 당황하지 않을 사람이 어디 있을까. 남자 아르바이트생은 그녀를 향해 뭔가 말을 붙이려다가 이내 입을 다물었다.

혜영은 자리에 착석하자마자 카드에 적힌 번호를 입력하고, 바로 USB칩을 꽂았다.

—파일을 복사할 수 없습니다.

역시나.

현재의 그녀가 할 수 있는 일은 두 가지였다. 이 칩에 담긴 내용을 요약해서 인터넷에 글을 올리는 것(그러기 위해서는 다시 한 번 파일을 정독할 필요가 있었다). 그리고 폰으로 내용이 담긴 사진을 찍어서 파일로 저장해 두는 것.

혜영의 폰은 최신식 모델이었기 때문에 내부의 조명만 잘 피해서 모니터를 찍으면 제법 화질이 괜찮게 나왔다. 그녀는 폰의 카메라 배율을 조정하며 칩을 출력했다.

그리고 첫 번째 파일이 열렸다.

제목 : 영혼의 증명.

—생명체의 영혼을 추출한다.

그것은 우리의 가장 오래된 실험이자 이 모든 계획의 요체였다.

모든 생명체에는 고유의 자아를 통솔하는, 연장(육체)을 넘어선 '어떤 것'이 존재하고 있다는 가설을 우리는 끝내 버릴 수 없었다. 영혼의 존재를 증명하는 것이야말로 세상의 모든 금력(金力)의 무덤이었다.

인간이라는 존재는 모든 부를 손에 넣은 순간, '영원'을 꿈꾼다. 진시황도 그랬고, 한 시대에 군림했던 모든 왕들이 그랬다. 그리고 현대도 마찬가지다. 우리가 이런 연구를 지속할 수 있는 것은 그런 '영원'이라는 무자비한 욕망을 꿈꾸는 인간들이 있기 때문이었다. 이런 잡설을 대체 누가 읽게 될지는 모르겠지만(아마 아무도 읽을 수 없을 것이다), 아무튼 나는, 그리고 우리는 이런 부유하고 좋은 조건 속에서 연구를 계속했다.

하지만 우리는 어떤 생명체의 영혼도 '채집'할 수 없었다. 대체 영혼이라는 것이 어떤 물질로, 혹은 원자로 이루어져 있는지조차 알 수 없었다. 영혼이라는 것은 정말 존재하는 것일까?

기존의 '영혼의 무게'라고 알려져 왔던 7그램이 다른 물질적인 요인에 의해 발생하는 현상의 결과라는 것을 알게 된 후부터, 우리의 절망은 더욱더 가속화되었다.

오, 하나님. 이 세계에 정말 영혼이라는 것이 존재하는 것입니까? 저는 영혼을 가진 존재입니까?

(문단 사이에는 커다란 공백이 있었다, 마치 기억이 끊어지듯이.)

첫 번째 계획이 수포로 돌아가고, 두 번째 계획마저 무산되자, 우리는 차라리 다른 관점에서 이 이 문제에 대해 접근하기로 했다.

만약 영혼이, 우리가 생각한 것과 다른 '어떤 것'이라면 어떨까?

우리는 확실하게 실험의 방향을 바꾸었다. 처음 우리의 가정은 영혼이 '물질적인 어떤 것' 혹은 '물질을 초월한 어떤 것'이라는 것이었다. 하지만 우리는 영혼을 닮은 어떤 물질도 발견하지 못했고, 물질을 초월한 것이라면 애초부터 우리가 채집할 수 있을 리 없었다.

그래서 우리가 가정한 것은 다음과 같았다.

'영혼은 물질이 만들어내는 물질을 벗어난 어떤 것이다.'

얼핏 보면 모순적이다. 하지만 이렇게 이해하면 쉽다. 요컨대 '기억'을 생각해 보자. 우리의 뇌는 분명한 물질이다. 하지만 '기억'은 어떤가? 분명 그것도 일종의 물질 작용이기는 하다. 하지만 기억이라는 대상 자체가 물질은 아니잖은가?

그것은 어떤 추상성에 근거하고 있는 것이다. 물질이되 우리의 언어로는 설명할 수 없는 어떤 형이상학적인 것. 기억이야말로 어쩌면 하나님에 가장 근접한, 동시에 인간의 원형(原形)인 영혼에 가장 근접한 것이 아닐까. 우리는 그런 가정하에 연구를 계속했다. 우리의 연구는 뇌 의학에 중점적으로 기반을 두고 있었다.

인간의 뇌 속에서 어떤 기억을 추출하고, 그 기억과 똑같은 것을 원형 그대로 복원한다면 어쩌면 그것이 우리 영혼을 구성하는 태초의 본질 같은 것이 되지 않을까?

그게 우리의 새로운 가설이었다.

한편으로는 좀 슬픈 이야기였다. 기존에 존재하는 모든 신학을 엄격하게 부정하는 행위일뿐더러, 인간의 존재가 한낱 물질에서 벗어나지 못한다는 이야기였기 때문이다(간단히 말해서, 우리 인간은 오로지 기억으로만 이루어졌을 뿐이라는 이야기다!). 그럼에도 우리는 연구를 계속했다. 우리는 영혼의 존재를 밝혀내야만 했던 것이다. 그것이 단순한 기억의 집합이든 어떻든 간에 말이다.

하지만 그때쯤에 이르러서 우리의 연구에 대한 금력 지원은 점차 시들해져 가고 있었다. 자신의 유체를 연구소에 스스로 기증하는 사람도 점차 줄어들어 갔다. 있을지 없을지도 모르

는 영혼의 존재를 알아내기 위해 죽음 직전 연구소로 온몸을
다 바쳐서 달려오는 길 잃은 육체가 있을 리도 없었다(아니, 지
금까지 그런 사람이 있었다는 것이 오히려 더 불가해한 일이었다).

더 이상 우리는 '실험체'를 구할 수 없었다. 동물 실험체의
지원도 그쯤에 이르러서는 끊겨 버렸다. 그리고 우리의 궁극
적인 목표는 '동물 영혼의 유무'가 아니라 '인간 영혼의 유무'
였다. 우리는 '인간 실험체'가 필요했던 것이다(어떤 의미에서
그것은 너무도 끔찍한 이야기였다. 당시의 나는 내가 반드시 지옥
에 가게 될 것을 의심치 않았다. 물론 두렵지는 않았다).

그래서 우리는 '인간'을 구하기로 했다. 연구진들 몇몇이
자신이 기꺼이 희생양이 되겠다고 했지만, 소중한 연구원들을
위험할지도 모르는 실험에 투입할 수는 없었다. 그러던 중 연
구진들 몇이 아이디어를 냈다.

"길거리에 나도는 노숙자들을 돈을 주고 사오자."

우리는…… '영원'을 위해서 '비인간(非人間)'의 영역에 처
음으로 발을 들이밀게 된 것이다. 하지만 어떤 자책감도 없었
다. 이것으로 우리는 인류 과학의 선구자가 될 것이고, 영혼의
존재를 기반으로 한 새로운 이론들이 세워지는 데에 있어 '최
초의 영웅'으로 기록될 것임이 자명했기 때문이다.

그리고 최초의 실험체가 나타났다. 그의 몰골은 끔찍했다.
이미 도박으로 모든 재산을 탕진하고 빚더미에 오른 노숙자는
헤실헤실 웃으며 내게 물었다.

"이 실험 끝나면 분명 돈을 주는 거지?"

나는 그렇다고 대답했다. 하지만 그때의 나는, 어쩌면 그가 그 돈을 받지 못할지도 모른다는 생각을 하고 있었다.

　우리는 기계적인 손놀림으로 그의 뇌를 열어 실험을 시작했다.

　나는 스스로에게 강한 암시를 부여하기 위해 애써야만 했다. 그는 한낱 노숙자일 뿐이다. 인간이 아니다. 죽어도 상관없는, 한낱 피실험체에 불과하단 말이다!

　그리고 실험은 실패했다.

　게다가 우리는 노숙자에게 돈을 지불하지 않았다. 죽은 자에게는 돈이 필요하지 않다. 그는 인간으로 죽은 것이 아니다. 한낱 실험체로 죽었을 뿐이다.

　죄책감에 시달린 것은 비단 나뿐만이 아닌 것 같았다. '최초의 실험'에서 사망자가 나온 후 모두의 안색은 눈에 띄게 초췌해져 있었다.

　하지만 우리는 이미 선을 넘었다. 그리고 연구는 계속되어야만 했다. 다행히 연구진들 중 이탈자는 나오지 않았고, 연구는 계속될 수 있었다. 두 번째, 세 번째, 네 번째. 그리고 다섯 번째. 연구는 점차 '누군가의 희생'으로 점철되어 가고 있었다. 노숙자를 구하기 위해 우리는 매번 사비를 털어 에이전트 요원을 고용해야만 했고, 우리는 점점 더 빈곤해져 갔다(그때에 이르러서는 스폰서들도 거의 남아 있지 않았다).

　(그 후 텍스트에는 긴 공백이 있었다.)

그리고 서른 번째 노숙자가 실려 왔다. 초췌한 얼굴의 노인이었다. 문득 죽은 아버지가 생각났다.

나도 늙으면 이렇게 될까? 아니면……

노인은 죽음과 가장 가까운 거리에서 살고 있는 사람이다. 그들을 볼 때마다 나는 죽음을 인식했다. 그리고 두려워졌다. 아니, 생각하지 말자.

우리는 뇌의 뚜껑을 열고, 형식적으로 선을 컴퓨터에 연결했다. 곧 컴퓨터가 뇌의 인식을 시작하며 경고음을 발산했다.

"코드 인식 구십오 퍼센트! 곧 임계점을 돌파합니다!"

우리는 이전의 실험에서 99퍼센트까지 기억의 재구성에 성공했었다. 하지만 그 1퍼센트가 문제였다. 그 1퍼센트만큼은 어떤 방법을 써도 우리의 기술로는 재형성해 낼 수 없었다.

실패할까, 성공할까, 실패할까, 아니면……

그 순간 섬광 같은 것이 뇌리를 스쳤다.

—마지막 1퍼센트는, 어쩌면 '재구성'할 수 없는 기억인지도 모른다.

그 말이 뇌리를 스치는 순간 나는 컴퓨터에 앉아 시스템 명령어를 바꿔 넣기 시작했다. 그중에서 나는 '마지막 1퍼센트'에 관한 인식 명령어를 '복제'에서 '이동'으로 변형시켰다.

"무슨 짓이야!"

연구원 하나가 나를 뜯어말렸을 때, 이미 퍼센티지는 *99*를 돌파하고 있었다.

……100%!

—Complete.

"뭐, 뭐야?"

처음으로 뜬 완료 메시지였다. 연구원들은 내 마지막 행동에 당혹감을 감추지 못한 채 모니터 화면을 다시 살펴보았다.

—Complete. 데이터가 전송되었습니다.

우리 계획의 목표는 '인간'의 기억을 '컴퓨터 데이터'로 재구성하는 것이었다.

우리는 영혼의 존재를 증명하는 것에 성공한 것이다!

하지만, 그 성공에도 불구하고 우리는 전혀 기뻐할 수 없었다.

우리의 영혼이란 0과 1로 구성된 한낱 데이터에 불과했던 것이다.

혜영은 비 오듯 흘러내리는 땀을 닦았다. 피가 흘러나오는 상처를 손수건으로 단단히 동여매고, 정신없이 화면 사진을 찍어댔다. 다시 읽으면서도 믿을 수 없는 내용이었다.

하지만 경악은 이제 시작에 불과했다.

제목 : '시설'에 관하여.

……우리는 처음부터 커다란 문제에 봉착했다.

우리는 인간의 다른 모든 '기억'을 복사할 수 있었지만, 인간의 '사고(思考)'를 구성하는 마지막 1퍼센트(우리는 이것을 '영혼의 본질'이라 부르기로 했다)만큼은 복제해 낼 수 없었다. 하지만 그것은 분명히 컴퓨터 데이터로 전환되었고, 그 데이터가 0과 1로 구성되어 있는 이상 우리 연구진들이 해석해 낼 수 없을 리가 없었다. 해석이 가능하다는 말은 응용과 복제가 가능하다는 말이다.

그런데, 우리 중 누구도 그 배열을 해석해 내지 못했다.

믿을 수 없는 일이었다. 0과 1로 구성된 영혼이 분석이 불가능하다니? 있을 수 없는 일이었음에도 그 일은 분명히 일어나고 있었다(요컨대 그것은 탄소로 연필심을 만드느냐, 아니면 다이아몬드를 만드느냐의 차이인 것 같았다).

먼 미래라면 가능할지도 모르지만 우리는 현재의 기술로는 그 배열을 해석할 수도, 그 배열을 구성하는 에센스에 액세스(Access)할 수도 없다는 결론을 내렸다.

하지만 여기서 우리는 굉장한 사실을 하나 알아냈다. 영혼 본질의 분석적 측면에서 접근하지 말고, 차라리 영혼 자체의 사용 여부를 검토해 보자는 의견이 오가던 와중에, 우리는 '인간의 영혼'이 분할이 가능하다는 사실을 알게 되었던 것이다.

그리고 더욱 경악스러운 사실은 분할된 영혼 또한, 본래 영혼의 기능을 어느 정도 수행할 수 있다는 것이었다. 우리는 바로 영혼의 조각에 기억을 덧입혀 하나의 '가상생명체'를 제조해 보았다.

그리고 다음 순간, 우리는 세계 최초의 '가상생명체'와 이야기하는 영광을 누리게 되었다.

—안녕하세요.

모니터에 떠오른 한 줄의 문장. 우리는 그 영광스런 침묵을 깨는 것을 두려워하며, 넋을 놓고 말았다.

(텍스트에는 또다시 긴 공백이 있었다. 아마 훼손된 듯했다.)

우리는 조금씩, 그리고 조심스럽게 우리의 연구 실적을 세상에 알렸다. 그것은 너무나 민감한 사항이었고(인간의 모든 종교를 부정하는 내용이 아닌가!), 동시에 불경한 일이기도 했기 때문에 우리의 개발 내용을 아는 것은 세계의 최상위층, 최상위층 중에서도 정점에 선 극소수뿐이었다(그중에서도 한국인에 한정되었다. 진실이 국경을 넘기에 우리가 알아낸 사실들은 너무나 무거웠다).

'영원'을 꿈꾸던 우리의 계획은 거기에 이르러서 발상의 전환을 맞았다. 영혼을 추출해 새로운 육체에 주입시키는 것(이른바 육체적 삶의 연장)은 사실상 우리의 기술력으로는 불가능했다.

하지만…… 그 '영혼' 자체를 우리가 만든 '가상 세계'에 옮겨 살아가게 하는 것은 가능했다. 그 세계는 영혼의 세포 분리를 응용해 만들어낸 공간이었기 때문에 한 번 만들어진 후로는 파괴가 불가능했고(설령 그 세계를 만든 우리라 할지라도), 그것은 곧 영혼이 그 세계 속에서 살아갈 수 있음을 의미했다.

스폰서들은 흥분을 토해내며 우리의 연구에 열성적인 지원을 약속했다. 심지어 죽음을 앞두고 있는 스폰서 몇몇은 스스로가 실험체가 되기를 원하기도 했다(우리로서는 반가운 일이었다).

하지만 실험체는 여전히 부족했다. 더 이상 같은 방식으로 노숙자 실험체를 구하는 것은 불가능했고, 그쯤에는 그 일에 신물을 느끼는 연구원들도 생겨나고 있었다(비겁하고 역겹지만, 우리는 그쯤에서야 우리가 무슨 짓을 저질렀는지 실감하고 있었다). 뒤늦은 자기 합리화가 시작되고, 제멋대로 재단된 이기적인 정의가 실현되었다.

정부의 인간이 우리에게 접촉해 온 것도 그 시기였다. 그는 실험체를 얼마든지 제공하겠다는 성명을 가지고 우리를 찾아왔다.

"그러니까, 실험체를 제공해 주겠다는 이야기군요."

나는 살짝 삐딱한 말투로 입을 열었다.

"각하께서는 당신들의 연구 업적을 매우 흥미롭게 여기고 있습니다. 최근 정부에서는 '시설'의 구축을 계획하고 있습니다. 사회 빈민층을 구제한다는 명목으로 만들어진 시설이죠. 그 시설에서 쓸모없는 인간들을 선별해 정기적으로 지급해 드리겠습니다."

인간을 선별한다? 마치 인간을 도구 이상으로 취급하지 않는 듯한 그의 말에 나는 몹시 기분이 상했으나, 사실 뭐 묻은 개가 겨 묻은 개 나무라는 꼴이었기에 도로 입을 다물고 말았다.

"시설? 빈민층을 구제한다면 구체적으로 어떤 시설이죠?"

나는 뒤늦게 질문을 던졌으나 성질이 급한 연구원 하나가 대화에 끼어드는 바람에 그는 내 질문에 대답할 타이밍을 놓치고 말았다.

"대가는 뭐지? 당신들이 그렇게 순순히 그런 대단한 일을 해줄 거라고는 전혀 믿을 수 없어!"

"아, 그러지 마십시오. 지금 당장 대가를 요구하지는 않습니다."

몹시 기분 나쁜 미소였다. 그러나 뭐라고 쏘아붙일 말이 없었다. 솔직히 말해 그 공간 속에 포함되어 있는 '아홉 사람' 중에서 정상적인 인간은 하나도 없었다. 우리는 다 한통속인 셈이다.

"어려운 대가는 요구하지 않겠습니다. 일단은 그렇게 믿어주시지요."

하지만 우리는 그때 그의 말을 듣지 말았어야 했다. 뒤이어 벌어질 무시무시한 계획의 진상을 알았더라면……

텍스트를 읽던 혜영은 머리가 어지러웠다. 내상을 입은 걸까? 몸의 아픈 곳을 꾹꾹 눌러봤지만, 오히려 피부에는 점차 감각이 없어져 갔다. PC방에 들어온 지 벌써 한 시간 이상이 지체되고 있었다. 녀석들은 무슨 짓을 해서라도 그녀를 찾아낼 것이다.

카운터에서 그녀를 흘끔거리는 아르바이트생의 시선을 느끼며 혜영은 고통을 꾹 참고서 휴대폰의 확인 버튼을 연신 눌렀다.

제목 : 유토피아.

……그 즈음에 이르러 우리의 계획은 급가속 되었다. 매일 서너 개의 영혼이 우리가 만든 '세계' 속으로 스며들어 갔다. 연구진들은 흥분해 날뛰었다. 우리는 창조주가 되어 있었던 것이다! 비록 노숙자들은 현실에서는 죽지만 그 '가상현실' 속에서는 영원히 살아갈 수 있다. 그들은 죽지 않은 것이다!

하지만 나는 그 활기찬 연구의 와중에도 꺼림칙함을 덜 수 없었다. 양심에 울타리 하나가 쳐져 있고, 나는 그 울타리의 경계에 걸터앉아 아직은 괜찮아, 하고 스스로를 위로하고 있었다. 그리고 울타리의 경계는 점점 더 넓어지고 있었다.

양심은 멀어져만 간다.

아니, 그걸 양심이라고 표현할 수 있을지 지금의 나로서는 도저히 장담할 수가 없다. 그건 양심이 아니다.

한낱 구역질나는 추악한 본성의 일부일 뿐이었다.

그런 꺼림칙함을 느낀 것은 비단 나뿐만이 아니었던 모양인지 어느 날 여자 연구원 하나가 내게 질문을 던져 왔다.

"그 노숙자들은, 정말 죽지 않은 걸까요?"

"글쎄……."

뜻밖에도 나는 명쾌한 해답을 내놓지 못했다. 죽지 않았다, 그들은 살아 있다, 하고 확언할 수 있을 줄 알았는데, 뜻밖에도 나는 망설이고 있었던 것이다. 무엇을? 나는 어떤 해답도 내놓을 수 없었다.

"그들은 이제 숨도 쉬지 않고, 음식도 먹을 수 없어요."

"그건 우리 입장에서지. 그들은 저 '세계' 속에서 먹고, 마시고, 웃으며 살아간다고. 그들의 진짜 삶은 저 안에 있는 거야."

내 말에도 연구원은 쉽게 수긍하지 못하는 모습이었다. 분홍빛으로 옅게 물든 그녀의 머리칼이 불안하게 흔들렸다. 나는 그녀에게 확신을 심어줘야겠다고 생각했다.

"데카르트의 코기토 에르고 숨. 몰라?"

내 말에 그녀가 잘게 웃으며 대답했다.

"나는 생각한다, 고로 존재한다. 그런 기본적인 것 정도는 저도 알아요."

"그래, 저들은 적어도 '생각'을 하고 있는 거지. 세상에 존재하는 모든 것은 '생각'을 하고 있어. 저들은 분명히 존재하고 있는 거야."

나는 그 말을 하면서도 속으로 약간 의아해했다. 과연 인간이 존재하고 있다, 라는 것은 어떤 의미일까. 정말 데카르트의 말처럼 단순히 생각을 하고 있다, 라는 것으로 입증될 수 있는 것일까. 나는 그것을 내색하지 않으려 노력하며 그녀를 향해 웃어 보였다.

그녀는 씁쓸한 미소를 짓고 있었다.

"팀장님은 정말로 저 안의 사람들이 '생각'하고 있다고 생각하세요? 자신의 '생각'을 가지고 있다고 생각하고 계시는 거예요?"

순간 밀려온 거대한 당혹감에 나는 숨을 멈췄다. 나는 대답할 수 없었다. 입술을 깨물고 있던 내가 한참 만에 내놓은 대답은 고작 다음과 같은 것이었다.

"우리는 데카르트도, 칸트도 아냐. 철학자가 아니라고. 한낱 연구원일 뿐이지. 우리는 우리 할 일만 하면 돼. 그럼 모두가 행복해질 수 있어."

모두가 행복해질 수 있다. 나는 내가 한 그 말을 믿었다. 분명 모두가 행복해지게 될 것이다. 내가, 우리가 만든 '영원'의 세상 속에서! 영원토록!

(텍스트가 훼손되었는지, 여기서부터 폰트들이 상당히 망가져 있었다.)

······계획은 조금씩, 아주 미묘하게 틀어지기 시작했다. 정

부의 최초 요구가 들어온 것이다.

"지금까지 지급한 실험체의 영혼으로, 가상생명체들을 만들어 주시오."

이해할 수 없는 요구였다. 가상생명체들은 이미 만들고 있지 않은가? 그리고 그들은 저 '세계' 속에서 살아가고 있고. 하지만 나는 요구서의 마지막 줄을 읽고 경악을 금치 못했다.

"최소 삼백만 개 이상."

삼천 명이 아닌 삼만 개로 서술한 것은 그렇다고 치더라도, 삼백만 개라니! 사태는 생각보다 훨씬 더 심각했다. 우리는 결단을 내려야 했다.

"그래서, 지금 영혼을 분할해서 생명체를 만들자는 말씀이세요?"

"하나의 영혼을 분할하면 수백, 많게는 수천 개의 가상생명체를 만들어낼 수 있어. 그렇게 하면 정부의 요구를 들어줄 수 있고."

"우리가 왜 그렇게까지!"

"이미 녀석들은 우리의 비밀을 모두 알고 있어. 만약에 우리가 저들의 요구를 들어주지 않으면, 우리가 과연 어떻게 될지는 자네가 더 잘 알잖아?"

"……하지만, 그건 사람을 죽이는 거예요. 영혼조차 남지 않게 되는 거라고요!"

"그들은…… 죽지 않아. 영혼으로 살아 있다고. 단지 분할되었을 뿐이야."

단지 분할되었을 뿐이다. 연구원들은 모두 황망한 표정이었다. 나는 이를 갈 듯이 외쳤다.

"우리는 이미 많은 영혼을 분할시켜 왔어! 이제 와서 설마 도망칠 생각은 아니겠지? 다들 정신 차려! 우린 이미 선을 넘은 지 오래됐어. 양심을 되찾기엔 이미 너무 늦었다고. 이제 와서 착한 척한다고 해서 모든 게 없었던 일이 될 수 있을 것 같아?"

우리는, 사람을 죽였다.

"아무것도 바뀐 건 없어. 우리는 생명체를 창조하는 것뿐이야. 하나의 생명체에서 수십, 수백의 생명체를 만들어내는 것뿐이라고! 우리는 신의 역할을 대행하고 있는 거야!"

"당신…… 미쳤어요. 우린 전부 미쳤어요."

여자 연구원은 무릎을 꿇고 울었다. 우리의 목숨은 이미 요단강을 건넌 셈이다. 더 이상 누구도 돌아갈 수 없다. 연구원들 중 하나가 허탈하다는 듯이 입을 열었다.

"사공이 많으면 배가 산으로 간다더니, 우리가 꼭 그 꼴이군요."

"배는 산으로 가지 않아. 내가 그렇게 만들 거야."

나는 그 연구원을 노려보며 첨언했다.

"빠지고 싶다면 빠져도 좋아. 단, 그 이후 어떻게 될지는 나도 책임질 수가 없어."

그리고 아무도 이탈자는 없었다.

정부의 계획은 '게임'을 만드는 것이었다.

"게임을 만든다고요? 우리가 만든 세계로 게임을?"

불가능한 이야기는 아니었다. 실제로 그동안 우리의 기술력은 더욱 발달하여 접속자의 영혼을 '가상세계'와 '현실'의 경계에 걸쳐 놓을 수 있게 되었던 것이다.

"하지만…… 갑자기 게임이라니."

"기억 정보를 수정하면 통각 정도는 없앨 수 있어. 그리고 분할된 영혼마다 '새로운 기억'을 심어주면 게임에 나오는 NPC처럼 만드는 것도 아무런 문제가 없겠지. 그것도 지능을 가진……."

"정말 가능할까요?"

우리는 우리가 만든 세계가 세상에 알려진다는 것이 두려웠다. 하지만 정부의 입장은 강경했다. 우리는 물러설 곳이 없었다. 내겐 아들과 딸이 있고, 사랑하는 아내도 있었다. 정부는 이미 내 신상정보에 대한 조회를 끝냈을 것이다.

하지만 시간이 지날수록 작은 어긋남의 균열은 점차 심각해져 가고 있었다. 그것은 정말 '돌이킬 수 없는' 실수에 가까웠다. 그 일은 정부에서 보내온 두 명의 연구진이 추가됨에 따라 심화되어 갔다. 연구진은 각각 '심리학'과 '최면학'의 대가들이었다.

거기까지 읽은 혜영은 텍스트 자료에 첨부되어 있는 기묘한 형태의 그림 파일들을 발견했다. 물론 혜영은 그걸 본 적이 있었다. 그것은 사이코메트리의 기억 속에도 있었고, 그녀의 눈으로 직접 본 기억 속에도 있었다.

그 엠블럼은, '론도'의 마을 입구, 던전 입구, 성벽 등 곳곳에 새겨진 그림이었다. 붉은 색의 검이 푸른색의 방패를 꿰뚫은 기이한 문장. 그것은 모든 음모의 결정체였다.

……우리가 정부 측 연구원에 대해 그 이론에 물어봤을 때, 그들은 내가 한 번도 들어보지 못한 이론을 내세우며 이야기하기 시작했다.

"색채요법이라고요?"

"프로이트 정도는 알고 계시겠죠?"

정부 쪽 연구진이 그것도 모른다면 인간도 아니라는 말투로 나를 쏘아봤기에, 나는 잘 알지도 못하면서 고개를 주억거리고 말았다. 얕보지 마. 꿈의 해석 정도라면 나도 읽어봤다고.

"그럼 무의식에 대해서는 따로 설명하지 않겠습니다. 알다시피 프로이트는 무의식을 최초로 이론화하여 본의 아니게도 서양 근대철학의 절대 명제였던 '데카르트의 명제'를 완전 해체시켰죠."

"아무튼, 색채 요법은 뭐고 프로이트는 거기서 왜 나오는 겁니까?"

나는 내가 모르는 이야기가 나오는 것을 원치 않았기 때문에 곧장 찌르고 들어갔다. 그는 말없이 두 장의 빳빳한 색종이를 꺼냈다. 그리고서 왼쪽 손에는 새빨간 붉은색—그것은 순수한 피 색깔에 가까웠다—색종이를, 오른쪽 손에는 파란색 색종이를 내게 들어 보였다.

"붉은색 색종이를 보시면 무슨 느낌을 받으십니까?"

지금 대놓고 인내심을 시험하겠다는 건가? 내가 화가 나서 뭐라고 따지려는데, 여자 연구원이 재빨리 나서서 대신 답변하는 바람에 타이밍을 놓치고 말았다.

"불안해 보여요. 유동적이고, 강렬하고, 뭔가 위험한 듯한…… 색이 조금 더 부드러웠다면 따뜻한 느낌도 들 것 같아요."

"그렇습니다. 대부분의 인간들은 그렇게 느끼지요."

남자는 그렇게 말하고서 연이어 파란색 종이를 가리켰다. 이번에는 내가 대답했다.

"비교적 정적이고, 자연스럽고 안정되며, 평화롭고 차가운…… 뭐, 이런 대답을 원하는 거겠지?"

"그렇습니다. 바로 맞혔습니다."

명령대로 재주를 넘은 원숭이를 칭찬하는 듯한 그 목소리에 나는 조금 기분이 나빠졌다. 그러나 그런 내 기분과는 별개로 그의 말은 계속되었다.

"그게 바로 색채요법의 요체입니다. 인간에게 색깔을 통해 어떤 심리적 영향력을 행사하는 것이지요. 예를 들면 빨간색에는 감각신경을 자극하고 혈액순환을 촉진시키며, 교감신경계를 자극하는 효과가 있습니다. 그리고 파란색에는 근육과 혈관을 축소시켜 혈액을 정상적으로 순환시켜 주는 효과가 있습니다. 실제 질병 치료에도 이런 요법이 종종 이용되고 있지요."

"그래서?"

"이 색채요법은 모두 대상의 '무의식'에 그 기저를 두고 있습니다. 우리의 뇌신경이 따뜻하다, 혹은 강렬하다 등의 말들을 문장으로 연상화하기 전에, 이미 무의식이 그렇게 느끼는 거지요. 제가 프로이트를 언급한 이유는 바로 그 때문이었습니다."

나는 아직도 그가 말하는 내용의 골자가 뚜렷하게 잡히지를 않았다. 뭘 말하고 싶은 것일까.

"이야기를 심화시켜 보지요. 이것은 의학의 '플라시보 효과'와도 비슷한 것입니다. 일종의 무의식 상태에서의 자기 최면이라고 볼 수도 있으니까요. 결국 특정 '색깔'은 인간이 의식하지 못하는 사이에 어떤 종류의 '영향력'을 행사하고 있는 겁니다."

그는 그 말을 맺으며 이번에는 두 종이를 번갈아 섞어 흔들어 보였다. 그의 눈은 지금 그 광경이 내 눈에 어떻게 비치느냐를 묻고 있었다.

"혼란스럽군."

"그렇습니다. 그게 바로 제가 말하고 싶은 겁니다."

순간 등줄기를 타고 싸한 뭔가가 올라왔다. 나는 뒤늦게서야 그가 말하고자 하는 것이 무엇인지를 조금 깨달았다.

"나와 이 친구는 온 평생을 바쳐서 최면학과 기호학, 그리고 심리학을 연구해 왔습니다. 그 결과 '무의식의 언어'를 어느 정도 해석해 내게 되었습니다."

"무의식의 언어라면……."

"인간은 빨간색에서 공포와 불안을, 파란색에서 안정감을 느낍니다. 빨강과 파랑의 배색 정도에 따라서 혼란을 느낄 수도 있고, 강렬한 적의를 느끼기도 하며, 착잡함을 느끼기도 합니다. 태극기의 예를 들 수 있겠군요. 이게 무슨 뜻인지 알겠습니까?"

그는 숨도 쉬지 않고 말을 이었다. 그에 비례해서 나는 점점 더 숨이 막혀갔다.

"반대로 생각해 보죠. 그 무의식적 '효과'를 인간에게 전달하는 어떤 종류의 '기호'나 '색깔'에 대한 보편적인 '언어'를 개발할 수 있다면 어떨까요? 그렇다면 우리는 그 언어를 통해 인간의 무의식 속에 어떤 종류의 '명령'을 내릴 수 있다는 이야깁니다."

등골에서부터 섬뜩함이 차올랐다.

인간의 무의식에 명령을 내린다.

그만큼 인간이란 동물은 좀처럼 자신의 무의식을 깨닫지 못한다. 무의식(無意識)이란, 곧 그것을 의식하지 않는 상태를 지칭하는 말이기에. 그 말은 곧…….

"그 '언어'를 사용해서, 대상이 인식하지도 못하는 사이에 '어떤 행위'를 하도록 만들 수 있다는 이야기군."

"바로 그렇습니다."

그것은 곧, 피대상자가 느끼지도 못하는 사이에 그 대상을 조종할 수 있음을 말한다. 물론 그런 형태의 언어는 피상적인 정보만을 무의식에 전달할 것이기 때문에, 구체적인 명령은 내리지 못할 것이다. 하지만 그것만으로도 충분하다.

"지금 당신들은 인간을 '지배'하겠다는 말이군."

나는 분노에 찬 음성으로 말했다. 그는 담담하게 고개를 저었다.

"아닙니다. 이것은 단지 잠정적인 수단일 뿐."

나는 아무 말도 하지 않았다. 결론만 옳다면 수단은 어떻든 상관없다는 식의 사고방식을 가지고 있는 인간은 생각보다 세상에 흔하다. 그리고 결정적으로 나 자신 또한……

"그 '언어'를 게임 속에서 사용하겠다는 건가?"

"그렇습니다. 대표적으로…… 이게 되겠군요."

그는 회전의자를 빙글 돌려 모니터에 떠올라 있는 기이한 형태의 엠블럼을 가리켰다. 칼이 방패를 찌르고 있는 엠블럼이었다. 그 엠블럼을 보고 있자 괜히 이상한 적의 같은 것들이 차올라서 나는 고개를 팩 돌려 남자 쪽을 바라보았다.

"왜 게임 속에서 그걸 하겠다는 거지? 어차피 너희들의 속셈이 그런 거라면, 현실에서 그 엠블럼을 퍼뜨려도 상관없을 텐데?"

나는 나름대로 날카로운 지적이라고 생각했는데, 그는 안색 하나 변하지 않고 안경을 밀어 올리며 답했다.

"이런 기호들을 현실에서 너무 남발하게 되면, 아무리 최적

화된 배치를 감행한다고 해도 분명 눈썰미 좋은 인간에게 발견되어 버릴 것입니다. 그럼 끝장이죠. 어떤 방식으로든 질타를 피해갈 수 없을 겁니다. 하지만……."

하지만, 게임은 다르죠.

나는 그의 뒷말을 분명하게 들었다고 확신할 수 없었다. 세상이 순간적으로 일렁거린 것 같았다. 어쩌면 상상도 할 수 없을 만큼 커다란 사건에 발을 들이민 것일지도 모른다는 생각이 들었다. 두려움이 치솟았다.

"현실에서 가장 은밀하며, 동시에 통제가 가능한 곳. 그러면서도 많은 사람들이 이용하는 곳. 우리는 여태껏 '그런 세계'를 찾아왔습니다. 그리고 당신들이 그런 세계를 만들어주었죠."

가상현실 세계.

내 아둔한 뇌는 그제야 제 기능을 되찾았다. 생각이 문장으로 연결되기까지는 그리 오랜 시간이 걸리지 않았다.

정부는, 게임으로 세계를 지배할 생각이었다!

……나는 모든 계획에서 손을 떼기로 결심했다. 모든 일들은 조심스럽게 진행되었다. 나는 비밀리에 정부 측 연구원들을 제외한 다른 모든 연구진을 한자리에 모았다.

"이제 와서 뭘 말하고 싶은 겁니까. 모든 걸 여기까지 끌고 온 건 당신이라고요."

연구원들의 일부는 강하게 반발했다. 나는 아무 말도 할 수 없었다. 다른 모든 삶을 내팽개친 채 나를 따라 연구에 골몰했던 연구진들이었다.

그런 그들에게 나는 연구를 중단할 것을 선언했던 것이다. 다른 모든 것을 용납하더라도 우리의 세계를 통해 세상을 지배하겠다는 발상만큼은 허락할 수 없었다.

그것은 나에게 남은 마지막 금지이자, 최후의 자기모순이었다.

내 이야기를 모두 들은 연구원들 몇몇은 침음하며 고개를 끄덕였고, 나머지 연구원들은 풀이 죽은 듯 고개를 숙이고 있었다. 은밀한 어둠이 주위에 잔잔히 내리깔렸을 때, 나는 그들의 머리를 열어보고 싶다는 생각을 했다.

그들은 뭘 생각하고 있을까. 허무? 좌절? 나는 자조했다. 결국은 모두 같은 것을 생각하고 있을 것이다. 가족, 현실, 꿈…….

우리는 무엇을 위해서 연구를 시작했던가.

영원을 추구한 죄는 너무도 크다.

연구원들 중 한 명이 자신없는 목소리로 입을 열었다.

"지금 우리가 손을 뗀다고 해서 정부에서 가만히 있겠습니까? 우리는 이제…….”

"우리는 우리가 한 일에 책임을 져야 해.”

다른 남자 연구원이 눈을 감은 채 무뚝뚝하게 중얼거렸다. 그는 평소에도 무척이나 말이 없던 연구원이었다. 나는 고개를 끄덕였다. 우리가 아니면 누구도 책임을 질 수 없다.

그것은 우리가 연구를 시작하는 그 순간부터 우리의 어깨에 주어진 짐이었다. 너무나 무거운 짐이었다. 이제 우리는 그 짐에 의해 우리에게 남은 모든 현실을 뿌리쳐야만 했다.

"우리는, 우리가 만든 저 세계를 부숴 버려야 해."

(텍스트의 사이에는 깊은 공백이 있었다. 그러나 그건 딱히 훼손되었다라기보다는, '기록할 수 없었다'라고 보는 편이 맞을 정도로 긴박한 공백이었다.)

우리는 세계를 부술 수 없었다. 아니, 정확히 말해서 우리는 '세계를 부술 방법'을 알지 못했다. 세계의 기반은 영혼이었고, 우리는 아직 영혼 자체를 부술 방법을 개발해 내지 못했던 것이다.

그리고 우리의 계획은 내부의 배신자에 의해 적발되고 말았다.

"인수, 네가 왜!"

나는 연구실 내부를 점령한 몇 명의 정장 사내들을 보며 악을 썼다. 수년간 연구를 함께했던 연구원이 설마 배신을 할 줄은 몰랐다. 일반적인 상황이라면 충분히 일어날 법한 일이다. 하지만…… 지금은 그런 '일반적인' 상황이 아니다.

"인수, 너는…… 이 모든 '책임'을 내버릴 셈이냐?"

"나, 나는……."

보디가드 사이에 서서 고개를 푹 숙이고 있는 그는 고개를 들지 못했다. 나는 무지막지한 분노를 느꼈다. 여기에 이 남자들이 왔다는 것은 정부가 이미 우리 계획을 모두 알고 있다는 것을 뜻했다. 그렇다면 곧 후속 부대가 들이닥칠 것이다. 이젠 시간이 없다.

다음 순간 나는 큰 목소리로 외쳤다.

"모두들, 책임질 준비가 됐나!"

내가 뭔가를 하려는 것을 눈치 챘는지 연구진들은 굳은 표정으로 고개를 끄덕였다. 그들의 결의 어린 눈빛을 확인한 나는 천천히 고개를 돌려 보디가드들을 쏘아보았다. 네 명의 보디가드는 긴장한 표정으로 나를 보고 있었다.

나는 쏜살같이 손을 움직여 내 옆에 놓여 있던 무선 마우스를 벽의 버튼을 향해 집어던졌다. 순간적으로 빛이 사라지며 까마득한 어둠이 내려앉는다. 연구원들은 지하에서 오랫동안 지내면서 밤눈이 상당히 밝아져 있었다. 보디가드들에 비해 어둠에 훨씬 빨리 적응해 낸 우리는 신속하게 움직여 그들의 뒤를 가격했다.

우리를 단순한 약골 연구원으로만 봤다면 그건 정부 측의 오산이었다. 이 연구실에는 연구진들의 건강 증진을 위한 운동기구는 물론이고 어지간한 체육관까지 갖추어져 있었다. 물론 그렇다고 해도 정면승부라면 승산이 없었을 것이다. 그래서 나는 수적인 우세에도 불구하고 어둠이라는 어드밴티지를 우리 측에 포함시켰다.

간신히 네 명의 보디가드를 모두 제압한 연구진들은 숨을 헐떡거리며 나를 올려다보았다.

이제 어떻게 할 생각이냐는 표정이었다. 나는 결연한 얼굴로 컴퓨터를 향해 다가갔다. 그리고 영혼 전이 시스템을 가동시켰다.

"무슨…… 설마?"

연구진의 일부가 경악성을 터뜨린다.

나는 무겁게 고개를 끄덕였다.

"우리는 도망친다."

"도망치다뇨? 무슨……."

"밖에서는 더 이상 우리가 할 수 있는 것이 없다. 그렇다는 이야기는, 즉……."

나는 말을 맺지 않고 영혼 이식 장치의 모니터 화면을 바라보았다. 그곳에는 새로운 세계의 일부가 비치고 있었다. 하얀 모래의 바다. 아직 제대로 된 자연이 모체(母體)가 존재하지 않는 황폐한 세계. 비현실적인 그 모래 언덕들이 우리를 바라보고 있었다. 그것들은 마치, 우리를 향해 손짓하고 있는 것 같았다.

모두는 넋을 잃고 그 화면을 바라보았다. 그 허망한 침묵을 깬 것은 분홍 머리칼의 여자 연구원이었다. 그녀는 어울리지 않게도 쾌활한 목소리로 말했다.

"좋아요, 가죠. 대신 잘못되면 '대장'이 책임지라구요."

나는 그 말에 허탈하게 웃었다. 언제부턴가 나는 그들의 대장이 되어 있었다. 내가 그들을 이끌어야만 했다. 그녀를 선두로 연구원들은 하나둘씩 영혼 전이 코드를 자신의 머리에 연결하기 시작했다.

그렇게 마지막 연구원이 저 너머의 세계로 사라졌다.

아니, 엄밀히 말하면 아직 한 사람이 남아 있었다. 나는 문간 쪽을 돌아보며 말했다.

"너도, 책임을 질 텐가?"

예의 배신자 인수가 그곳에 서 있었다.

그는 떨리는 입술을 깨물더니, 이내 굳은 표정으로 고개를 끄덕이며 나를 향해 다가왔다. 그는 불안한 미소를 지으며 나를 돌아보았다. 그리고 세계 속으로 사라졌다.

'이제, 나 하나 남은 건가.'

고소를 머금은 채 장치를 머리에 뒤집어쓴다. 멀리서 고함소리 같은 것들이 아련하게 들려왔다. 내겐 아들과 딸이 있고, 사랑하는 아내가 있다. 그럼에도 나는 도망쳐야 한다.

이 '진실'을 증명하기 위해, 그리고 '영원'을 종결시키기 위해.

나는 이제까지의 내 말을 모두 바꾸고 싶다.

이 이야기는 누군가가 읽어야만 한다.

그리고 기억해야만 한다.

나는 메인 컴퓨터의 가장 깊숙한 어둠 속에 이 파일을 저장해 두려 한다. 그리고 모든 일이 잘못되었을 때 부디 누군가가 이 파일을 가지고 우리의 진실을 증명해 주었으면 좋겠다.

우리가…… '이 세계'에 살아 있었다는 사실을.

나는 내 의식이 남아 있는 최후의 순간 이 파일을 남긴다. 이것은 내 '의식'의 파편이며, 내 의식이 불완전한 만큼 이 '기록'은 일부가 훼손되어 있을 수 있다.

거기서 주된 이야기는 끝이 났다.

그제야 혜영은 이 파일이 평범한 방식으로 복사가 불가능했던 이유를 알 수 있었다. 파일의 이름이 왜 이렇게 무작위로 만들어져 있는지도 알 수 있었다.

파일은 남자가 남긴 '영혼의 일부'였던 것이다. 첨부되어 있는 동영상 파일이나 사진 파일들은 모두 '그의 기억'이었던 것이다.

'잠깐, 그렇다면 이 파일은 어떻게 이 칩에 저장한 거지?'

파일이 불완전해서 첫 번째 복사는 가능했던 걸까? 아니면 파일 자체를 여기로 전송시킨 건가?

'아니, 그런 건 아무래도 좋아.'

혜영은 폰으로 찍은 사진 파일을 갈무리하며 인상을 찌푸렸다.

굳이 이 파일을 남겨둔 것은 누구일까. 그리고 이 칩을 자신에게 맡긴 그 남자는 대체 누구일까. 이 음모의 베일 뒤에는 대체 얼마나 큰 적이 도사리고 있는 걸까.

그녀는 번져 가는 두려움을 간신히 억제하며 카메라를 동영상 모드로 바꿔서 화면을 녹화하기 시작했다. 남자의 기억 중에는 연구소 내부의 정경을 담은 것들도 있었다. 그런데 단 한

순간, 그 시선이 '거울'을 향했다.

'어? 이 사람…….'

혜영은 순간 손을 멈칫했다. 어디선가 본 듯한 얼굴이 화면 속에 줌인 되었던 것이다. 거울에 비친 사람은 분명, 이 기억을 남긴 사람일 것이다. 하지만 혜영은 그의 이름을 알지 못했다.

'내가 아는 누군가를 닮았어.'

순간적으로 멍해져 있던 혜영이 정신을 차린 것은 PC방의 유리문이 깨어져 나가는 소리를 들은 직후였다.

심장이 덜컥 내려앉았다.

아차!

벌써 온 건가? 아직 다 안 끝났는데. 혜영은 가까스로 어깨를 움츠리며 조심스레 고개를 내밀어 PC방의 현관 쪽을 바라보았다. 검은 정장 사내 몇이 아르바이트생과 드잡이질을 벌이고 있었다.

'여긴 도망칠 곳이 없어. 어떡하지?'

혜영은 순간적으로 메모리칩과 핸드폰을 챙기며 다른 출구들을 살폈으나 PC방은 2층이었고, 입구는 하나뿐. 창문을 깨고 나가봐야 얼마 도망가지 못할 것이다. 막대한 좌절감에 휩싸인다.

사내들과의 거리는 점점 더 가까워져 가고 있었다. 고개를 한껏 숙여 그들의 눈을 피하려 했으나 어디까지나 고육지책에 불과했다. 그때, 연기 같은 것이 창문의 틈새로 흘러들어 왔다.

어디서 불이 난 건가? 혜영은 다음 순간 숨을 흡, 하고 들이켰다. 자신의 몸이 누군가에게 붙잡혀 있었다!

'어느새!'

온 힘을 다해 발버둥을 치려는데 나지막한 음성이 귓가에 스며들었다. 힘겨운 숨결이 섞여들어 있는, 그러나 그녀를 안심시키려는 기색이 역력한 목소리였다.

"나다. 안심해."

혜영은 그 익숙한 목소리에 본능적으로 옆을 훔쳐보았다. 그리고 목덜미가 뻣뻣하게 굳어가는 것을 느꼈다.

맙소사, 그녀를 부둥켜안고 있는 것은 형체가 없는 완전한 암무(暗霧)였다! 다음 순간 창틀이 깨지며 그녀의 몸은 공중으로 추락했다. 혼비백산한 와중에 남자들의 목소리가 아릿하게 들려왔다.

연기의 정체는 예의 그 스피카라는 남자였다. 그가 입고 있던 흰색 계통의 트렌치코트는 이제 형편없이 얼룩지고 찢어져 있었다. 이 남자, 언제 여기까지 쫓아온 걸까?

안색이 곧 죽을 사람처럼 핼쑥하다. 혜영은 간신히 호흡을 이어가는 그를 바라보며 못마땅한 듯 눈살을 찌푸렸다.

갑자기 화가 났던 것이다.

"당신, 도대체 누구야?"

"나는, 8인의, 진령……."

그는 숨쉬기가 몹시 괴로운 듯했다. 자른 무처럼 끊어지는 목소리가 듣기에 안쓰러웠다. 하지만 혜영은 봐주지 않고 사정없이 소리쳤다.

"그걸 묻고 있는 게 아니잖아! 스피카? 그런 이상한 이름 같은 걸 알고 싶은 게 아니라고!"

그는 혜영의 다그침에도 아랑곳 않고 비척비척 앞을 향해 걷기 시작했다. 그의 안색에서 여유라고는 찾아볼 수 없었다.

"많은 걸 설명할 시간이 없다. 다만 너와 나는 이미 한 배를 탔고, 나는 네 편이다. 지금은 그거면 충분해."

"난 충분하지 않아! 난……."

메모리칩에서 봤던 내용들이 먹구름처럼 뭉게뭉게 섞여들었다. 거대한 혼란은 조금씩 정제(精製)되어 가며 몇 가지 사실들을 낳기 시작했다. 그녀는 뒤늦게 탄성을 질렀다.

"아, 그러고 보니 당신……."

"근처에 가까운 큐브 방이 있나?"

그녀의 말이 채 이어지기 전에 스피카가 말을 잘랐다. 혜영이 의문을 던졌다.

"갑자기 그건 왜?"

"난 현실에서의 너를 지켜줄 수 없다. 너는…… 이곳에서 도망쳐야 해."

혜영은 군말없이 그를 론도 전용 큐브 방으로 안내했다. 론도 서비스 개시 이후 3개월 만에 전국에 곳곳에 오픈된 큐브 방은 어딜 가나 쉽게 발견할 수 있는 장소였다. 비밀을 캐내는 것도, 밝히는 것도 중요했지만 가장 중요한 것은 그녀의 목숨이었다. 그녀의 목숨을 지켜주기 위해 움직이겠다는데, 도와줘도 모자랄 판에 뭐라고 말릴 권리 같은 것은 없었다.

스피카는 다짜고짜 큐브 방으로 들어가 아르바이트생을 제압했다. 뜬금없는 유혈 사태에 손님들이 비명을 지르며 밖으로 뛰쳐나갔다. 혜영이 황당한 표정으로 외쳤다.

"무슨 짓이야!'

"죽이지는 않았다. 걱정하지 마라."

그는 곧장 큐브가 있는 쪽으로 다가가서는 선 몇 개를 강제로 뽑았다. 그러더니 기기 깊숙이 자신의 손을 집어넣고는, 눈을 감은 채 입으로 뭔가를 중얼거렸다. 큐브의 내부에서 희미한 빛이 명멸하더니. 이내 고요해졌다. 연이어 그는 몸을 휘청 돌리더니 달아날 틈도 없이 혜영의 어깨에 손을 얹었다. 그녀의 어깨에도 희미한 광채가 스며들었다.

혜영은 살짝 언짢은 목소리로 물었다.

"지금 뭘 한 거야?'

"큐브에 입력된 구속력을 해제시킨 것이다. 그리고 너에게 '표식'을 해두었다. 빨리 큐브 속에 들어가라."

혜영은 그제야 이 남자가 뭘 하려는 건지 눈치 챘다. 그는 '이 세계'에서 그녀를 지켜줄 수 없다고 했다. 그렇다는 것은……

그랬다. 그는 혜영을 '저쪽 세계'로 보낼 작정이었던 것이다.

"그런, 잠깐만!"

메모리칩에서 봤던 내용들이 떠오르기 시작했다. 영혼 전송 기기를 통해서 가상현실의 세계로 떠나던 연구원들. 스피카는 지금 똑같은 방법으로 그녀를 구할 생각이었다.

"너는 인간들 중 칩에 기록된 모든 내용을 확인한 '유일한' 생존자다. 살아남을 필요가 있다."

"유일한? 잠깐만."

그녀는 불신의 눈길로 말꼬리를 잡았다. 분명 그녀 말고도 이 칩의 내용을 알고 있는 '민간인'이 한 사람이 더 있는 것이다. 배진곤. 스피카는 그녀의 말이 가리키는 대상을 눈치 챘는지 눈꺼풀을 내리깔았다.

"모르긴 해도 아마 지금쯤이면 이미……."

그녀는 소리없이 입술을 깨물었다. 슬픔은 길지 않았다.

혜영은 독기를 품은 눈으로 스피카에게 칩과 핸드폰을 건넸다. 스피카는 칩만을 받아 든 채 그녀에게 의문스러운 눈길을 던졌다.

"그 핸드폰은 뭐지?"

"이걸로, 그 자료를 직접 찍었어."

그녀의 말을 들은 스피카가 작게 실소했다.

"기특한 짓을 했군."

혜영은 말없이 큐브 속에 착석했다. 차갑고 부드러운 의자의 감촉이 그녀의 등을 감싸 안았다. 스피카는 핸드폰의 내용을 확인하며 첨언했다.

"가서 피스(Piece)를 찾아라. 그들이 너를 지켜줄 것이다."

"피스?"

혜영은 두려운 눈길로 그를 올려다보았다. 이제, 앞으로 어떻게 되는 걸까…… 나는, 영원히 게임 속에서 살아가야 하는 건가?

"내 육체는 어떻게 되는 거지?"

"장담할 수는 없다. 가능하면 내가 지키도록 하겠다. 혹시 육체가 소멸한다고 해도 영혼은 소멸하지 않으니 안심하도록."

"여전히 위로가 안 되는 소리만 하네."

혜영은 어떻게든 두려움을 떨쳐 내기 위해서 웃어 보였다. 스피카는 특유의 무기질적인 시선으로 그녀를 배웅하고 있었다. 혜영은 큐브의 덮개가 닫히기 시작하는 순간, 스피카를 보며 물었다.

"당신, 이름이 인수지?"

예상 밖의 질문이었는지, 스피카의 얼굴에 곤혹스러움이 그대로 드러났다. 약간의 홍조 같은 것이 하얀 볼에 어린 것도 같았다. 혜영은 마지막에 좋은 구경하네, 하고 중얼거렸다.

"…어떻게 알았지?"

"봤어, 누군가의 기억 속에서."

그리고 큐브의 덮개가 완전히 닫혔다. 혜영은 어둠 속으로 자신의 육체가 스며들어 가는 것을 느끼며 천천히 눈을 감았다.

그녀의 게임 아이디는, 네르메스였다.

*   *   *

혜영, 즉 네르메스의 설명이 끝난 지 한참이 지난 후에도 루피온과 베로스는 정신을 차리지 못하고 있었다. 어안이 벙벙하여 눈만 깜빡이고 있던 루피온은 네르메스가 조바심을 내기 시작할 때가 되어서야 이해했다는 듯 손바닥을 내려쳤다.

"아아, 무슨 말인지 알겠어."

진지한 눈빛으로 고개를 끄덕이는 루피온을 보며 네르메스가 안도의 한숨을 내쉬는데,

"네르메스, 너 소설가로 전향했구나."

"그게 아냐!"

네르메스가 앙칼지게 쏘아붙였다. 정말, 난 지금 목숨을 걸고 여기에 들어왔는데, 이 바보들은…….

"난 정말…… 정말 심각하다고."

그녀의 목소리에 애절함이 깃들자 히히덕거리던 루피온이 뒤늦게 정신을 차렸다. 베로스가 크게 헛기침을 하며 그녀의 심각함을 받아 말을 이었다.

"지금 네 상황은 알겠어. 믿을게."

뜻밖에도 베로스가 순순히 고개를 끄덕이며 말을 믿어주자 네르메스는 조금 감동했다. 루피온도 덩달아 어깨를 들썩였다.

"이거, 정말 대단한 일이잖아."

"방방거리지 마, 루피온. 정말 보통 일이 아니라고."

낮게 핀잔을 주자 루피온이 입술을 비죽 내밀며 투덜거렸다.

"알았어. 그런데 말이지."

루피온은 그녀의 이야기를 듣는 내내 궁금했던 점을 끄집어 냈다.

"네르메스, 네 말대로라면 지금 네 영혼은 '이 세계'에 깃들어 있다는 이야기지? 그렇다는 이야기는 곧……."

이 바보가 또 무슨 말을 하려는 건가, 하는 표정으로 루피온의 말을 경청하던 네르메스는 그 순간을 기점으로 안색이 해쓱하게 물들기 시작했다.

"너, 여기서 죽으면 '실제로' 죽을지도 모른다는 거 아냐?"

종종 이 바보는 굉장한 지적을 할 때가 있다. 베로스와 네르메스는 그 사실을 다시금 되새기며 오싹해지는 것을 느꼈다. 네르메스는 자기 볼을 꼬집어보았다.

"아파……."

"통각까지 생겼구나."

베로스는 점차 그녀의 말이 현실이 되어가는 것을 느끼며 가슴이 섬뜩해지는 것을 애써 내리눌렀다. 정말, 이제 어떻게 되는 걸까. 베로스는 괜스레 숨을 고르며 입을 열었다.

"정말, 나도 심리학 전공이지만 그런 일이 가능한 줄은 상상도 못했어. 우리가 마을에서 본 엠블럼이나, 던전에서 봤던 표시들이 모두 우리에게 '어떤 형태의 명령'을 내리고 있었다는 게……."

스스로 심리학과라고 밝혔지만, 사실 베로스가 아는 것은 그야말로 심리학의 기초에 지나지 않는 것들이었다.

삼수에 휴학, 복학에 군대까지 다녀와서 그야말로 깡통이 되어버린 그의 뇌가 그나마 기억하고 있는 것은 간단한 프로이트의 이론 몇 가지가 전부였다.

카타르시스 요법이라던가 이드 같은 간단한 것들은 알았지만 설마하니 '무의식의 언어' 같은 말도 안 되는 것을 개발한 사람이 존재할 줄은 몰랐다. 당장이라도 그걸 학계에 발표하면 기존의 이론들을 완전히 뒤집어엎어 버릴지도 모른다.

"그 녀석들이 사용한 엠블럼에는 대체 무슨 명령이 포함되어 있는 걸까? 지금까지 마을을 드나들면서 그걸 본 횟수만 해도 몇 배번이 넘을 텐데, 생각만 해도 오싹한걸……."

루피온이 추운 사람처럼 양팔로 어깨를 감싸며 중얼거렸다. 베로스도 혼란스러운 표정이었다.

"잘 모르겠어. 모르긴 몰라도 정부가 개입했다면 보통 일이 아닐 거야. 아무래도 무의식의 영역을 다루는 문제이다 보니 구체적인 명령이 담겨져 있는 것은 아닐 테고, 어쩌면……."

베로스가 말끝을 흐리며 혼자서 골몰하고 있자 몸이 달아오른 루피온이 잽싸게 다그쳤다.

"어쩌면?"

"모르겠어. 아무튼 지금 중요한 문제는 그게 아니지. 그보다는……."

베로스는 아직도 겁에 질려 있는 네르메스 쪽을 바라보며 말을 멈췄다. 지금 중요한 것은 그녀였다. 그러나 그가 뭔가를 말하기도 전에 루피온이 선수를 쳤다.

"그런데 네르메스, 아까부터 말하고 싶었는데…… 너 나보다 두 살이나 많았어?"

"지금 그런 건 중요한 게 아냐."

베로스가 냉정하게 그의 말을 잘랐다.

"지금까지 나이를 안 밝힌 게 그것 때문이었구나! 노처녀인 거 들키기 싫어서!"

네르메스의 얼굴이 붉게 달아올랐다. 이런 상황에서조차 긴장감 하나 없다니, 정말 이 녀석은 어떻게 생겨먹은 걸까…… 덕분에 맥이 풀려 버린 네르메스는 허탈하게 웃었다. 그리고 조심스럽게 물었다.

"…루피온, 너 앞으로 누나라고 부를 거지?"

"그, 글쎄. 생각해 보고……."

"…너희들 정말 똑같이 생겨먹었구나."

베로스가 한숨을 푹푹 내쉬며 말했다. 그 눈초리에 네르메스가 어깨를 움츠렸다.

"루피온은 그렇다 치더라도 넌 당사자라고."

"알아. 그치만 겁만 잔뜩 집어먹고 있는다 해서 뭐가 해결되는 것도 아니잖아?"

뜻밖에 의연한 그녀의 말에 베로스는 조용히 침음했다.

"뭐, 그렇긴 해. 그래서 이제 어쩔 건데? 우리가 구체적으로 뭘 도와주면 되지?"

"피스를 찾아야 해."

"피스? 러브 앤 피스!"

루피온이 자꾸 분위기 파악을 못하고 끼어들자 결국 화를 참지 못한 베로스가 버럭 소리를 질렀다.

"너, 언제까지 그럴래! 너 언제 그 버릇 고칠 거야! 내가 전부터 누누이 말했지? 네 병은 그 입버릇 못 고치면 절대로 치료할 수 없다고!"

그의 훈계에 루피온이 잔뜩 주눅이 들어 고개를 집어넣었다. 베로스는 순간 미안한 생각이 들어서 가득 찌푸렸던 인상을 도로 풀고 말았다.

그 광경을 지켜보던 네르메스는 뜻밖의 단어에 잠시 침묵하더니 약간의 배신감이 깃든 얼굴로 물었다. 루피온이 병에 걸렸다고? 난 그런 말 한 번도 들어보지 못했다고.

"병이라고?"

"나중에 설명해 줄게. 그보단 그 피스라는 거……."

그러나 그 순간 루피온이 또 끼어들었다.

"있지, 베로스."

베로스는 이번에야 말로 참지 않겠다고 마음먹었다. 그런데 루피온의 표정에 기이한 근심 같은 것이 배어 있었다. 베로스는 그제야 뭔가가 이상하다는 사실을 눈치 챘다.

싸늘한 어둠이 주변을 잠식하기 시작한 것은 대체 언제부터

였을까. 공기가 음산한 기운을 띄기 시작했다.

뭔가가 시작되고 있었다. 네르메스가 침을 꿀꺽 삼키며 말했다.

"뭔가 이상해."

"나도 지금 눈치 챘어."

아직 밤이 올 시기는 아니다. 베로스는 고개를 들어 태양의 위치를 확인했다. 어둑한 암흑의 장막이 짙어짐에 따라 그 빛이 점차 미약해져 가고 있었지만, 분명 해는 중천에 떠 있었다.

"이 어둠, 누군가가 만들어내고 있어."

어둠에서 빛살무늬 같은 것들이 형태를 이루어 날아온 것은 그 순간이었다. 루피온이 베로스와 네르메스를 재빠르게 밀치며 바닥에 엎드렸다.

슈각!

아슬아슬한 차이로 빛의 화살들이 머리 위를 스쳐 갔다. 그러나 정작 경악스러운 것은 그 기습이 아니었다. 루피온은 자신의 어깨를 스쳐 간 그 '어떤 것'에 의해 지금까지 게임 속에서 전연 느끼지 못했던 새로운 감각을 체험했다.

그것은 아팠다.

베로스와 네르메스가 정신을 못 차리고 허우적거리는 사이, 루피온이 침착하게 자리에서 몸을 일으켰다. 그는 날카로운 눈빛으로 어둠 속의 적들을 노려보았다. 1인칭 시점으로 단련된 육감이 적들의 숫자를 어렴풋하게 알려주고 있었다.

하나, 둘, 셋, 넷…… 제길.

루피온은 어울리지 않게도 진지한 음색으로 입을 열었다.

"베로스, 네르메스를 데리고 달아나."

"무슨 소리야? 이 바보가……."

"이중에서 근접 전투에 능한 건 나뿐이야. 저렇게 많은 숫자를 모두 감당할 수는 없어. 너희들은 도움이 안 돼. 네르메스가 실제로 죽을 수도 있다는 말을 한 건 너야. 내가 시간을 벌 동안 빨리 도망쳐!'

루피온은 가끔씩 제법 괜찮은 논리로 무장된 말들을 속사포처럼 쏘아낸다. 베로스는 입술을 깨물고는 네르메스의 몸을 부축해서 일으켜 주었다. 이 녀석, 또 영웅 행세를 할 셈이야.

그때, 네르메스가 몸을 일으키며 외쳤다.

"귀환스크롤을 쓰면 돼! 그런 짓 할 필요 없다고."

"그렇지, 귀환스크롤을…… 마침 파티 상태니까."

베로스는 황급히 스크롤은 꺼내서 찢었다. 그러나 스크롤을 반쯤 찢었을 때, 그는 파티 창을 보고 말았다.

파티원 목록.
루피온(Lv. 12)
베로스(Lv. 13)

네르메스가 없었다!

"뭐야, 네르메스는……."

왜지? 왜 네르메스가 없지? 중얼거림이 흘러나왔을 때는 이미 스크롤을 모두 찢은 후였다. 파티가 되어 있지 않은 대상은 함께 마을로 귀환이 불가능하다. 그들은 네르메스만 이곳에 남겨두고 마을로 귀환하게 생긴 것이다!

"네르메스!"

하지만 그의 걱정은 기우에 그쳤다.

그들 중 누구도, 마을로 이동하지 못했기에.

"귀환스크롤이 듣질 않아……?"

"너희들은 도망갈 수 없어."

어둠이 걸어나오고 있었다, 마치 깊은 무저갱 속을 지키다 족쇄에서 풀려난 사신(死神)처럼. 그 스산한 몸짓에 일행은 몸을 떨었다.

온몸에 암흑을 두른 그 흑포인(黑布人)은 음침한 목소리로 웃었다. 한 걸음씩 가까워질 때마다 그 압도적인 존재감에 무게가 더해진다. 다리가 벌벌 떨린다.

"아크룩스의 연락이 조금만 늦었어도 놓칠 뻔했군."

"베로스, 네르메스, 빨리 도망가!"

루피온은 온 힘을 다해 외쳤다. 그 외침을 신호로 굳어 있던 베로스의 몸이 풀렸다. 시선이 교차하는 순간 진심을 확인한다. 그는 고개를 끄덕이며 네르메스의 손을 잡고 달리기 시작했다.

그와 동시에 흑포인과 어둠 속 사내들도 움직였다. 루피온은 두려움에 대항하기 위해 일부러 크게 외쳤다.

"둘 줄 알고!"

루피온의 단검과 흑포인의 단검이 부딪쳤다. 루피온은 왼팔이 부러질 듯한 엄청난 압력을 느끼며 튕겨져 나갔다. 동시에 날카로운 뭔가가 그의 왼팔을 베고 지나갔다. 예기치 않은 비명이 입속에서 아우성친다.

"아악! 뭐, 뭐야……?"

왼팔의 뼈가 깊게 베이는 순간 끔찍한 통증이 밀려왔다. 루피온은 생전 처음 겪는 그 고통에 바닥을 뒹굴며 비명을 질러 댔다. 찔끔거리며 눈물이 나왔다. 머릿속이 하얗게 타오른다.

차원이 다른 전투력이었다. 대체 어디서 이런 놈이 나타난 거지?

죽음에 대한 공포가 스멀스멀 밀려왔다. 분명 통각이 구현된 것은 아니었다. 그럼에도 '남자'의 단검에 루피온은 통증을 느꼈다. 언젠가 레볼루셔니스트에 발표한 내용이 머릿속을 느릿하게 스친다.

"'론도'에 통각이 구현되지 않은 이유는, 유저와 캐릭터 사이에 엄격한 경계를 긋기 위해서입니다. 만약 유저와 캐릭터가 일체를 이루면, 캐릭터가 사망할 시 유저도 죽을 위험이 있습니다."

유저도 죽을 위험이 있다.

루피온은 턱을 달달거리며 허공과 땅을 향해 마구 발길질을 했다. 질질거리며 그의 몸이 조금씩 뒤로 밀려났다. 흑포인과의 거리는 점점 더 가까워지고 있었다.

죽을지도 모른다.

등이 축축하게 젖고, 차가운 한기가 몸을 에어왔다. 루피온은 필사적으로 자신을 향해 암시를 걸었다.

'이건 게임일 뿐이야. 여기서 죽는다고 난 죽지 않는다. 죽지 않아. 죽지 않아. 죽지 않아. 죽지 않아!'

그런 생각을 하던 루피온이 획기적인 타개책을 생각해 낸 것은 그 순간이었다. 그가 이 상황을 벗어날 방법이 하나 있었던 것이다. 생각은 구체화되는 순간 바로 행동이 되었다.

'로그아웃!'

루피온은 젖 먹던 힘을 다해 속으로 외쳤다. 그러나 그의 몸에는 아무런 변화가 없었다. 심장이 당혹감에 젖어든다.

"이「공간」속에서는 로그아웃이 안 돼."

흑포인은 그의 마음을 읽었다는 것처럼 음침하게 웃었다. 루피온은 완전한 절망에 사로잡혔다. 거대한 어둠이 끔찍한 촉수 같은 것이 되어 그의 온몸을 꿰뚫는 듯한 환상이 보였다.

나, 죽는구나.

"그만 죽어라."

남자의 단검은 쾌속하게 움직였다. 지금까지 루피온이 봐온 어떤 공격보다 더 빠르고, 간결하고, 또 완벽한 공격이었다.

그 순간, 어둠의 한 귀퉁이가 무너지며 귀를 찢는 벽력음(霹靂音)이 울려 퍼졌다. 뇌전이 어둠을 와해시키며 흑포인의 몸에 정면으로 부딪쳤다. 그는 비명조차 지르지 못하고 바닥을 뒹굴었다.

그야말로 삽시간에 벌어진 일이었다.

루피온은 황망한 얼굴로 뇌전이 날아온 곳을 바라보았다. 그곳에는 빛의 현신을 보는 것처럼 환하게 빛나고 있는 사내가 있었다.

비틀거리며 일어난 흑포인이 짓씹는 듯한 목소리로 외쳤다.

"뇌전의 리겔!"

"오랜만이군. 암흑(暗黑)의 프로키온. 그때 이후로 처음인가?"

특유의 무감각한 목소리에 메마른 표정. 번개처럼 돋아난 황금색의 머리칼은 그의 아이덴티티를 반영하고 있었다.

진령으로써, 같은 진령을 사냥하는 자. 그곳에는 지아를 습격했던 뇌전의 진령(眞靈)이 서 있었다.

뒤이어 루피온은 자신을 부축해 주는 한 인영을 느꼈다. 하늘하늘한 체구를 가진 묘령의 여인은 가볍게 그의 상체를 일으켜 주었다. 따뜻한, 그러나 차갑게 제련되어 있는 목소리.

"늦지 않았네, 다행히."

"…누구?"

어깨 아래까지 치렁치렁 늘어진 긴 은백의 머리칼. 아름답다.

여자는 생긋 웃으며 루피온을 바라보았다.

"네 편."

뛴다는 것이 이렇게 힘겨운 감각인 것이라고는 이전까지 생각도 못했었다. 이건, 현실보다 더하잖아.

네르메스는 그런 생각을 하며 베로스에게 잡힌 자신의 손을 빼냈다. 헐떡거림이 멈추질 않는다. 네르메스의 걸음이 멈추자 베로스가 호흡을 고르며 걱정스러운 얼굴로 그녀를 돌아보았다.

통각을 비롯한 모든 감각이 돌아오자 숨이 많이 차는 모양이었다. 네르메스는 완전히 지치고 말았다.

"하아…… 더 못 가겠어."

"조금만 더 가면 마을이야. 잡아줄게, 가자."

"바보, 남자인 척하긴."

네르메스는 숨이 차 다 기어들어 가는 목소리로 중얼거렸다. 그러면서도 마지못해 그의 손을 잡았다. 그 투박한 손의 감촉마저도 무서울 만치 생생했다.

"그런데, 마을로 가면 공격당해도 살 수 있을까?"

네르메스는 다시 걸음을 옮기면서도 그런 의문을 떨쳐 낼 수 없었다. 그녀는 이제 이 세계의 주민이다. 마을이라고 해서 보호받을 수 있을 리 만무했다. 베로스의 표정도 그리 밝지 않아 보였다.

"그래도, 지금 기대할 수 있는 게 그것뿐이니까."

사실 마을에 무사히 진입하는 것조차 지금의 둘에게 있어서는 최상의 가정이었다. 그들은 본능적으로 느끼고 있었다, 자신들은 마을에 도착하기 전에 그 괴인들에게 붙잡히고 말 것이라는 사실을. 이성보다 본능이 그 또렷한 명백함을 확증하고 있다.

멀리서 비명이 들려온 것은 그때였다. 몸이 내부로부터 얼어붙었다. 루피온의 것이다. 네르메스는 울 듯한 목소리를 냈다.

"루피온⋯⋯."

"가자, 시간없어."

"루피온은 유저잖아? 그런데 왜 비명을 지른 거지?"

유저는 통증을 느낄 수 없다. 네르메스는 순간 섬뜩한 생각이 들어서 베로스를 올려다보았다.

"그 녀석 원래 그렇잖아. 쓸데없는 걱정 하지 말고 빨리 가자. 그 녀석은 무사할 거야."

말은 그렇게 했지만 그의 얼굴에도 착잡함이 깃들어 있었다.

풀숲이 들썩거린 것은 다음 순간. 아차, 하는 사이 잎사귀들 사이에서 뛰쳐나온 괴한들은 순식간에 둘의 주변을 둘러쌌다. 베로스는 네르메스의 손을 놓지 않은 채 스태프를 뽑아 들고 그녀를 호위하듯 섰다.

'한차례라면 뚫을 수 있을지도 모른다.'

그는 아주 작은 목소리로 주문을 읊조리며 괴한들 중 가장 약해 보이는 남자 둘을 타깃으로 잡았다. 주문을 외우면서도 불안감은 가시지 않았다. 사실 방금 교전에서 적들이 '유저'에게 고통을 줄 수 있다는 사실을 깨달은 것은 루피온뿐만이 아니었다. 네르메스를 걱정시키지 않기 위해서 내색은 하지 않고 있었지만, 그의 허벅지에도 은빛의 혈흔이 길게 늘어져 있었다.

마법이 발사된 순간, 네르메스가 그의 옆구리에 주먹으로 정타를 먹였다. 다음 주문을 영창하던 베로스는 그 갑작스런 기습에 숨이 흩어지고 말았다. 여전히 주변에는 시커먼 연기가 잔잔히 깔려 있었다. 그리고 네르메스는 그 모습을 보고 확신했다.

베로스는 고통을 느끼고 있다.

"으, 뭐……."

"베로스 이 바보, 빨리 도망쳐. 난 안 죽을 거야. 지금까지 한 말, 모두 거짓말이라고! 그래, 로그아웃하는 거야. 어서!"

이 연기 속에 있는 유저는, 공격을 당할 시 고통을 느끼게 된다. 마치 네르메스 그녀처럼. 그 말에 베로스가 화난 표정을 지었다. 그는 정확히 그녀의 마음을 꿰뚫고 있었다.

"론도는 렘수면을 기반으로 만들어진 게임이라고 했어. 죽는 꿈을 꾼다고 해서 실제로 죽는 것은 아니야. 네가 걱정하는 일은 일어나지 않아."

말을 하면서도 확신은 없었다. 정말 죽을지도 모른다.

'죽음을 맞이하는 곳이 게임 속이라니, 그건 너무 로맨틱하잖아.'

베로스는 자신을 향해 달려오는 괴한들에게 마법을 난사하며 흐릿하게 웃었다. 이미 도망치기에는 늦었다. 베로스는 자신의 가슴을 향해 정면으로 쇄도하는 단검을 보며 이를 악물었다.

죽고 싶지 않아. 이런 건…… 너무 허무해.

찰나가 프레임 단위로 쪼개진다. 베로스는 네르메스의 손 감촉을 느끼며 지금까지 살아온 27년이 요약되는 것을 경험했다. 그리고 그 경험이 무색하게도 어디선가 날아온 하얀 검신이 적의 공격과 함께 폭사했다.

그 검신은 '어디선가 본 듯한' 것이었다.

그렇다. 그것은 마치 '환영(幻影)' 같았다. 검신의 개수는 계속해서 늘었다. 하나, 둘, 셋, 넷…… 아홉, 열, 열하나, 열둘!

순식간에 불어난 검신은 수십의 잔영을 남기며 괴한들을 갈기갈기 찢어놓았다. 그것은 너무나 잔혹하고 아름다운 환상이었다.

그리고 괴한들이 쓰러진 가운데에 허름한 레더 아머를 걸친 장발의 중년인이 서 있었다. 안타깝게도 베로스가 기대한 남자는 아니었다. 긴 구레나룻이 촘촘하게 자라 있는 그 사내는 천천히 둘을, 정확히는 네르메스 쪽을 돌아보며 입을 열었다.

"자네가 어떻게 스피카의 영기(靈氣)를 지니고 있는지는 모르겠지만, 아마도 내가 도와줄 수 있는 일인 것 같군."

"누구…… 아?!"

급작스레 벌어진 상황에 정신을 못 차리던 네르메스는 뒤늦게 탄성을 질렀다. 지금 상황에서 그녀를 도와줄 수 있는 존재는… 이 정도로 유저의 수준을 압도적으로 초월하는 존재는,

단 하나밖에는 생각해 낼 수 없었다. 바로, 스피카가 말했던……

피스(Piece).

"나는 나훈영이라고 하네."

장발의 사내는, 숲길 사이에 깊게 내려앉은 침묵 속에서 그렇게 말했다.

*   *   *

우웅— 하고 작은 기계음이 울리더니, 이내 실내가 조용해졌다. 혜영이 완전히 게임 속으로 진입한 것이다.

스피카의 회색 동공에 잠깐이지만 추억의 잔재가 스쳐 갔다. 혜영의 마지막 말이 그의 가슴 속에 남아 있던 앙금을 건드렸던 것이다. 그 오랜 세월이 지나도록 지워지지 않았던, 각인에 가까운 터부를……

"…그 이름으로 불린 것이, 대체 얼마 만인지……."

인수. 정인수. 그것이 그의, 스피카의 이름이었다. 연구원으로서 게임 속으로 들어가기 전까지, 그는 그렇게 불렸었다. 그 사이에 가로놓인 아득한 세월, 잊었다고 생각했던 모든 것들이 홍수처럼 기억 속에서 흘러나왔다.

스피카는 천천히 눈을 깜빡여 그것들을 털어내고는 큐브 속에서 그녀를 강제로 꺼내 눕혔다. 영혼이 빠져나간 육체는 힘없이 늘어진 인형 같았다. 그는 그녀의 품속에 핸드폰을 도로 넣어주었다.

'만약, 내가 성공하지 못한다면…… 이 여자라도……'

스피카는 그녀의 머리 위에 자신의 손을 얹었다. 영혼이 빠져나간 동안 몸이 썩지 않도록 프로텍트(Protect)를 걸기 위해서였다. 그는 주변에 아무도 없다는 것을 확인한 후, 카운터 옆의 큼직한 캐비닛을 찾아 속에 그녀의 작은 몸을 집어넣었다.

여기라면 적어도 얼마간은 들키지 않을 것이다.

그는 캐비닛의 겉면에 자신의 특수 능력인 현혹(眩惑) 안개를 둘러쳐 일반인들이 그 캐비닛의 존재를 쉽게 눈치 채지 못하도록 만들었다. 그것은 길가에 분명히 '돌멩이'가 존재함에도, 지나가는 사람들은 그것을 좀체 눈치 채지 못하는 것과 비슷한 원리였다.

그는 천천히 큐브 방을 나왔다. 바닥에 땅을 딛자 적의를 담은 공기가 곳곳에서 그의 몸을 찔러왔다. 적이 가까이 온 것이다. 스피카는 이제 도망칠 수 없음을 깨달았다.

천천히 고개를 들어 하늘을 본다. 비구름이라도 잔뜩 끼어 있을 거라고 생각했는데, 단순한 착각이었다. 아마 먹구름은 그의 마음속에 끼어 있었던 것이리라.

방금 전까지 그런 격한 일들을 겪었다고는 도저히 믿을 수 없을 만큼 맑고 청명한 하늘.

"죽기엔 좋은 날씨로군."

그는 그렇게 중얼거리며 그의 최초를 회상했다. '그'를, 일월(日月)을 좇아 처음 이세계로 진입했던 그 순간을 떠올렸다.

그의 인생 속에서 적어도 단 한순간. 자기 자신에게 부끄럽지 않았던 때가 있다면, '그'를 따라 스스로의 명예를 지키기 위해 움직였던 바로 그 순간이리라.

"스피카."

스피카는 천천히 고개를 돌렸다. 냉기의 아크룩스. 강력한 빙한계의 힘을 사용하는, 한때는 그의 동료였던 남자가 그곳에 서서 차가운 눈길로 자신을 쏘아보고 있었다. 스피카는 처량하게 웃으며 메모리칩을 들어 보였다.

"이걸 원하는 거겠지?"

"그것과 너의 목숨."

"후자는 빼면 안 될까?"

"너답지 않은 말을 하는군."

등에서 이도류를 뽑아 든 아크룩스는 성큼성큼 스피카를 향해 다가갔다. 이 싸움은 돌이킬 수 없어. 이미 너무 멀리 와버렸다. 스피카는 살짝 턱을 숙이며 옅은 미소를 지었다.

"우린, 너무 멀리 와버렸군."

빙결검을 든 아크룩스는 그 찰나를 놓치지 않고 달려들었다. 또 안개화를 하게 되면 그를 놓치게 될 것이라는 사실을 잘 아는 움직임이었다.

그러나 우습게도 스피카에게는 더 이상 안개화를 시전할 힘이 없었다. 좀 전의 능력 발현으로 인해 이제 그의 몸은 완전한 한계에 도달해 있었던 것이다.

푸슉!

서슬이 피육을 꿰뚫는 끔찍한 소리와 함께 스피카는 아크룩스의 검신에 꼬치처럼 꿰였다. 진득한 피가 끊임없이 흘러내렸다. 온몸의 생명력이 빠져나가고 있었다. 스피카는 죽음을 느꼈다.

왜 피하지 않았지? 아크룩스의 눈은 그렇게 묻고 있었다. 스피카는 힘없는 목소리로 입을 열었다.

"…아크룩스. 내 원래 이름, 기억하고 있나?"

"……"

"난, 네 이름 기억하고 있다. 네 이름은 아마, 성진이었지. 강성진."

아크룩스는 약간 혼란스러운 표정으로 그런 그의 말을 듣더니, 망설이다가 입을 열었다.

"나도 기억하고 있다, 정인수."

"…그래."

그 말을 들으며 가만히 고개를 들었다. 하늘은 여전히 차갑고, 또 시리도록 맑았다. 스피카는 천천히 눈을 감았다.

EPISODE **021**
Holy knight

마왕 강림 이벤트 시작 14일째.

브룸바르트 중부 내륙과 로드 플레인을 연결하는 아인하르트 대평원에는 때 아닌 병력의 군집이 이루어지고 있었다. 북의 뤼넨바르, 중부의 아이소니아, 서부의 에스톨, 동부의 페르비오노, 남부의 린셀과 라노르를 비롯하여 대부분의 국가들로부터 결집된 이 대(對) 마왕(魔王) 전투부대는 시간이 흐름에 따라 그 덩어리를 점차 불려 나가고 있었다. 유저들의 웅성거림과 NPC들의 불안함이 고조되는 가운데, 평원의 정중앙에 세워진 작은 천막 안에서는 그와 대비되는 깊은 고요가 일렁이고 있었다.

낡은 회색의 천막은 은은한 칸델라 불빛을 반사해 엷은 채

도를 자아냈다. 진중한 분위기가 감도는 내부에는 세 사내가 앉아 각자 개성있는 표정으로 테이블 위의 지도를 바라보고 있었다. 한 사내는 침착한 눈길로, 다른 사내는 관심없다는 눈길로, 그리고 마지막 사내는 고민하는 눈길로…… 마지막 사내가 자리에서 벌떡 일어선 것은 그 순간이었다.

검은 뿔테 안경을 쓴 이지적인 남자는 전형적인 책사의 일면을 보여주듯 펼친 지도의 몇몇 점을 지휘봉으로 찌르며 말했다.

"마왕군대의 습격은 에스톨의 국경지대와 뤼넨바르트의 남부 하렘가 브룸바르트의 동부 변경을 비롯해 총 일곱 군데에서 시작되었습니다. 제 생각에는 아마……."

"동시다발적으로 한꺼번에 벌어졌군. 녀석들의 정예가 팀을 나누어 움직이는 건가?"

밝은 백광이 일렁거리는 성갑(聖甲)을 착용한 초록 머리의 사내가 간결하게 의표를 찔렀다. 책사는 얼굴을 붉히며 고개를 숙였다.

"제 생각에는 그렇습니다. 습격에 나타난 인원은 모두 동일했습니다. 네 명의 흑색 검사와 한 명의 백색 검사. 이 다섯이 한조로 움직이며, 아마 마왕군에는 이런 점조직이 수십 개쯤 있지 않을까 사료되는……."

"틀렸어."

이번에 말을 자른 것은 붉은 머리의 사내였다. 그는 마땅찮은 얼굴로 고개를 가로저었다.

"바보 같은 소리다. 습격당한 녀석들의 명단을 보고도 그런 이야기가 잘도 나오는 모양이군."

그 말에 대해서는 책사 또한 항변할 말이 없었는지, 힘없이 고개를 숙이고 말았다. 초록머리의 사내가 핀잔을 주었다.

"마태준."

"난 사실을 말했을 뿐이다."

마태준은 인상을 잔뜩 찌푸린 채 초록 머리의 사내를 바라보았다. 지금껏 일 대 일 배틀에서 단 한 번도 패하지 않았다는 불굴의 전사. 남해의 사자(獅子), 알렉산더(Alexander).

그리고 E—sports의 역사를 새로 쓴 인물이자, 스페이스 오페라의 살아 있는 전설.

"임윤성, 나는 이런 일로 시간을 허비하고 싶지 않다. 단도직입적으로 묻지. 너는 정말 이 정도의 인물들을 암살한 정예가 마왕 측 쪽에 다섯 이상 존재한다고 생각하나? 그리고 이렇게나 지능적으로 움직이는 녀석들이 한낱 NPC에 불과하다고 생각하는 건가?"

마태준은 알렉산더, 임윤성에게 따지듯 물었다. 시무룩한 얼굴로 자리에 앉은 책사에게 살짝 눈길을 준 임윤성은 표정 변화 없이 침묵을 지켰다.

"난 아니라고 생각한다."

마태준은 암살된 아군의 인명 목록을 바라보며 말했다. 하나같이 길드의 초고수거나, 혹은 길드 마스터 급에 준하는 랭커들뿐이었다. 그리고 결정적으로……

"이 녀석들. 하나같이 그「습격」때 움직였던 놈들이다."

그 말에 임윤성의 안색이 딱딱하게 굳었다. 그는 재빨리 책사에게 눈짓을 했다. 책사는 송구스럽다는 듯이 고개를 꾸벅거리더니 빠른 걸음으로 천막 밖으로 사라졌다. 의기양양한 표정으로 자신을 노려보는 마태준을 향해 임윤성이 입을 연것은 주변에 더 이상 사람의 기척이 느껴지지 않는다는 것을 확신할 즈음이었다.

"다른 사람 앞에서 함부로 그 이야기는 꺼내지 않는 게 좋을 거다."

"정말, 이놈이나 저놈이나……."

마태준은 진심으로 그렇게 투덜거렸다. 이 일에 꼬여든 것부터 잘못이었다. 진즉에 발을 빼냈어야 하는데, 정신을 차렸을 때는 이미 일이 너무 얽혀 있었다. 임윤성은 그가 흥분을 가라앉힐 수 있도록 약간의 시간을 두고 말을 이었다.

"나도 이게 '녀석'의 짓이라는 것쯤은 알고 있다. 녀석이 우리 측에 가담할 주요 길드 마스터들과 랭커들을 암살하는 게, 단순히 우리의 '회동'을 막기 위함이 아니라는 것도 알고 있고."

"잘 알고 있는 놈이 행동은 빠릿빠릿하게 못하는군."

"절차란 걸 밟고 있는 거다. 배럭(Barrack)을 짓지 않고는 팩토리(Factory)를 지을 수 없는 법[1]이야."

주석1) 배럭(Barrack)을 짓지 않고는 팩토리(Factory)를 지을 수 없는 법:게임 스타크래프트에서는 배럭을 먼저 건설해야 팩토리를 건설할 자격이 주어진다. 모든 일에는 절차가 있다, 라는 의미.

프로게이머다운 그 비유에 마태준이 피식 웃었다. 하지만 이내 자신의 실책을 깨닫고 표정을 굳혔다.

"시끄럽군. 난 단지 그 녀석과 싸우고 싶어서 널 도울 뿐이다. 이건 스타크래프트가 아니다. 스페이스 오페라는 더더욱 아니지. 테크트리(Tech tree) 같은 것과는 관계없어. 네가 자꾸 이런 식으로 시간을 끈다면 나는 더 이상 널 돕지 않겠다."

"그건 지난번 약속과는 다른데. 넌 나한테 지면 분명 나를 돕기로 했다. 그게 어떤 일이든 관계없이 말이지."

그 말에 마태준이 발끈하여 자리에서 일어났다. 당장이라도 승부를 번복하겠다는 의지가 엿보이는 움직임이었다. 임윤성은 눈썹 하나 까딱하지 않고 그를 올려다보았다.

눈빛과 눈빛이 교차한다. 둘은 론도, 아니, 스페이스 오페라가 시작되기 훨씬 전부터 서로에게 있어 가장 강력한 라이벌이었다. 이제는 그 시선의 교차만으로도 서로의 마음을 읽어낼 수 있었다.

먼저 화를 낸 것은 마태준이었다.

"난 솔직히 네놈의 정신 상태를 이해할 수 없다. 나야「인질」때문에 녀석들을 돕고 있지만, 네놈은 대체 왜 녀석들을 돕는 거지? 설마 고작 죽음 따위가 두려워서는 아닐 테고."

마태준은 마지막 문장에 약간의 조소를 담아 그렇게 말했다. 설마 그 이유 때문이라면 마음껏 상대를 비웃어주겠다는 의도가 역력하게 드러나는 말투.

인질. 마태준은 스스로를 '적호(赤虎)'라고 불렸던 사내가 몸을 담고 있는 의문의 조직 리메인더(Remainder)를 떠올리며 이를 갈았다. 그가 아는 것은 그 리메인더의 주축이 '주군'이라 불리는 한 명의 사내와 청적흑백(靑赤黑白)의 맹수들로 이루어져 있으며, 어떤 방식으로든 레볼루셔니스트, 그리고 정부와 연관성을 갖고 있다는 사실뿐이었다.

실제로 그는 론도를 본격적으로 시작한 얼마 후 그 '리메인더'에 의해 강압적으로 이 일에 투입되었다. 마태준은 아무것도 두렵지 않았으나, 약점이 있었다.

남동생. 어릴 때 부모를 여의고, 혼자서 냉혹한 프로게임계에 뛰어들어 남동생을 먹여 살려왔던 그에게 있어, 동생은 유일한 삶의 희망이었다.

"협력해 주지 않겠다면 어쩔 수 없지. 하지만 그렇게 된다면 네 동생의 안위 또한 어쩔 수 없어. 세상엔 네가 생각하는 것보다 어쩔 수 없는 것이 많거든."

그리고 그게 리메인더들의 협박이었다. 처음엔 믿지 않았으나 다음날 리그 일정을 마치고 집에 돌아온 마태준을 반긴 것은 동생이 없는 빈집이었다. 동생은 일주일이 지나고, 마태준이 반쯤 미칠 정도가 되었을 때가 되어서야 집으로 돌려보내졌다.

"이제 네 주제를 알겠나? 프로게이머 마태준."

"죽음······?"

임윤성이 어이없다는 듯 쓴웃음을 지었다. 마태준은 늘 그의 그런 태도가 몹시 마음에 들지 않았다.

임윤성은 행동에 늘 어떤 자발성(自發性) 같은 것을 품고 있었다. 요컨대, 난 명령 때문에 움직이는 것이 아니라 단지 내가 돕고 싶어서 움직이는 것이다, 라는 식의 오만함이 늘 그의 몸짓과 말투에서 배어 나왔던 것이다.

"난, 그저 돕고 싶기 때문에 돕는 것일 뿐이다."

"뭐?"

"마태준, 너는 어떤 절대(絶對)를 본 적이 있나?"

임윤성은 꿈꾸는 듯한 목소리로 천막의 천장을 올려다보며 그렇게 말했다. 마태준은 드디어 녀석이 미쳤구나, 하는 심정으로 입술을 일그러뜨렸다.

"무슨 말인지 모르겠군. 어떤 완전성(完全性)을 말하는 건가?"

절대, 혹은 완전. 그런 것을 살면서 단 한 번도 꿈꾸지 않은 사람이 이 세상에 과연 존재하기나 할까. 마태준 또한 그런 꿈을 꾼 적이 있었다. 프로게이머로서 누구도 올라서지 못한 지고의 경지, 절대를 완성하고자 마음먹었던 시절이 있었다.

하지만 그런 것은 불가능했다. 애초부터 인간이라는 작은 그릇이 담기에 절대라는 내용물은 너무나 컸다.

"절대라는 것은 개인의 기준에 따라 변할 뿐이야. 갑자기 어린애 같은 소리를 하는 이유가 뭐지?"

"나는 기준없는 절대를 보았다."

기준 없는 절대. 그 단어에 박힌 존재감이 너무도 확고하여 마태준은 순간 어깨를 움찔하고 말았다. 그런 것이 있을 리 없었다.

"믿지 못하겠지. 나도 보기 전에는 믿지 않았으니까. 그러나 그걸 본 사람이라면, 누구나 그 매력에 매료되지 않을 수 없을 것이다. 나는 그것을 리메인더의「주군」이란 남자에게서 보았고, 그를 돕기로 결심했다."

"무슨……."

마태준이 '그건 또 뭐야' 라는 식의 흔해 빠진 얼굴로 중얼거리는 사이, 임윤성이 발 빠르게 화제를 바꿨다.

"네가 화를 낸 이유는 내가 빨리 움직이지 않아서겠지?"

마태준은 엉겁결에 고개를 끄덕였다. 임윤성은 희미한 미소를 띤 얼굴로 말을 이었다.

"넌 너무 성격이 급해. 내가 오늘 너를 부른 것은 이제 슬슬 적의 템포에 맞춰 움직이기 위함이다."

임윤성은 그 말을 하며 평원의 북부를 가리켰다.

"녀석이 움직인 루트는 '일곱 언데드 던전' 이 그 중심이 된다. 습격 형태를 봐도 알 수 있지."

확실히 그의 말대로였다. 에스톨의 국경지대, 뤼넨바르의 남부 하렘가, 페르비오노 동부 등은 모두 '언데드 던전(ex. 데스나이트의 무덤, 리치의 마탑 등)' 들과 가까웠다. 거기서 임윤성은 하나의 사실을 추론했다. 대륙 극동부에서 파우스트 길드의 마스터를 암살한 마왕의 정예가 다음 순간 대륙 극서부에 있는 리틀 피플즈의 부길드 마스터를 죽였다는 것은 사실상 말이 안 되는 이야기였다.

그 말이 의미하는 것은 단 하나. 마왕의 군대는 언데드 던전 내부에 설치되어 있는 '매스 텔레포트 서클(Mass teleport circle)' 을 이용하고 있다는 것.

"그렇군. 그게 그 이해할 수 없는 기동성의 해답이었어……."

마태준은 감탄과 분함이 섞인 목소리로 중얼거렸다. 임윤성은 뜸들이지 않고 지도의 로드스트림 남부를 가리켰다. 일곱 언데드 던전 중에서 '네크로멘서의 유적' 이 있는 곳. 그곳은 임윤성의 병력들이 집결해 있는 위치에서 그다지 멀지 않은 장소였다.

"다음에 녀석이 올 곳은 여기다. 그리고 이번에는, 아마 지금까지와는 다른 싸움이 될 거다."

"다른 싸움?"

"이제 국지전은 끝났어. 본격적인 정면 대결이 시작되겠지."

임윤성은 옅은 흥분을 감추지 못하는 목소리로 그렇게 말했다. 침착함으로 스스로의 내면을 갈무리하고는 있지만, 그 또한 프로게이머였다. 전설과 싸우고 싶다. 그리고 최강을 증명하고 싶다.

그것이 바로 주군의 '절대'를 밝히기 위한 그의 소망이었다.

전설과 전설의 대결. 하늘의 외면으로 인해 성사되지 못했던 그 전무후무한 대결이 지금 막 막을 올리려 하고 있었다.

*　　　　*　　　　*

남자는 정신없이 도망쳤다. 더 이상 도망칠 곳이 없다고 해도 남자는 도망쳐야만 했다.

그는 퍼플아이의 길드 마스터인 아우성이었다.

'마을은 어디지? 마을로 가면 살 수 있을까?'

이곳은 어디까지나 게임이고, 게임에 목숨을 걸 수는 있지만, 건다고 해서 결코 그 목숨이 사라지는 세상은 아니었다. 얼마든지 다시 부활할 수 있고, 다시 시작할 수 있는 세계.

하지만 그것도 론도라는 게임에서는 달랐다.

'유저에게 지급되는 목숨은 총 열 개뿐.'

이 사항에 대해서 론도의 수많은 게이머들이 항의했으나 그 어떤 탄원도 먹혀들지 않았다. 돈으로 목숨을 살 수 있다는, 제작 측으로서는 더할 나위 없을 만큼 자극적인 유혹을 뿌리치고, 레볼루셔니스트는 '목숨'의 개수에 제한을 두는 자충수를 두었던 것이다.

당시 레볼루셔니스트는 다음과 같은 해답을 내놓았다.

"목숨을 돈으로 살 수 있다면, 그것만큼 재미없는 세상이 어디 있습니까. 저희는 '게임'마저 '현실'로 만들고 싶지는 않습니다."

아우성은 도망치면서도 이를 갈았다. 현실에서 상당한 금력을 가지고 있는 그로서는 제작사 측의 그런 처방이 달가울 리 없었다. 하지만 좌절하지는 않았다. 현금은 목숨을 제외한, 즉 목숨을 보호할 수 있는 수많은 것들을 가지도록 만들어주었고, 그 결과 그는 자신의 돈으로 목숨을 지킬 수 있게 되었다. 하지만 세상에는 종종 상식을 초월한 일들이 존재하곤 했다.

"카오스 나이트는, 한 번 잡은 먹이를 놓치지 않는다."

마왕 강림 이벤트가 시작된 후 단 2주 동안 대륙의 어떤 유저도 모를 수 없게 되어버린 말이 바로 그 문장이었다.
"카오스 나이트가 마왕 측에 가담했대!"
"뭐? 말도 안 돼!"
"내가 직접 봤어! 북의 예레미야 길드 마스터가 카오스 나이트와 카오스 솔저들에게 처참하게 당했다고. 친위대까지 끌고 맞서 싸웠는데도 완전히 참패였어. 정말, 카오스 나이트의 강함은……."

2주. 길다면 길고, 짧다면 짧다고 할 수 있는 그 시간 동안 카오스 나이트라는 이름은 정의의 대명사에서 공포의 대명사로 바뀌어 있었다.

카오스 나이트의 검 앞에서는 누구도 열 합 이상을 버텨낼 수 없다. 그의 검은 마스터를 가리지 않는다. 아우성은 지난 이틀 동안 밤마다 악몽에 시달렸다. 그의 남은 목숨은 세 개. 지난 12일 동안 그의 동료 다섯 명이 '카오스 나이트'에게 당했다.

그 자신이야 돈으로 길드 마스터의 자리를 구입한 것이나 다름없었기에 그렇다 치더라도, 다른 다섯 명의 동료가 당한 것은 의외 중에서도 의외였다. 그 다섯 명은 모두 론도의 랭킹 20위 안에 들어가는 초강자들이었던 것이다. 개중에는 한때 론도 랭킹 3위에 랭크되어 있던 '아르카제'도 있었다.

암왕(暗王) 아르카제. 모든 어쌔신들의 수장이자 남쪽을 지배하는 사신(死神) 길드의 수장인 그조차 카오스 나이트의 검에 무릎을 꿇었다. 그날 이후 사신길드는 진짜 사신의 이름을 카오스 나이트에게 내줘야만 했다.

사신(死神) 카오스 나이트. 그가 모든 검의 정점에 선 것이다.

'분명 카오스 나이트는 뭔가 알고 있는 거야! 아니면 우리를 노리고 있을 리 없어!'

아우성은 홀로 두려움에 떨었다. 당분간 접속하지 말라는 부하들의 권고가 있었음에도 그는 결국 론도의 세계에 발을 들이밀고 말았다. 파이터로서의 투지에 불타올랐다거나 다른 길드 마스터들의 복수를 하겠다는 안일한 생각에서 나온 행동이 아니었다. 그것은 매우 단순했다. 그는 이미 론도에 접속하지 않고는 하루도 현실을 살아갈 수 없게 되어버렸던 것이다.

게임 중독. 한 번 발을 들이면 다시는 빠져나갈 수 없는 깊은 수렁. 그것이 바로 가상현실 게임의 늪이었다.

'마을로 간다고 해도, 방법이 없다.'

다섯 명의 길드 마스터는 모두 정정당당한 대결에서 패하거나 그걸 거부할 시에 마을 외부에서 갑작스런 기습을 당해 죽었다. 혹시나 마을 안이라면… 하는 기대가 순간 뇌리를 스쳤지만 잘 생각해 보면 마을 안이라고 해서 안전 지대라고 말할 수는 없었다.

카오스 나이트의 존재는 '마왕 강림' 이벤트의 일환이었고, 그 이벤트의 본질은 '대륙 습격'에 있었다. 그렇다는 이야기는 적어도 카오스 나이트 개인에게 있어서, 그리고 유저에게 있어서 '안전 지대(Safety zone)'는 존재하지 않는다는 이야기였다.

어디로도 피할 수 없고, 도망칠 수도 없다.

'바보같이, 주변인들 말대로 접속하지 않는 건데!'

실제로 그는 현실 시간으로 정확히 3일 만에 게임에 접속했다. 현실로 3일이라지만 게임 시간으로는 이미 열흘이 넘는 시간이 흘러 있었다. 그는 그 시간이 너무 아까웠다.

최상위 랭커에게 있어서 열흘이면 하위 랭커들과의 경험치 차이를 얼마든지 벌릴 수 있는 시간이었다. 동시에 최상위권 랭커 간의 미묘한 격차를 좁힐 수 있는 시간이기도 했다.

그는 결국 미련을 버리지 못하고 게임에 접속했다. 길드의 공성전 진행 상황을 둘러본다는 핑계로. 그리고 그 핑계가 작금의 상황을 만들고 말았다.

죽음의 그림자가 점점 더 짙게 드리워진다. 아우성은 속으로 절규하며 뒤를 돌아보았다. 어느새 음습한 회색안개 같은 것이 시야를 조금씩 잠식하고 있었다. 언젠가부터 코앞에 있던 마을의 모습이 사라져 있었다. 여긴 대체 어디지?

'다른 녀석들이 당할 때도 이 안개가 있었다고 했어.'

아우성은 곳곳에서 쏟아지는 강렬한 적의를 온몸으로 감당하며 침을 삼켰다. 그가 견뎌낼 수 없는 압도적인 중압감이 피부의 솜털을 질식시킬 듯 유린하고 있었다.

사실 캐릭터의 죽음을 두려워한다는 것은 어찌 보면 우스운 이야기였다. 캐릭터의 죽음을 피할 방법은 얼마든지 있는 것이다. 로그아웃을 한다던가, 귀환주문서를 사용한다던가…… 게다가 어차피 목숨은 여벌이 있으니까 조금 아깝긴 하지만 하나쯤 버리는 선택을 할 수도 있었다. 그럼에도 불구하고 그는, 그를 비롯한 모든 동료들은 카오스 나이트를 두려워했다.

믿을 수 없는 이야기지만, 그에게 죽은 일부유저들은 「부활」하지 못했다고 했다. 그의 검에 맞은 유저의 캐릭터는 다시 살아나지 않는다는 소문. 대부분의 사람들은 그 말을 두고 '아마 캐릭터의 목숨이 하나도 남지 않을 때까지 쫓아다닌다는 말일 것이다' 라는 의미로 해석했지만, 아우성을 비롯한 동료들과 일부 프로게이머들은 그 사건의 '진실' 을 알고 있었다.

카오스 나이트에게 당한 캐릭터는, 다시는 살아날 수 없다.

자박거림과 동시에 잔돌이 부스러지는 음향이 울렸다. 아우성은 본능적으로 몇 걸음을 물러섰다. 안개 사이로 흑백의 패너플리들이 하나둘씩 드러나기 시작한다.

카오스 나이트, 그리고 그를 지키는 침묵의 카오스 솔져.

틀림없는 카오스 나이트였다.

그의 부하들을 순식간에 난도질하고 여기까지 쫓아온 그 마귀는 기어코 자신마저 죽여 버릴 것이다. 아우성은 그 사실을 확인하는 순간 본능적으로 스크롤을 찢었다. 그리고 경악에 휩싸였다.

'귀환주문서가 통하지 않아?'

현실에서 조우했던 몇몇 동료들의 음성이 머릿속에서 메아리쳤다.

"안개를 조심해!"

구체적인 사실들을 알려주지 않은 것은, 그들 또한 은연중에 아우성이 자신들처럼 당하기를 바라고 있었기 때문일까.

그는 입술을 깨물었다. 잠시지만 호승심이 고개를 쳐들었다.

카오스 나이트를 쓰러뜨린다면, 그는 론도 내의 최강자 자리를 순식간에 꿰찰 수 있었다. 현 대륙의 4강이라 불리는 남해의 사자와 북해의 기사, 그리고 홍염의 사신과 똑같은 대열에 합류할 수 있을 것이었다.

'아냐, 불가능하다.'

이미 기백에서 압도당했다. 자신은 죽었다 깨어나도 카오스 나이트를 이기지 못할 것이다. 카오스 나이트는 이미 대륙 4강으로 분류되는 초강자다.

로그아웃을 하자.

아우성은 가장 현실적인 선택을 하기로 했다. 여기서 괜히 만용을 부렸다가는 정말 캐릭터가 지워질지도 모른다.

그때, 카오스 나이트가 입을 열었다. 안개만큼 어두침침한 목소리였다.

"네가 퍼플아이의 길드 마스터인가?"

아우성은 부지중에 침을 삼켰다. 그는 일부러 태연함을 가장하며 입을 열었다.

그래, 여기서 대답하는 척하면서 로그아웃을 하면 된다!

"아, 알고 왔으면서 뭐 하러 물어보시나."

소름 끼칠 만치 강력한 암흑투기가 카오스 나이트의 패너플리에서 흘러나왔다. 소문의 다크 오라가 눈앞에서 펼쳐지고 있었다. 아우성은 기절할 지경이 되었다.

'로그아웃도 안 돼!'

뭐지? 시스템 버그인가? 어떻게 이런 일이 있을 수 있지?

속으로는 무리, 당해낼 수 없어, 어떡하지 등의 생각을 하면서도 그는 '여기서 달아날 수 있다'라는 가정에 대한 확신만큼은 가지고 있었다. 그런데, 갑자기 최후의 보루마저 무너져 버렸다.

그는 카오스 나이트의 검 앞에서 도망칠 수 없었다.

"무슨 짓을 한 거지! 로그아웃이 안 되다니……."

"소녀를 기억하나?"

소녀? 무슨 소녀를 말하는 거지? 원활하게 이루어지지 않는 사고를 촉진시켜 준 것은 다시 카오스 나이트였다.

"기억하지 못하는가? 페르비오노에 간 지 얼마 되지 않았을 텐데. 소녀의 이름은 지아다. 이제 기억하겠지?"

기억이 환생하는 순간 숨이 턱 막혀왔다. 그 사건, 그 사건 때문이었어. 온몸이 바들바들 떨려옴과 동시에 두려움이 물씬 차올랐다. 위액이 터져 온 내장을 녹여 버릴 것 같은 기분이었다.

그 사건이 이 정도로 커질 줄 알았으면, 결코 개입하지 않았을 텐데. 그로 인해 벌어지는 대가가 아무리 참혹한 것이라 할지라도!

지아라는 소녀를 습격할 당시만 해도, 소녀의 죽음이 현실에서의 죽음으로 번질 것이라고는 상상조차 하지 못했다.

당시 그를 포함한 일곱 거대 길드의 수장들은 그날을 '습격의 날'이라고 불렀다.

그날은 론도의 배후를 휘어잡고 있는 어떤 거대한 세력들의 존재를 알게 된 날이기도 했다.

그들이 놓고 싸우는 것은 한 나라의 정권이었다. 지키려는 자와 그것을 빼앗으려는 자. 그들은 그 대결의 선두에 서서 빼앗으려는 자들을 대신해 싸워야만 했다. 그리고 그들을 이끌어준 남자는 '리젤' 이라는 처음 보는 사내였다.

뜻밖에도 목표물은 아주 작은 소녀였다.

그만큼 강력한 적이 목표물을 지키고 있을 것이다. 그들은 그런 생각으로 가득 긴장한 채 임무에 몰입했다.

그러나 그들의 각오는 허무하게 끝났다. 뜻밖에도 적 쪽에서 '자결'을 선택해 버렸던 것이다. 그들이 나서기도 전에 리젤의 강함을 감당해 내지 못한 베텔기우스라는 놈은 자신이 지켜야 할 대상을 스스로 죽여 버리고 말았던 것이다.

"나, 난 부탁을 받았다. 아니, 명령받았을 뿐이야!"

안개 속에서 뻗어 나온 두 자루의 검. 은은한 음영을 빚어내고 있는 그 검은 각각 다른 색깔의 오라를 넘실거리며 그를 잡아먹을 듯이 희번덕거렸다.

"그런 건 관심없다."

카오스 나이트는 목소리와 함께 검의 궤적이 천천히 움직이기 시작한다. 아우성은 겁에 질려 소리쳤다.

"그 꼬마 애를 죽인 것은 우리가 아니야! 베텔기우스란 녀석이었다고. 그놈이 미쳐서 소녀를 죽였단 말이다!"

그 말에 카오스 나이트의 검이 살짝 멈칫거렸다. 그 모습에 희망을 얻은 아우성은 연이어 말을 끄집어냈다.

"우리는 아무 잘못이 없다고! 게다가 우리가 부탁받은 것은 소녀의 죽음이 아니라 납치에 불과했······."

"만약에."

그 차가운 목소리에 아우성의 말이 토막처럼 잘려 나간다.

"만약에 너희들이 그 '습격'을 선택하지 않았더라면, 과연 지아가, 그 가냘픈 소녀가 죽었을까?"

그 말에 아우성의 표정은 그대로 굳어버렸다. 순간적으로 얼어붙었던 뇌세포가 찰나를 두고 해빙(解氷)되었다. 그는 붉어진 얼굴로 소리쳤다. 무슨 말도 안 되는 소리를 하는 거야!

"그건 억지다, 억지야!"

"세상은 원래 억지지."

카오스 나이트 수련은 주저없이 검을 휘둘렀다. 같은 마스터끼리의 싸움임에도, 상대와 싸울 의지를 잃은 자와 상대를 반드시 죽이려고 하는 자 사이의 갭은 너무나 컸다. 아우성은 검 한 번 뽑아보지 못하고 가슴을 베였다. 날카로운 감촉이 스며듦과 동시에 시야가 뿌옇게 흐려졌다.

"억지, 그건······."

수련은 은빛으로 산화하는 아우성의 가슴에 그대로 검은색 단검 한 자루를 박아 넣었다. 일순간 캐릭터의 얼굴이 일그러진다 싶더니, 마치 폭탄이라도 맞은 것처럼 그대로 분해되었다.

다시는 부활할 수 없는, 캐릭터의 소멸.

수련은 미립자로 흩어지는 은빛을 느끼며 천천히 눈을 감았다.

그 또한 자신의 행동이 억지라는 것을 잘 알고 있었다. 단순한 자기만족을 위해 과거의 진실을 외면하는 것과 목적의 상대적 정당성으로 결과를 외면하는 것 사이에는 별다를 것이 없었다.

다만 이렇게라도 하지 않으면 그는 버틸 수 없을 것 같았다. 어떤 방식으로든 그는 속죄를 해야만 했고, 그를 제외한 속죄양들이 필요했다.

용병들은 조용히 수련의 옆을 지키고 있었다. 요즘 들어 부쩍 말이 없어진 마스터. 그리고 연속되는 암살. 뭔가가 잘못되어 가고 있다는 것을 알고 있음에도, 그들에게는 운명의 줄기를 틀어놓을 수 있는 힘이 없었다.

"끝났나?"

지친 중년인의 목소리. 안개 속에서 나타난 인영은 제롬이었다. 그는 꽤나 피곤한 얼굴로 고개를 흔들었다.

"이제 다음이 마지막이겠지? 마지막이라는 말이 이렇게 반가운 적이 없군."

"번번이 감사합니다."

수련은 고개를 숙여 감사를 표했다. 제롬이 손을 한 번 내젓자 주변을 감싸고 있던 회색안개는 순식간에 종적을 감췄다. 캐릭터의 로그아웃과 귀환을 막은 정체불명의 안개는 그의 솜씨였다.

"이 능력은 원래 내 것이 아니라서…… 오래 사용하기가 벅차."

그리고 수련의 손아귀에 쥐어져 있는 '데스 대거(Death dagger)' 또한…… 캐릭터의 심장을 찌를시 그 캐릭터가 포함하는 모든 데이터를 지워 버리는 단검. 그것 또한 제롬, 정확히는 인프라블랙이 그에게 건네준 것이었다.

분명히 불법 아이템임에 틀림없었다. 하지만 그런 아이템을 여섯 번이나 사용했음에도 아직까지 아무런 제재를 받지 않는 것을 보면, 인프라블랙 또한 단순히 게임 정보 거래를 위해 만들어진 조직은 아닌 듯했다. 수련은 현실을 조금씩 깨달아가고 있었다.

'이제 하나 남았군.'

그는 인프라블랙 측에서 건네준 두루마리에 적힌 명단을 바라보았다. 그 명단에는 「습격」에 가담했던 일곱 명의 아이디가 적혀 있었다. 리틀피플즈의 카노, 예레미야의 읍쿼, 사신의 아르카제…… 수련은 실반으로부터 건네받은 펜촉으로 또 다른 이름 위에 긴 선을 그었다.

…….

~~퍼플아이(Purple eye), 아우성.~~

레드 문(Red moon), 카이저소제.

애써 쓴웃음을 지어보지만, 수련은 이 하찮은 복수의 끝자락에 다가갈수록 끝없는 나락으로 잠겨드는 것을 느끼고 있었다.

"이런다고 그 소녀가 살아나는 것은 아니네. 계속할 텐가?"

늘 이런 행사가 끝나면 꺼내는 제롬의 말 또한 같았다. 그는 수련에게 무엇을 강요하고 있는 것인가. 후회? 아니면 또 다른 절망?

"끝까지 갈 겁니다."

"자넨 정말 바보야."

제롬은 못마땅한 목소리로 투덜댔다. 수련은 그의 다음 말이 무엇일지도 알고 있었다. 이미 앞서 다섯 번이나 들었던 대사니까.

"이 복수는 자네를 마모시켜 갈 뿐이야. 그걸 빨리 깨닫게."

"이 복수로 인해 제가 닳고 닳아서 가루가 되더라도—"

대답은 늘 한결같았다.

"그래도 전 멈추지 않을 겁니다."

알고 있다. 너무나 잘 알고 있다. 하지만 그렇기 때문에 이렇게 해야 한다. 많은 사람들은 멈출 수 있다고 생각하지만 정작 그 자신이 되면 결코 멈출 수 없는 그런 일.

소녀가 살아 돌아오지 않는다는 것도 알고 있다. 그들의 캐릭터를 삭제시켜도 만족스러운 복수는 되지 못함을 알고 있다. 그들의 캐릭터가 완전히 죽어버리더라도 정작 '그들'은 멀쩡히 살아서 이 빌어먹을 '현실'을 살아가고 있다는 사실을 알고 있다.

하지만, 그렇기에…… 그렇기에 더욱 죽여야만 한다.

소녀가 마지막으로 살아 있었던 이 세계가, 이 성역(聖域)이

더럽혀지지 않도록 자신의 손으로 깨끗이 청소해야만 한다. 수련은 그것이 자신에게 남겨진 의무라고 굳게 믿고 있었다.

수련은 다시 두루마리로 시선을 돌렸다. 이제 남은 생존자는 단 한 명뿐. 레드 문의 길드 마스터 카이저 소제.

그가 지난 「습격」의 마지막 생존자였다. 수련은 마지막 목적지인 브룸바르트 중부를 향해 발걸음을 옮겼다.

*　　　*　　　*

성채의 첨탑. 레드문의 군주 카이저소제는 벌 떼처럼 웅크린 유저들의 파랑을 보며 흐뭇한 미소를 짓고 있었다. 모든 것이 그의 뜻대로 되어가고 있었다.

"정말 오늘 카오스 나이트가 오는 거야?"

"이미 아스칼 남부와 아이소니아 쪽은 초토화가 됐다던데?"

"각 길드의 정예들이 모두 여기에 모였다며?"

그가 던진 떡밥으로 유저들의 잔칫상은 푸짐하기 그지없었다. 늘 뭔가를 떠들고 싶어하는 인간들에게 있어 참신한 화젯거리는 항상 부푼 만족감을 주게 마련이다.

카오스 나이트를 죽이면 영웅이 된다는 이야기는 이미 정론이 되었고, 카오스 나이트는 운영자의 사실 보조 캐릭터라는 낭설에 이르기까지…… 모든 소문의 근원지는 레드문의 군주 카이저 소제의 입에서부터 시작되었다.

"전투에는 참가하지 않을 셈인가?"

목소리는 첨탑의 내부에서 들려왔다. 그곳에는 레드문의 카이저 소제 이외에도 두 명의 남자가 더 있었다. 홍염의 사신 마에스트로 마태준과 남해의 사자 알렉산더 임윤성. 론도의 최강자를 꼽을 때 항상 세 손가락 안에 들어가는 최강자들.

카이저 소제는 임윤성의 물음에 담담히 대답했다.

"그래, 내가 참가해서 이득 볼 것은 없으니까."

"이길 자신이 없다는 말은 안 하는군."

마태준이 비꼬았다. 그러나 그런 비아냥에도 불구하고 카이저 소제의 목소리에는 고저의 변화가 없었다.

"길드 마스터쯤 되면 언제나 만약의 상황을 가정해야 하지. 그리고 이미 나는 브룸바르트의 일부를 획득하여 성주(城主)의 자리에 올라 있어. 내가 죽으면 우리 길드 전체가 소멸하는 것과 마찬가지다. 그렇게 되면 지금까지 쌓아온 기반이 한순간에 무너질지도 몰라. 나는 그런 최악의 상황을 염두에 두지 않을 수 없다."

말은 그렇게 하지만 사실 카이저 소제의 진짜 목적은, 현재 길드 마스터 자리의 공석으로 인해 혼란에 빠져 있는 일곱 개의 거대 길드를 규합하는 것에 있었다. 이미 길드 마스터의 복수를 위해서 네 개의 길드가 그의 성채 '벨크시온'에 집결한 상태였다.

"벨라로메는 오지 않았군."

방의 내부를 둘러보던 카이저 소제는 조금 섭섭한 표정으로 말했다. 비록 그의 초청에 대해 거절의사를 명백하게 밝힌 북해의 기사 벨라로메였지만, 그래도 적이 카오스 나이트라면 잠깐이나마 얼굴을 비추지 않을까 했는데 아무래도 오산이었던 것 같다.

사실 임윤성과 마태준이 이 자리에 와준 것만 해도 감지덕지였다. 한국을 대표하는 삼대 프로게이머 중 무려 둘이 한 자리에 모인 것이나 다름없었으니까.

말을 받은 것은 임윤성이었다.

"이번 일에 중부 연합은 빠지겠다고 하더군."

"중부 연합이라면……."

대륙의 모든 거대 길드들이 다 모일 거라고 생각했는데, 중부 연합 같은 거대 연맹이 이 행사에 빠지다니? 카이저 소제는 잠깐 의문을 품다가 이내 기억을 되짚어보고는 고개를 끄덕였다.

"아마 거기에 발렌시아 나이트를 이끄는 시리엘이라는 여자가 있었지. 카오스 나이트의 도움으로 중부 연합의 수장이 되었다더니, 사실이었나 보군."

목소리에 미묘한 비웃음이 담겨 있었다. 언제나 그렇듯 그 비웃음의 기저에 깔린 것은 절대적인 자신감.

"하지만 상관없어. 그런 녀석들이야 있으나 없으나 똑같으니까."

"너무 자신만만하군."

"그럴 수밖에. 사실 카오스 나이트니 어쩌니 해도……."

카이저 소제는 고의적으로 말끝을 흐리며 임윤성과 마태준을 한 번씩 바라보았다. 부담스러울 정도로 믿음직한 시선이었다.

"이 자리에 자네들 둘이 와 있다는 것만으로도, 이미 승부는 정해진 것이나 다름없으니까."

거대한 함성 소리가 첨탑 밖의 공기를 깨뜨린 것은 그 순간. 밖을 내다보니 거대한 먹구름 같은 것이 잔뜩 밀려오고 있었다. 그리고 그 먹구름 사이를 비집고 나타난 새카만 군대들.

"왔군."

카이저 소제는 비릿한 웃음을 머금었다.

수련은 멀찍이 보이기 시작하는 웅장한 성채를 바라보며 눈살을 찌푸렸다. 아무래도 그동안 너무 티 나게 움직였던 것일까. 적들은 이미 모든 준비를 끝마친 듯 보였다.

"기다리게. 아무리 마왕의 권속을 빌렸다지만 지금 달려드는 것은 달걀로 바위를 치는 것이나 다름없어."

"달걀의 강도에 따라서 그 결과도 얼마든지 바뀔 수 있죠."

"하지만 바위보다 단단한 달걀은 없네."

수련은 제롬과 간단한 대화를 나누며 적들의 움직임을 꼼꼼히 살폈다. 확실히 방어는 철통같았다. 종종 들려오는 함성 소리로 보아 상당수의 유저들이 이미 성채의 내부에 포진해 있는 것 같았다.

"예상보다 훨씬 많군요."

수련은 성을 빙 둘러싼 해자의 측면을 돌아 몰려나오는 유저들을 보며 목소리를 낮췄다. 이제까지와는 달리 기습이나 암습을 시도하지 않은 것은, 나름대로 복수의 대미를 장식하기 위해서였다. 성탑 '벨크시온'은 브룸바르트 최종 방어선의 첫머리를 장식하는 성채였다. 이곳이 무너진다면 브룸바르트는 반 이상 무너진 것이나 다름없다. 처음부터 퀘스트를 진심으로 행할 생각은 없었지만, 어차피 이렇게 된 거 끝까지 제대로 해주기로 마음먹었다.

가쁜 시선으로 자신의 주변을 빙 둘러보며 현재 전력을 파악하기 시작한다. 수련의 곁을 호위하는 정예병들은 네 명의 용병을 포함하여 총 열 명이었다. 용병들을 제외한 여섯 명, 그들은 스스로를 네임리스(Nameless)라 칭했다.

이름이 없는 자들. 인프라 블랙에서 제롬과 함께 지원해 준 그 여섯 명은 수련이 키운 용병들에 비해 결코 뒤떨어지지 않는 실력자들로 구성되어 있었다. 말 그대로 그들에게는 이름이 없었기 때문에, 수련은 유치하지만 그들에게 번호를 매겨 줘야 했다.

"일(一)호, 당신들은 제 복수와 상관없습니다. 정말 괜찮습니까?"

일호는 말없이 끄덕였다. 네임리스 여섯 명은 순서대로 일호부터 육호까지 번호가 지정되어 있었다. 수련은 그들 개개인에게 확언을 받아낸 후에야 제롬을 돌아보며 소곤거렸다.

"제롬, 이들은 유저가 아니죠?"

"글쎄."

그는 그저 웃기만 했다. 유저면 어떻고 아니면 어떤가. 그걸 구분하는 게 무슨 소용이 있지? 작게 뇌까린 그의 말에 수련은 입술을 잘근거렸다.

"그렇기도 하군요."

수련은 자기 나름대로 제롬의 말을 이해했다. NPC라면 어차피 죽어도 상관없을 것이고, 유저라면 죽어도 다시 살아날 것이다.

뽑아 든 심판의 검 레퀴엠이 차가운 울음을 터뜨렸다. 거대한 덩어리가 되어서 그의 뒤를 따라오던 마왕의 군대가 자리에 멈춰 섰다. 수천을 넘어서 수만에 이르는 개체들이 그의 몸짓 하나에 꼿꼿이 굳어버리는 광경은 그야말로 일대의 장관이었다.

비록 수련이 일곱 명의 언데드 군주를 죽여 버렸기 때문에, 마스터의 능력을 호가하는 일곱 군주를 이끌 수는 없었지만 그는 그에 못지않은 레서 로드(Lesser lord)들을 마왕에게서 지원받았다.

데미 리치에서부터 네크로맨서 어시스턴트, 데미 반시……레서 데몬, 데스나이트에 이르기까지.

그뿐만 아니라 수백의 익스퍼트 급 유저들을 상대할 스켈레톤 나이트와 상급 구울도 지급받았다. 론도 내의 현 집단들 중에서 당장 그가 이끄는 총 전력을 감당할 단독 세력은 존재하지 않을 것임에 자명했다.

또한 그가 착용하고 있던 데스나이트 로드의 갑옷은 그 방어력과 성능이 한 단계 더 상승되어 있었다. 마왕은 그 패너플리에 수련의 별호인 '카오스 나이트'를 새겨줌과 동시에 마왕 고유의 저주를 응축시켜 담았던 것이다.

그 결과 데스나이트 세트는 카오스 나이트 세트로 바뀌었다. 수련은 용병들에게 데스나이트로의 변신을 지시함과 동시에 부대들에게 돌격 명령을 내렸다. 선두의 스켈레톤들이 성을 향해 돌격해 들어가기 시작했다. 죽음의 공포를 모르는 그들은 쏟아지는 유저들의 화살 비에도 아랑곳 않고 괴악한 포효를 질러댔다.

일단 성 밖의 병력들을 정리한다. 수련은 결심과 함께 명령했다.

"데미 리치와 스켈레톤 메이지들은 플레임 스웜(Flame swarm)을 준비한다. 캐스팅이 끝나면 성벽 안쪽을 목표로 마법을 시전하라!"

스페이스 오페라에서도 이 정도의 대규모 부대를 운용해 본 적은 없었다. 게다가 그때와는 달리 이 부대들은 자신의 손이 아닌, 입을 통한 명령에 의해 움직이게 될 것이다. 수련은 그 사실을 알면서도 넘쳐 나는 자신감을 굳이 감추려 들지 않았다.

다수 전쟁에서 그를 이길 사람은 아무도 없었다. 예전에도 그랬고, 앞으로도 그럴 것이다. 이런 싸움이야말로 그의 멀티태스킹 능력이 백분 발휘될 수 있는 최고의 전장인 것이다!

용병들과 네임리스들이 선두의 뒤를 좇는 것을 보며 수련 또한 크레스트를 깊게 덮어쓰고 진격을 시작했다.

"일방적으로 밀리고 있습니다!"

전장은 오로지 살육의 현장이었다. 임윤성에 지시에 의해 선두의 지휘를 맡은 헤르메스는 여기저기서 들려오는 보고들을 간신히 수습하며 서둘러 중군의 진열을 뒤로 물렸다.

'정말로 소문의 카오스 나이트는 그란 말인가!'

헤르메스는 전투가 시작되기 전 임윤성이 자신에게 일러준 사항을 되짚으며 낙담했다. 당시 임윤성은 그에게 다음과 같은 질문을 던졌었다.

"역사상 가장 뛰어난 프로게이머가 누구라고 생각하나?"

"그야 당연히……."

처음에는 자화자찬을 하려는 것이라 생각했다. 하지만 조금 시간이 지나자 그 생각은 조금씩 자신에 대한 환멸로 부스러져 갔다. 자신의 스승인 임윤성이 그 누구보다 더 위대한 프로게이머인 그가 단지 스스로의 자존감을 드러내기 위해서 그런 질문을 던질 리가 없었던 것이다. 그럼에도 헤르메스는 이렇게 대답했다.

"당신이라고 생각합니다. 역사상 당신보다 더 대단한 프로게이머는 존재하지 않았습니다."

헤르메스는 단언하듯 말했다. 아마추어 시절 당시, 우연히 임윤성의 눈에 들어와 그의 제자가 된 헤르메스였다. 어떤 상대도 임윤성을 꺾지 못했고, 그 누구도 그의 왕좌를 탈환할 수 없었다. 마왕 강용성, 신의 손 마태준…… 쟁쟁하다는 프로게이머들을 모두 제치고 최정상에 올라서, 역사상 가장 위대한 게이머.

그러나 임윤성은 그의 말에 긍정도 부정도 하지 않았다. 헤르메스는 조금 불안해졌다.

"네가 데뷔하기 전에, 한 명의 프로게이머가 더 있었지."

헤르메스는 리그에 데뷔한 지 얼마 되지 않은 신예였다. 스페이스 오페라에서 데뷔를 했고, 곧 오픈될 예정이라는 론도 토너먼트 리그로 주력을 전향한 상태였다.

"누구 말입니까?"

"내 APM 수치를 기억하느냐?"

APM(Actions Per Minute)은 일반적으로 프로게이머들의 「손빠르기」를 지칭하는 단어였다. 1분 동안 마우스, 혹은 컨트롤러로 내린 총 명령의 양을 나타내는 것으로, 손이 더 빠른 사람이 더 많은 명령을 내리게 되는 것은 당연한 이야기였다(물론 경기 시간이 길어질수록 선수들의 체력 저하에 의해 평균 APM의 수치가 떨어지기도 했다).

APM이라면 그 또한 자신있는 부분이었다. 실제로 헤르메스는 황제 임윤성 못지않게 빠른 손놀림을 가지고 있었던 것이다.

"1500선이었던 것으로 기억합니다."

스페이스 오페라에서 프로게이머들의 평균적인 APM 수치는 950이었다. 950이라는 수치는 프로게이머들이 프로게이머들로 있게끔 만들어주는 최소한도의 「자격」 같은 것이었다. 손 빠르기란 어떻게 보면 '기본기'에 가까웠다. 무도에서 가장 많은 기본 기술을 연습한 사람이 가장 탄탄한 고급 기술을 선보이는 것과 같은 원리다. 가장 손이 빠른 사람이 가장 기본기가 탄탄한 것이다.

물론 항상 손이 더 빠른 사람이 이기는 것은 아니었다.

실제로 임윤성의 평균 APM 수치인 1500은 프로게이머들 중에서도 톱클래스에 들어가는 기록이었지만, 그보다 더 빠른 사람이 없는 것도 아니었던 것이다.

마왕 강용성 또한 1500대의 APM을 보유하고 있었고, 신의 손 마태준의 경우는 APM이 1600대를 돌파하는 경우도 있었다(사실 헤르메스는 그가 헛손질이 많다고 생각하고 있었다). 게다가 헤르메스 또한 1400대의 APM을 가지고 있었다.

"나보다 더 높은 APM을 가지고 있는 선수가 있었다."

"마에스트로 마태준 말씀이십니까?"

임윤성은 고개를 저었다. 헤르메스는 놀랐다. 그가 알기로 임윤성보다 더 빠른 손을 가지고 있는 사람은 마태준밖에 없었다. 그런데 또 있다는 이야긴가?

"진수련이라고, 들어봤나?"

처음 그 「전설」에 대한 이야기를 들었을 때는 도저히 믿을 수가 없었다. 왜 그토록 유명했던 프로게이머가 재야에 묻혀 버렸는지도 알 수 없었다. 랜덤으로 스페이스 오페라 리그를 제외한 모든 게임 리그를 제패하고, 그랜드 슬램을 위해 황제의 권좌에 도전했던 전설의 게이머.

가면 백작(伯爵), 진수련.

물론 놀람은 거기서 그치지 않았다. 임윤성에게서 진수련의
APM 수치를 듣는 순간, 그는 자신의 귀를 의심하지 않을 수
없었다.

"원래 공식적으로 프로게이머간의 APM 수치를 교환하는
것은 터부시 되는 일이지. 하지만 나는 당시 리그 관계자의 도
움으로 그의 과거 리플레이(Replay)를 볼 수 있었어."

임윤성은 그 말을 하며 살짝 굴욕적인 미소를 머금었다. 그
것은 과거의 비겁에 대한 자위 같은 것이었다. 스페이스 오페
라 리그에서, 게이머의 리플레이는 비공개 상태로 유지되는
것이 관례였던 것이다. 그의 스승이 그런 표정을 짓는 것을 한
번도 보지 못했던 헤르메스는 이제 놀랄 기력도 없었다.

그리고 임윤성의 다음 말은 그의 뇌를 온통 엉망진창으로
흔들어놓기에 충분했다.

"당시 그의 APM 수치는, 2천을 넘어섰었다."

멀리서 검은 해일처럼 밀려오는 언데드 부대의 모습이 보였
다. 그리고 그 중심에 서서 가차없이 유저들을 베어 넘기는 백
색의 검사. 갑옷 사이에서 흘러나오는 검은 기운이 백색 갑옷
을 조금씩 잠식하여 점차 흑빛으로 물들여 가고, 유저들의 몸
에서 뿜어져 나온 은빛이 온몸을 뒤덮는 그 정경은 탄식을 자
아내게 할 만큼 끔찍하고, 또 아름다웠다.

'저자가 바로 진수련.'

헤르메스는 검을 뽑아 들며 침을 꿀꺽 삼켰다. 칼자루를 쥔 손에 힘이 들어갔다. 헤르메스 또한 20위 건 안쪽에 들어가는 랭커인 동시에 프로게이머였다.

같은 랭커라도 프로게이머냐 아니냐의 차이는 꽤 크다. 경험적인 측면, 판단적인 측면······ 아무리 현실과 흡사해도 결국 론도는 게임. 그곳을 제패하는 자는 프로게이머가 되어야 한다.

'손이 빠르다고 해서 항상 이기는 것은 아니야. 그리고 여기는 RTS게임도, 스페이스 오페라도 아니다. 이곳은 론도다!'

그는 두려움을 극복하기 위해 검을 부르쥐고 달렸다. APM은 단지 수치일 뿐이다. 실제로 자신의 스승은 APM이 100이나 더 높은 마태준을 꺾지 않았던가.

그렇다면 그도 할 수 있다!

사십, 삼십, 이십, 십······ 걸음은 정확히 십 미터 앞에서 정지했다. 뭔가가 쿵 하고 내려앉으며 가슴이 차가워진다. 그걸 뭐라고 형용할 수 있을까.

그곳에는 거대한 거인이 있었다. 한낱 인간의 힘으로는 감당해 내지 못할 것만 같은 폭발적인 힘과 무시무시한 파괴력을 가진 괴물이 있었다.

백색의 검날이 스칠 때마다 서넛의 익스퍼트가 스러져 가고, 흑색의 검날이 스칠 때마다 대지가 고통 속에 울부짖었다. 세상의 어떤 맹수나 짐승도 이보다 더 흉포하게 보이지는 않을 것이다.

상대가 안 된다.

헤르메스는 싸워보기도 전에 패배를 예감했다. 기백의 차이, 실력의 차이…… 모든 것에서 현저하게 수준 차이가 났다. 그는 넋을 잃은 얼굴로 수련의 모습을 쳐다보았다.

광기에 물든 검술이었다. 론도를 시작한 이래 이보다 더 섬뜩한 검술은 단 한 번도 보지 못했다. 그 검은 증오에 차 있었고, 세상 어떤 것도 그의 일 검을 받아내지 못할 것만 같았다.

그리고 그 거인은 어느새 그의 앞에 서 있었다.

"막을 텐가?"

무거운 목소리였다.

헤르메스는 지금까지 누구보다도 더 열심히, 누구보다도 더 격렬하게 게임을 해왔다고 자부하고 있었다. 하지만 사내의 그 한마디에 힘겹게 쌓아온 그 자존심은 한순간에 무너져 내렸다.

눈앞의 남자는 게임에서 '찾을 수 없는 것'을 찾고 있었다.

"으……."

입이 대답하기 전에 몸이 먼저 움직이고 말았다. 공포를 이기지 못하고 먼저 달려든 것이다. 일 검, 이 검, 삼 검. 검이 부러지고 흉갑이 박살나 바닥을 나뒹굴었다. 그리고 네 번째 검. 차가운 냉기를 뿌리는 섬광이 헤르메스의 가슴을 관통했다.

찌르고, 베고, 죽인다.

전쟁은 마치 탐욕의 집합체 같았다. 우습게도 그곳에 있는 자들 중 누구도, 자신의 죽음을 두려워하지 않았다. 한쪽은 언데드(Undead)였고, 한쪽은 유저였기 때문이다.

한쪽은 사명을 위해 싸우고, 한쪽은 아이템과 명예를 위해 싸웠다. 그것은 정말로 유쾌한 이야기였다. 고통을 모르는 자들. 실존하지 않는 세계에서, 실존하지 않는 것을 위해 그들은 서로에게 검을 겨누고 있었다.

은빛이 산란한다.

"마태준, 너는 APM이 단순한 손 빠르기를 의미한다고 생각하나?"

첨탑의 꼭대기에서 헤르메스의 죽음을 바라보고 있던 임윤성은 문득 그렇게 입을 열었다. 당장이라도 뛰쳐나가 싸우고 싶어서 안달이 나있던 마태준은 신경질적으로 대답했다.

"또 무슨 바보 같은 소리를 하고 싶은 거지?"

"대답해 봐."

그가 대답하지 않는 한 이 대화의 꼬리는 끊어지지 않을 것이다. 그것을 깨달은 마태준은 생각을 정리한 뒤 입을 열었다.

"APM이 단순한 손 빠르기를 의미하는 거라면, APM의 차이가 프로게이머들 사이의 기본적인 격차를 만들었을 리 없지."

마태준은 말을 이었다.

"APM이란 1분 동안 프로게이머가 내리는 명령의 횟수를 말하는 것이다. APM이 높을수록 빠르게 손을 움직여 많은 명령을 내린다는 것. 이 정도면 이미 대답은 나오지 않았나?"

정론. 임윤성은 만족한 대답을 얻은 사람처럼 고개를 끄덕였다.

"잘 아는군."

그들이 주목한 부분은 손 빠르기가 아니었다. 명령을 내린다. 손은 명령을 내리기 위해 움직이는 것일 뿐. APM의 기본은 명령을 내리는 것이다. 그리고 그 명령의 핵심은 바로 '판단'이었다. 그 짧은 시간 동안 얼마나 많은 상황을 관측하고 정보를 규합하여 판단을 내리느냐. 그것이 APM의 본질이었다.

APM 수치가 높은 프로게이머일수록, 더 많은 생각을 하고 더 많은 판단을 하고, 더 많은 가정을 하는 것이 당연했다. APM이 두 배 이상 차이난다고 해서 절대적인 실력 차이가 두 배 라는 의미는 아니다. 그럼에도 헤르메스와 수련의 격차는 너무 컸다.

"처음부터 상대가 안 되는 싸움이었지."

임윤성은 은빛으로 화하는 헤르메스의 마지막 모습을 보며 말을 이었다.

"슬슬 우리가 나서야겠다."

"자신의 제자가 당하는 꼴을 끝까지 지켜보고 있다니. 너도 악취미로군."

"제자?"

임윤성은 그 말이 굉장히 의외였다는 얼굴로 눈썹을 꿈틀거렸다. 깊은 자존감이 새겨져 있는 얼굴이었다.

"나는 오로지 홀로 존재하는 자. 그런 하찮은 끈은 만들지 않아. 나는 단지…… 저 녀석을 통해 전설의, 카오스 나이트의 「현재」를 시험해 보고 싶었을 뿐이다."

전투 직전의 흥분에 도취된 마태준이 피식 웃었다.

"어련하시겠어. 그래서 시험 결과는?"

대답은 당연하다고 생각했다. 그러나 당연하지 않았다.

"불합격."

수련은 전쟁이 시작된 이후 총 일곱 명의 마스터를 베었다. 현 대륙의 마스터가 겨우 삼백 명 정도밖에 되지 않는다는 것을 감안하면 믿을 수 없는 수치였다.

이미 수련의 레벨은 20을 돌파하여, 마스터의 경지를 넘어서서 슈페리어 마스터(Superior master)의 고지를 밟고 있었다. 그는 쓰러진 스켈레톤의 잔해들을 돌아보며 아랫입술을 핥았다.

'그래도 많이 죽었다.'

마왕군의 기세는 압도적이었으나 유저들의 저항도 만만치 않았다. 마스터와 일부 익스퍼트들의 합공으로 인해 메인 데미지 딜러 역할을 수행하던 상급 구울과 스켈레톤 나이트들이 절반가량 죽어버렸고, 레서 로드들도 시체로 너부러져 있었다. 이제 레서로드 중 살아 있는 것은 데미 리치뿐이었다. 불행 중 다행으로 용병들과 네임리스들은 아직까지 건재했다.

슬슬 성 밖의 유저들은 하나둘씩 정리되어 가고 있었다. 이제 문제는 본격적인 공성전이었다. 마왕군은 마땅히 성을 공략할 만한 공성 병기를 갖추고 있지 않았다. 고작해야 스켈레톤 아쳐들의 화살과 메이지들의 중급 마법뿐. 결국 적의 성문을 부수지 못하는 한 이곳에서 손가락만 빨고 있을 수밖엔 없다는 이야기였다.

전투 시작부터 꾸준히 플레임 스웜을 캐스팅시켜서 성채의 일부를 불바다로 만들었지만, 아직 그걸로는 부족했다. 수성 측에도 마법사는 있을 것이었다.

수련이 성채 내부 공략에 골몰하고 있는 때, 어떤 강한 기운의 접근이 육감에 잡혔다. 그것도 아주 가까이. 솜털이 쭈뼛 섰다.

아래!

수련은 순식간에 땅을 박차고 몸을 360도로 회전시키며 옆구리를 꺾었다. 아슬아슬한 차이로 긴 은빛의 장도가 그의 몸을 스치고 지나간다. 정확히 갑옷의 이음매를 노린 공격이었기 때문에 하마터면 위험할 뻔했다.

이런 암습을 펼칠 수 있는 존재는 정규 클래스 중에서는 단 하나밖에 없었다.

어쌔신!

수련은 재빨리 검을 교차시키며 어쌔신의 정면을 치고 들어갔다. 뭔가 생각을 하기도 전에 몸이 먼저 움직였다. 그는 암왕 아르카제를 상대하며 깨달은 바가 많았다.

어쌔신은 자신이 만든 '장소'를 벗어나는 순간 그 전투력이 절반 이하로 감소한다. 그것은 곧 어쌔신이 판 함정에서 벗어나는 순간이 그를 죽일 최고의 찬스라는 의미였다.

어쌔신 마스터는 자신의 기습이 설마 실패할 줄은 몰랐다는 표정으로 수련의 첫 공격을 간신히 받아냈으나, 이어지는 두 번째, 세 번째 검을 받지 못하고 결국 단검을 놓쳐 버렸다. 마스터끼리의 싸움은 그 찰나에 의해 승패가 결정된다. 수련의 검이 심장을 관통함과 동시에, 어쌔신 마스터는 잔뜩 일그러진 음색으로 형식적인 대사를 읊으며 스러졌다.

"…사신 길드는 너를 놓치지 않을……."

아마 아르카제의 길드에 속한 어쌔신이었던 모양이다. 수련은 어두운 표정으로 몸을 돌렸다. 적을 너무 많이 만들었다. 어쩌면 만들 필요가 없는 적이었을지도 모르는데.

방금 죽은 어쌔신은 아르카제가 죽기 전까지 수련과는 아무 관계도 없는 사람이었다.

미움받는 것을 좋아하는 인간은 없다. 그것이 게임 속이든 현실이든…… 상처를 입히려는 자는 자신 또한 상처 입게 된다는 사실을 알아야 한다. 그 당연한 진리가 수련의 가슴을 아려왔다.

그럼에도 그는 쉬지 않고 검을 휘둘렀다. 베고 또 벤다. 전투에 마음이 무뎌지고, 심장이 더 이상 아픔을 느낄 수 없을 때까지.

스강!

뻗어나간 섬광에 유저 서넛이 단번에 도륙당한다. 무자비하고 또 참혹했다. 어디에도 비명은 없었다. 하지만 그것은 소리 없는 아우성이었고, 침묵의 학살이었다.

용병들은 고통스러운 표정이었다. 유저들이 가진 '목숨'의 가치를 알지 못하는 그들은, 이 전쟁의 희생양이다. 그는 잠시나마 용병들에게 미안한 마음을 가졌으나 이내는 지워 버렸다. 자갈 위에 모래가 덮이듯, 너무도 간단하게 감정은 마멸되어 가고 있었다.

또 하나의 유저의 몸이 동강난다. 하지만 유저들은 그치지 않고 덤벼들었다. 그들은 두려움을 알지 못했다. 남의 아픔을 알지 못했다. 욕망으로 번들거리는 눈빛, 단 한 번만 찔러 넣으면 돼. 그러면 녀석을 죽일 수 있어. 과연 녀석이 죽을까? 아니, 죽여야만 해. 녀석은 카오스 나이트니까. 녀석은 좋은 아이템을 많이 가지고 있으니까. 녀석은 말이지, 녀석은, 녀석은, 녀석은……

사고는 꾸역꾸역 먹물을 토해낸다. 나오지도 않는 신물을 넘기며, 수련은 광기 속에서 검을 휘둘렀다. 힘은 계속해서 빠져나가고 있었다. 그것은 포션을 먹어도 회복되지 않는 상처였다. 아니, 애초부터 포션으로는 회복시킬 수 없는 상처였다.

마음의 상처. 힘은 계속해서 빠진다.

이제 그는 지쳐 가고 있었다. 나는 왜 이 길을 택했지? 왜 이런 의미없는 소모를 계속해야만 하지? 무엇을 위해서?

'소녀를 위해서.'

하지만 이제 소녀는 없는데.

'그래도, 소녀를 위해서.'

변명하지 마. 넌 단지 사람을 베고 싶을 뿐이잖아. 베고, 베고 또 베고. 계속해서 베는 거지. 그래서 만족감을 얻는 거야. 무엇을 위한 만족감이냐고? 자신을 위한 만족감이지.

'무슨 말인지 모르겠어.'

아직도 모르겠어? 넌 소녀를 위하는 게 아니라, 소녀를 「잊으려고」 하는 거야. 스스로의 망각을 정당화하려고 하는 거라고. 나는 이만큼 복수를 했어. 나는 이만큼 적을 베었어. 자, 이제 나는 할 만큼 했지? 나는 너를 기억한 거야. 나는 너의 복수를 한 거라고. 그러니까…… 이젠 너를 잊겠어, 라고 말하고 싶은 거라고!

"그만 해!"

수련은 자기도 모르게 비명을 지르며 검을 내리질렀다. 또 하나의 유저가 산화해 간다. 놀란 용병들이 그를 돌아보았다. 제롬은 침묵한 채 그를 바라보고 있다.

유저들의 수런거림이 한순간 커졌다. 그리고 그 웅성거림은 침잠해 가던 수련의 정신을 다시 수면으로 끌어올려 놓았다.

"예레미야 길드가 합류했다!"

"파우스트 길드다!"

예레미야와 파우스트. 카오스 나이트에게 길드 마스터를 잃은 그 두 길드 또한 전장에 나타난 모양이었다. 수련의 세세하고 꼼꼼한 지휘로 압도되어 가던 전장은 그 두 세력의 등장으로 조금씩 비등한 상태가 되어갔다.

'이대로는 안 돼.'

수련은 혼잡한 와중에도 네임리스들 중의 둘에게 양 날개의 선두로 가게끔 지시를 내렸다. 날개 형태의 진형이 무너지는 순간 원진(圓陣)을 이룬 유저들에게 순식간에 당할 위험이 있었기 때문이다. 그러나 그것이 실수가 될 거라고 그때의 수련은 예상치 못했다.

다음 순간, 그의 육감에 막대한 기운들의 접근이 잡혔다. 예레미야나 파우스트에 이 정도의 기운을 가진 존재들이 있었던가? 마음이 대답하기 전 고개가 도리질을 친다.

단연코 없다. 지금 수련의 전신을 압박해 오는 자들은 지금까지 그가 만났던 상대들 중에서도 다섯 손가락 안에 꼽힐 만큼 강력했다. 예상 인물들은 조금씩 좁혀지기 시작했다.

성문이 열린 것은 그때였다. 당연하게도 항복은 아니었다.

정면 싸움? 믿을 수 없었다. 살아남은 병력의 숫자는 마왕군 쪽이 압도적이었다. 수성전을 펼쳐도 모자랄 판에, 개문(開門)을 하고 싸우는 편을 택하다니? 그 정도로 자신있다는 뜻인가?

내부에 있던 병력들이 한꺼번에 쏟아져 나오며 유저들의 진을 더욱 두텁게 만들었다. 지원 병력이 가세하자 힘이 나는지 유저들의 사기도 더욱 충전되었다. 반면 마왕군의 기세는 조금씩 움츠러들고 있었다. 수련은 승패의 갈림길에 섰다는 사실을 알았다.

지금 성문 쪽에서 다가오는 두 개의 거대한 기운은 분명 적의 수뇌일 것이다. 게다가 그 두 개의 기운 뒤에는 그보다는 조금 작지만 결코 무시할 수 없을 만큼 강력한 수십의 무언가가 있었다.

저 두 개의 덩어리를 먼저 베어버려야 한다. 수련은 그것만이 이 전투에서 이길 길임을 느꼈다. 이 전투에 동원된 마왕군의 병력은 전 병력의 4할에 이른다. 싸움에서 패배함은 곧 전쟁의 패배를 낳을 것임에 자명했다. 하지만 기운이 가까워질수록 수련은 조금씩 불안해지기 시작했다.

'이건 마스터의 기운이 아니다.'

같은 슈페리어 마스터. 수련은 차오르는 긴장을 애써 잠재웠다.

지금까지 여섯 번의 암습으로 여섯 명의 마스터를 베었지만, 이 정도의 존재감을 가진 유저는 없었다.

둘이 한꺼번에 덤빈다면 결코 이길 수 없다. 일반 마스터도 둘이 덤비면 버티는 것이 고작인데, 이건…….

그리고 기운의 정체가 드러났다. 핏빛의 레더 아머를 착용한 붉은 머리의 사내와 은백색의 실버 나이트 아머로 몸을 두른 초록 머리의 남자. 유니콘처럼 새하얀 말에 타고 있던 둘은 수련은 발견하고 안장에서 천천히 내려왔다.

수련은 그 둘을 너무도 잘 알고 있었다.

"마에스트로와 알렉산더……."

조금도 짐작하지 못했다면 거짓말이다. 하지만 설마 그 둘이 한꺼번에 나타날 줄은 몰랐다. 데뷔 초창기부터 지금까지 줄곧 라이벌이었던 그 둘이…….

"오랜만이군, 시리우스."

먼저 인사를 건넨 것은 임윤성이었다. 수련은 무표정한 얼굴로 고개를 끄덕였다. 둘이 덤비면 이길 수 없다. 용병들과 함께 싸워야 해. 하지만 그 순간 또 의문이 치솟았다.

나는, 왜 이 싸움에서 이겨야 하지?

이 성을 부수고 나면 카이저 소제를 죽일 수 있다. 하지만 그가 벌써 로그아웃에 들어갔다면? 이 전투는 내게 무슨 의미가 있지?

그런 수련의 표정을 읽은 것처럼, 마태준이 코웃음을 치며 앞으로 나섰다. 그의 애검 다크 시커가 시커먼 불꽃을 토했다.

"걱정 마라. 네가 우려하는 일은 일어나지 않을 테니까."

"뭐?"

수련은 그 타이밍 좋은 목소리에 움찔하며 물었다. 물론 마태준의 입에서 나온 대답은 수련이 생각한 그것은 아니었다.

"듀얼(Dual)이다."

듀얼. 전쟁에서 일 대 일 싸움이라니. 수련은 순수한 심정으로 믿을 수 없었지만, 그 제안을 거절할 생각도 없었다. 주변에서 격전을 벌이던 유저들이 그 광경을 보고 한순간 전투를 멈췄다. 홍염의 사신과 카오스 나이트가 싸운대! 사신과 사신의 대결이야!

돌격 자세를 취한 마태준은 험악한 눈길로 수련을 노려보았다. 수련은 엉거주춤한 발자국을 물러서며 검을 잡은 손을 바로 했다. 시선과 시선이 부딪쳤다. 한쪽이 먼저 움직이는 순간, 승패의 저울이 움직일 것이다.

공기가 실처럼 팽팽하게 당겨져 있었다. 움직이는 뭔가가 부서져 버릴 것만 같은 위태로운 긴장이었다. 그런데 그때 마태준의 입꼬리가 비릿해졌다.

"임윤성이 왜 불합격이라고 했는지, 잘 알겠군."

한심하다는 목소리였다. 수련은 자기도 모르게 입을 열었다.

"뭐?"

"너, 역겹다."

마태준은 싱겁게도 검을 내려 버렸다. 싸울 의지가 없다는 것을 표명하는 행위였다. 그러나 아직 그 상황이 이해되지 않았던 수련은 경계를 늦추지 않고 있었다. 마태준다운 행동은 아니었지만 갑자기 기습해 올지도 모르는 일이었다. 하지만 마태준은 검을 아예 집어넣어 버렸고, 수련은 자신이 한심해졌다.

마태준이 남긴 말끝이 나사처럼 수련의 가슴에 박혀들었다. 마태준은 뭔가를 알고 있는 걸까? 초조한 기색으로 입을 열려는 순간, 마태준의 입이 먼저 열렸다.

"역겨운 눈을 하고 있어. 너 같은 놈과는 싸우지 않겠다."

드라이버가 천천히 돌아가기 시작한다. 나사의 끝이 조금씩 조여듦과 동시에 고통이 밀려왔다. 화가 나서 뭔가를 소리치려는 순간, 또 마태준이 타이밍을 빼앗고 만다.

"네 녀석의 눈. 이유를 찾고 있다는 눈이다. 이곳에서, 이 게임에서 말이지. 난 뭔가를 찾아야만 해. 여기에 내가 아직 알지 못하는 뭔가가 있어. 나는 그걸 위해 게임을 해야 해. 그게 아니면 나는 이곳에 있을 이유가 없어— 네놈의 눈은 그렇게 말하고 있단 말이다. 이 빌어먹을 자식!'

나사는 완전히 고정되었다. 이번에는 못이다. 못은 나사보다 한층 더 깊이 가슴 속에 박혀든다. 도망치고 싶다. 하지만 도망칠 수 없다. 망치질은 누가 하지? 이번에도 목수는 마태준이다.

"게임을 하는 데 네놈의 구질구질한 사명감을 갖다 붙이지 마. 게임은 그냥 자신을 위해서 하는 거다."

게임을 하는 이유.

갑자기 온몸에 힘이 빠졌다. 아무 소리도 들려오지 않았다. 머릿속이 텅 빈 것만 같고, 그동안 뭔가를 좇아서 게임을 해왔던 자신이 바보 같아졌다. 하지만 그럼에도 그는 마태준의 말에 수긍할 수 없었다. 고개를 끄덕이는 순간 그는 자신을 부정하는 것이 된다. 그것은 자신이 지아의 죽음을 모독했다는 말이 된다. 그리고 그녀의 죽음은 아무 가치도 없는, 아무 쓸모도 없는, 누구에게도 제대로 기억되지 못하는 한낱 쓸쓸한 과거가 되어버린다.

수련은 창백한 입술을 깨물었다. 두 주먹을 쥐었다.

그래도 난 복수를 해야 하잖아? 아직 한 사람이 더 남아 있잖아?

그는 검을 들고 달려들었다. 아무래도 좋았다. 아직 죽여야

할 사람이 남아 있고, 수련은 그를 죽여야만 한다. 자세는 엉터리였고, 검의 궤적에는 힘이 실려 있지 않았다. 의지가 담기지 않은 섬광은 너무도 쉽게 어둠에 먹혀들었다.

마태준은 간단히 그의 검을 받아넘기며 수련의 배에 강렬한 회축을 먹였다. 몸이 붕 뜨는가 싶더니 바닥을 나뒹굴고 있다.

"난 이래서 네놈이 역겹다는 거다."

검을 쥔 손에 힘이 빠진다. 왜지? 왜 막힌 거지? 오로지 그 생각 뿐. 유저들의 웅성거림이 주파수를 못 찾은 라디오의 그것처럼 흐릿하게 들려왔다. 수련은 간신히 바닥을 짚고 일어섰다.

아직 끝나지 않았어. 나는 싸울 수 있다. 분명 그렇게 말한 것 같은데 목소리가 나오질 않는다. 뭔가가 목구멍을 강하게 막고 있는 것만 같았다. 마태준은 천천히 걸음을 옮겨 임윤성의 옆에 섰다.

"대신 내가 싸우지."

"저런 한심한 놈과 싸우겠다고?"

앞으로 나선 것은 임윤성이었다. 그는 옅게 웃었다. 수련은 그 웃음이 괴기스럽다고 생각했다.

"그는 그래도 프로게이머다. 프로게이머의 긍지를 같은 프로게이머가 더럽혀선 안 되지. 그는 아직 싸울 수 있어."

마태준은 발검 자세를 취한 임윤성을 보며 혀를 찼다. 그는 수련이 일어서기를 기다리고 있었다.

일어서는 순간, 베일 것이다. 순간 그런 두려움이 밀어닥

쳤다.

지금까지 그는 단 한 번도 패한 적이 없었다. 그리고 지금 그의 눈앞에 서 있는 상대는 지금까지 싸워온 어떤 상대보다도 강했다. 전력을 다해도 이길 수 있을지 장담할 수 없는 남자……

수련은 입을 꾹 다문 채 일어났다. 여기저기서 임윤성을 응원하는 목소리들이 들려온다. 그 목소리 속에서 그는 더욱 고립되어 간다. 의지는 빛을 잃어간다.

조금씩 몰려온 비구름이 성채의 불을 꺼뜨리고 있었다.

마왕군의 전력이 무너져 간다. 속속 추가된 연합군들은 계속해서 마왕의 군대를 섬멸해 간다.

뚝.

차가운 빗줄기가 뺨을 스치며 바닥에 고이기 시작했다. 시야가 뿌옇게 물든다. 수련은 입가에 스며든 시린 빗물을 느끼며 상대를 마주 보았다.

빗줄기가 녹아들어 가던 공간이 한순간 굉음을 일으키며 터져 나갔다. 서슬의 충돌이 일으킨 파찰음 사이로 대기가 공명하고 있었다. 임윤성의 검은 강하고 빨랐다. 수련은 기술을 시전할 새도 없이 일방적으로 밀리기 시작했다.

하늘 언덕의 밀리오르. 고대의 요정들이 만들었다는 전설의 무기. 론도의 모든 아이템들 중에서 유일하게 완전한 S급에 이르렀다는 그 검은 임윤성의 손아귀 안에서 폭풍처럼 움직이고 있었다.

'하지만 내 검은 두 개야!'

수련은 다섯 번째 검격을 올려 쳐냄과 동시에 왼손으로 레퀴엠을 뽑아 들었다. 빙한의 칼날에서 뿜겨져 나온 섬광이 임윤성의 목을 노리고 쇄도했다. 한순간이지만 쉽게 승리를 쟁취할 수 있을지도 모른다는 희망이 부풀었다.

그리고 다음 순간, 수련은 자신의 눈을 의심했다. 그 자신이 수없이 펼쳐 온 광경이었음에도 분명 그것과는 달랐다. 임윤성의 오른손에 쥐어져 있던 밀리오르가 갑자기 두 자루로 쪼개지더니, 두 개의 검이 된 것이다! 임윤성은 검의 빗면을 부드럽게 움직여 날아드는 레퀴엠의 칼날을 튕겨냈다.

분검(分劍)? 이어진 임윤성의 말이 그의 놀라움을 잠식시켰다.

"밀리오르는, 원래 이도류다."

싸움은 검격의 횟수가 늘어날수록 점차 달아오르기 시작했다. 그리고 수련의 경악은 점점 더 커져 갔다. 임윤성의 검술, 임윤성의 움직임, 그리고 임윤성의 공격…… 그것은 그가 언젠가 시도하려 했던 무언가와 닮아 있었다.

"멀티 웨포너!"

그 움직임은 멀티 웨포너의 것이었다. 수련이 만약 나훈영을 만나지 않았더라면 지금쯤 전직했을 클래스. 놀랍게도 임윤성은 멀티웨포너의 기술을 사용하고 있었다.

"알아보다니, 그래도 제법인데."

일루젼 브레이크!

수련은 기묘한 배신감 같은 것을 느끼며 섬광영에 이어 일루젼 브레이크를 시전했다. 부조리한 배신감이었다. 직업이 유저를 선택하는 것이 아니라, 유저가 직업을 선택하는 것이 당연하다. 멀티웨포너의 전직 방법에 대해 알고 있다면 그것을 선택하는 것은 유저의 몫이다.

수련의 환검은 극성에 달해 있었다. 공간을 지배하는 열두 자루의 검! 그 어떤 존재도 막을 수 없을 절대영도가 수련과 임윤성의 틈새에서 펼쳐지고 있었다. 임윤성의 표정은 침착했다.

홀리 블레이드(Holy blade) 퍼스트 스타일.
소드 오브 이노센트(Sword of innocent).

한순간 임윤성의 몸이 환하게 빛난다 싶더니, 밀리오르에서 눈부신 광채가 뻗어 나오기 시작했다. 그 광채는 거대한 검의 형상을 이루며 수련의 환검들과 정면으로 충돌했다.

칙칙한 환영의 서슬들은 그 절대적인 신성(神聖) 앞에 하나둘씩 무릎을 꿇기 시작한다. 하나, 둘, 셋…… 깊은 불신이 망막에 차올라 간다.

수련은 자신을 향해 날아오는 그 빛의 검을 온 힘을 다해 쳐냈다. 통증을 느낄 수 없을 팔꿈치가 화끈하게 달아올랐다.

'데스나이트 로드로 변신한다!'

거대한 빛의 폭발. 수련은 그 와중에 마갑(魔甲)의 특수기능을 발현시켰다. 아머의 내부에서 다크 오라가 흘러나오며 수련의 몸을 뒤덮었다. 어둠의 힘을 전해 받은 인퀴지터가 울기 시작한다.

단 한순간 벌어진 전투의 공백. 수련은 그 틈을 놓치지 않고 인퀴지터를 내리질렀다. 그러나 성공했어야 할 그 공격은 뭔가에 의해 가로막히고 말았다.

아무리 그래도 데스나이트 로드의 공격이었다. 평소보다 두어 배는 강력한 일격이었을 텐데, 그걸 막아냈다는 이야기는⋯⋯.

들뜬 먼지가 조용히 가라앉자 십자 형태로 교차된 밀리오르의 주인이 윤곽을 드러냈다. 그곳에는 은백의 기사가 서 있었다. 온몸은 희미한 빛을 내는 하얀 은갑으로 빈틈없이 둘러싸여 있다.

어둠의 가호를 받는 데스나이트가 있다면, 빛 쪽에는 '그'가 있었다. 신의 가호를 받는 기사, 성스러운 신탁을 받아 자신의 검을 움직이는 빛의 존재, 홀리나이트(Holy—knight).

"이 정도는 예상했어야지. 데스나이트가 있는데 홀리나이트가 없으리란 법이 있나?"

임윤성은 괴이쩍은 웃음을 흘렸다. 어깨를 내리누르는 공기의 밀도가 진해졌다. 이제부터가 '진짜 싸움'이다.

이런 상황이라면 선수를 빼앗는 쪽이 유리하다. 수련은 기다리지 않고 필살의 기술을 시전했다. 임윤성의 검이 움직인 것도 그와 거의 동시였다.

연격(連擊).

실루엣 브레이크(Silhouette break)!

홀리 블레이드 써드 스타일.
세인트 블레이드(Saint blade).

창공에 나타난 열 두 자루의 검이 수많은 실루엣을 남기며 분영하기 시작했다. 그러나 임윤성의 공격이 더 **빨랐다**. 신의 성력을 받아 움직이는 세인트 블레이드. 수련의 육감에도 잡히지 않는 그 공격은 수련의 전신을 노리며 날아들고 있었다.

실루엣 브레이크보다 훨씬 많은 숫자의 빛의 칼날. 그 칼날 감옥 속에서, 수련은 어디로도 피할 수 없음을 깨닫고 검을 교차시킨 채 몸을 웅크렸다. 고대의 반지가 순간적으로 빛났다.

전하결계(電荷結界)!

그러나 빛의 칼날들은 전하결계조차 가볍게 통과하고 말았다. 저것도 질량이 없단 말인가? 수련은 다급하게 팬텀 실드를 펼쳤다. 그러나 끝내 칼날 몇 개는 허벅지와 허리, 그리고 왼팔을 스치고 말았다. 체력이 순식간에 떨어진다.

임윤성은 한순간 목표를 상실한 수련의 환검들을 어렵지 않게 막아낸 듯했다. 다시 접근전이 시작되었다. 임윤성은 움직임이 둔한 왼팔을 적극적으로 공략해 왔다.

마흔 번째의 검이 부딪친 순간, 수련은 그 생각을 하고 말았다.

'아아, 이길 수 없어.'

생각이 확실한 문장으로 구현된 것은 아니었다. 하지만 그 생각을 떠올렸을 때, 수련은 이미 패배한 것이나 마찬가지였다. 프로게이머 간의 대결에서는 그런 작은 마음가짐이 승패를 조절하게 된다. 승기는 조금씩 임윤성의 쪽으로 기울어갔다.

그때, 전장에 끼어든 자들이 있었다. 그의 마음을 읽은 것일까.

용병들이었다.

"대장, 물러서! 저놈은 우리가 상대하겠어!"

헨델이 호기롭게 외치며 대검을 휘둘러 갔다. 실반도 화살을 날리며 임윤성의 움직임을 견제했고, 하르발트가 귀신같이 움직여 그의 배후를 점했다. 정면에서 슈왈츠가 수련을 부축하며 그의 자리를 대신했다.

아무리 임윤성이라도, 다섯 명의 데스나이트는 당해낼 수는 없다.

"신성한 대결을……."

마태준은 분노하며 용병들을 향해 달려들었다. 그러나 뜻밖에도 임윤성이 그것을 제지했다. 마태준까지 나설 필요도 없다는 듯한 몸짓이었다. 그리고 그 손동작에 반응하듯, 임윤성의 뒤쪽에 대기하고 있던 수십의 기사들이 절그럭거리는 소리를 내며 다가왔다.

언제부터였을까. 그들의 몸에도 임윤성의 그것과 같은 은백의 갑옷이 둘러쳐져 있었다.

수련에게 데스나이트(Death knight) 용병단이 있다면, 임윤성에게는 세인트 나이츠(Saint knights)가 있었다. 물론 홀리 나이트보다는 못하기에 데스나이트를 일 대 일로 상대할 수는 없지만, 개개인이 마스터인 세인트 나이트 두엇이 함께 덤빈다면 아무리 강력한 데스나이트라도 제압할 수 있었다.

일사불란하게 팀을 형성한 그들은 단번에 용병들을 밀어붙였다. 늘 합공하는 쪽이었지, 이런 조직적인 합공을 당해본 적이 없었던 용병들은 당황하기 시작했다.

수련이라면 모를까. 같은 마스터끼리의 대결인데 숫자에서 밀리게 되면 대책이 없다. 용병들 중 움직임이 가장 둔한 헨델의 팔이 잘려 나갔다. 하르발트의 외침이 들린다. 슈왈츠의 분노가 들린다. 실반의 절규가 들려온다.

시간이 천천히, 그리고 스산하게 움직이고 있었다.

팔을 잃고 비척거리는 헨델, 허벅지에 커다란 검상을 입은 슈왈츠, 자신의 특기이던 쾌검에서 밀리는 하르발트, 모든 방위를 점령당해 덧없는 화살만을 쏘아대는 실반. 지금까지 수련이 쌓아온 모든 것이 망가져 가고 있었다. 네임리스들 또한 각자 둘 이상의 세인트 나이트들을 맞아 힘겨운 싸움을 벌이고 있었다.

"그만, 그만둬!"

수련은 자신의 앞에 임윤성이 있다는 것도 잊고 용병들을 구하기 위해 달려갔다. 귀가 먹먹해져 왔다. 그리고 그 순간, 눈앞에서 헨델의 나머지 팔이 잘려 나갔다. 전투력을 완전히 상실한 헨델은 천천히 무릎을 꿇었다. 더 이상 서 있을 힘도 없는 것일까.

천천히 고개가 움직인다.

"헤헤, 대장⋯⋯."

빌어먹을 자식. 그렇게 웃지 마. 사실은 아프잖아. 아파서 미칠 것 같잖아! 기다려. 내가 구해주러 가니까. 구해주러, 너를⋯⋯.

그리고 다음 순간, 수련은 자리에 무너져 내렸다. 천진난만하게 웃는 헨델의 목이 그대로 잘려 나간다. 분수처럼 터져 나간 은빛이 수련의 얼굴에 번졌다.

"헨델―!"

하르발트는 절규하며 헨델 쪽을 향해 달려가려 했다. 그러나 더욱더 견고해져 가는 세인트 나이트들 때문에 그는 몸을 움직일 수 없었다.

"비켜, 이 개자식들아!"

헨델을 상대하던 세인트 나이트들은 슈왈츠 쪽으로 가세했다. 한순간 두 배 이상의 적을 상대하게 된 슈왈츠의 손발이 어지러워지기 시작한다. 어깨가 터져 나가고, 허리에서 은빛 입자가 분산했다. 슈왈츠의 동공은 회색으로 물들어 있었다. 뒤쪽에서 튀어나온 검이 그의 심장을 관통했다. 어떤 목소리도 들리지 않았지만, 수련은 분명하게 그 말을 들었다.

'대장⋯⋯.'

마지막 순간, 그는 이제 다시는 보지 못할 딸을 추억하고 있었다. 아름다운 금발의 소녀, 아렌⋯⋯.

하나둘씩 죽어가고 있다. 몸놀림이 민첩한 하르발트와 실반도 이제 얼마 버티지 못할 것이다. 수련은 덜덜 떨리는 손으로 바닥의 모래를 움켜쥐었다.

난 대체 여기서 뭘 하고 있는 거야!

그 상황에서도 그를 더욱 비참하게 만들었던 것은 그 슬픔의 이유였다. 그는 분명 헨델과 슈왈츠의 죽음을 슬퍼하고 있었다. 하지만 정작 그 슬픔의 본질은 소유(所有)의 '상실(喪失)' 에 근거하고 있었다.

그는 자신을 지키며 죽어간 용병들을, 그들을 키우는데 소모한 자신의 시간과 돈을 '아까워하고' 있었던 것이다. 피칠갑한 정신이 광소를 흘린다.

"으아아아!"

수련은 몸을 돌려 임윤성을 향해 달려갔다. 그는 수련을 비웃고 있었다. 뭘 비웃는 거지? 난 아무것도 잃지 않았어!

또 한 번의 파찰음이 튀김과 동시에, 왼팔이 너덜거렸다. 이제 마왕군의 전력은 1할도 채 남지 않았다. 실반과 하르발트마저 잃을 수는 없었다. 여기서 이 녀석을 쓰러뜨리면 된다!

하지만 마음이 급해질수록 검은 더욱 답답해지고, 느려졌다.

어느덧 수련은 오른팔만으로 임윤성을 상대하고 있었다. 검과 검이 조금의 틈새도 없이 마주 닿았다. 수련은 코앞까지 다가온 임윤성의 얼굴을 보았다.

"APM이 빠르다고 해서, 반드시 강한 것은 아니지. 왜인지 아는가?"

대답할 여유가 없었다. 이미 승부는 났다.

"네가 내린 모든 판단의 정확성이 절대의 영역에 근접해 있다고 보장해 줄 수 있는 것이 아무것도 없기 때문이다."

APM은 사실 「명령의 개수」가 아니라 「판단의 개수」라고 보아야 옳았다. 하지만 많은 판단을 내렸다고 해서, 그 모든 판단이 진실로 옳은 것이라는 보장은 없었다.

그에 비해 임윤성은 상대적으로 적은 명령을 내렸지만, 더 정확한 판단만을 내렸다. 모든 정황을 고려하여 내린 가장 확실한 판단.

"넌 나를 이길 수 없어."

목소리는 싸늘했다. 이제 다음 공격에 승부는 난다. 수련은 파르르 떨리는 오른손에 온 힘을 집중했다.

"진짜 프로게이머는, 싸움에 이유를 만들지 않아. 오로지 '자기 자신'을 위해서 싸울 뿐이다."

임윤성의 밀리오르 중 한 자루가 불길한 검은 빛을 띠었다. 신성을 받았다고는 믿을 수 없이 강렬한 어둠의 불길. 수련은 더 이상 올라가지 않는 왼손을 억지로 움직여 다시 레퀴엠을 뽑았다.

"잠깐, 임윤성! 그 기술은!"

마태준의 목소리가 아렴풋하게 들려온다. 흑색으로 빛나는 밀리오르. 그것은 수련이 가지고 있던 흑색의 단검, 데스 대거와 비슷한 광채를 띠고 있었다. 멀리서 싸우고 있던 제롬이 뒤늦게 환영마법을 펼쳐 막으려 했으나 대상과의 거리가 너무

멀었다.

섬광검 제삼초.
폭풍섬광(暴風閃光).

그리고 수련이 가진 섬광검의 최종기가 발현되었다. 하지만 데스나이트로 변신한 상태인데다가 기력이 많이 쇠진하여 본래의 위력을 발휘하지 못하는 섬광의 폭풍이었다.

시야가 마구 흐트러졌다. 소용돌이치는 빛의 대폭발 사이로 흑색의 검이 공간을 비집고 들어선다. 조금씩, 조금씩 검극은 수련을 향해 다가오고 있었다. 그 흑색의 검은 수련 또한 잘 알고 있는 종류의 것이었다.

저 검에 당하면, 이제 시리우스라는 존재는 사라지는 걸까. 내게 당했던 유저들은 모두 이런 기분이었을까.

수련은 이제 코앞까지 다가온 그 검은 칼날을 바라보며 두려움보다는 오히려 아늑함을 느꼈다. 이제 끝이구나.

또다시 왼팔이 꿈틀댄 것은 그 순간이었다.

'어?'

전에도 있던 일이었다. 왼팔은 마치 물에 빠진 사람처럼 지푸라기라도 잡으려는 듯 크게 요동치더니, 공중에서 수련의 각도를 강제로 휘어잡았다.

그 갑작스런 움직임에 임윤성의 검이 한순간 방향을 잃는 듯했다. 한 번의 공격이 무위로 돌아간 것이다. 그러나 이내

두 번째 공격이 쇄도했다. 이번엔 정말 끝이다.

그리도 다음 순간, 섬광의 폭풍에 또 하나의 틈새가 생겼다. 공간을 비집고 들어온 것은 거대한 양손 도끼. 그 큼지막한 서슬은 덩치에 어울리지 않는 빠르기로 수련을 향해 날아드는 흑색의 검을 튕겨냈다. 밀리오르는 수련의 복부를 얕게 베고 지나갔다. 그것만으로도 한순간 사위가 크게 흔들렸다. 수련은 무너지고 있었다.

"벨라로메!"

북해의 기사.

경악의 목소리가 느릿하게 들려온다. 의식이 초단위로 끊어졌다가 돌아왔다가를 반복하고 있었다. 수련은 자신의 몸을 부축하고 있는 거대한 몸집의 사내를 바라보았다. 바다 빛 머리칼이 전장의 공기에 감응하듯 일렁이고 있었다. 멀리서 달려온 두 명의 네임리스가 전투에 가세해 용병들과 네임리스들을 구출한다.

제롬의 차분한 목소리와 마태준의 화난 음성이 들려온다. 임윤성이 차갑게 소리치고 있다. 뒤이어 그를 업은 벨라로메의 커다란 몸이 빠르게 움직이는 것이 느껴졌다.

수련은 그대로 의식을 잃었다.

EPISODE **022**
Sirius

토론은 점점 더 격렬해져 가고 있었다. 어느 채널을 돌려봐
도 가상현실과 론도에 대한 이야기뿐. 세상의 모든 눈과 귀는
그 귀추에 온 정신을 집중하고 있었다.

"그러니까, 지금 NPC를 생명체로 인정하자는 이야깁니까?
당신들은 도대체 무슨 생각을 하고 있는지 알 수 없군요. 그곳
은 단순히 게임입니다."

"인간이 대체 무엇입니까? 멀리 갈 것도 없습니다. 데카르
트의 명제만 봐도 알 수 있지 않습니까? 나는 생각한다, 고로
존재한다. 우리가 우리를 인간이라고 증명할 수 있는 것은 스
스로가 생각하는 것을 말할 수 있기 때문입니다. NPC가 아닙
니다. 그들은 가상생명체입니다. 우리 인간과 가장 흡사하고,

가장 유사한 하나의 생명체라는 말입니다."

"닥치시오! 이게 무슨 애들 장난인 줄 알아?"

"우리는 그 '가상현실'을 진지하게 다룰 수밖에 없습니다. 현재 빈번하게 벌어지고 있는 미성년자들의 사이버 매춘만 살펴봐도 그렇습니다. 현실에서의 순결만이 '진짜' 순결입니까? 그렇다면 우리의 뇌를 통해 연결되는 저 '가상현실'은 단순히 유희를 위한 공간이겠군요. 사람을 마구 죽이고, 멋대로 횡포를 부리고, 강간을 일삼아도 상관없겠군요. 그곳은 게임이니까. 그렇지 않습니까? 그곳은 '가상현실'이지만, '게임'일 뿐이니까 말이지요."

"그건……."

논객은 선뜻 대답을 하지 못한다. 대화는 일방적으로 흘러가고 있었다. 상대방의 주춤거림에 힘을 얻은 발언자는 단호한 목소리로 말을 맺었다.

"가상현실은 현실의 연장선상에 있습니다. 그곳이 게임이든 아니든, 최소한의 윤리의식은 지켜져야 한다는 이야깁니다. 육체가 있기 전에 정신이 있고, 우리 인간은 그 정신의 존재를 확립함으로써 스스로의 존엄성을 확보합니다. 가상생명체를 인간과 같은 생명체로 인정하는 것은 '가상현실'의 윤리성 확보와 의식 개선을 위한 시발점이 되어줄 것입니다."

이번에도 역시 논객의 수준이 다르다. 저런 식으로 논리를 뻗어나가다 보면 언젠가는 인간의 존재마저 부정될지도 모르지. 젊은 회장은 그런 생각을 하며 깍지 낀 손에 턱을 괴었다.

'야당 녀석들이 본격적으로 움직이기 시작했군.'

지금의 화면만 봐도 잘 알 수 있었다. 왜 하필이면 이 시기에 NPC의 존엄성에 관한 이야기가 나도는지, 게다가 왜 이런 일방적인 토론을 방영하는 것인지. 이유는 너무나 분명했다.

그의 보이지 않는 적은 신민호가 오랫동안 계획해 온 모든 것을, 통째로 집어삼킬 흉계를 꾸미고 있었다. 이미 공격적 M&A가 은밀하게 진행되고 있었고, 그동안 협력해 왔던 동료들도 하나둘씩 등을 돌려가는 추세. 모든 언론사가 레볼루셔니스트와 론도에 집중 포격을 가하고 있었다.

굳이 이 토론을 지금 방영한 것 또한, 아마 그가 만든 '세계'를 빼앗은 후를 대비한 물밑 작업의 일부가 분명했다.

가상현실세계. 너무나 매혹적인 공간이 아닌가. 죽음을 원하는 인간은 아무도 없다. 누구나가 영원을 꿈꾸고, 영원을 노래한다. 그 꿈을 이루어줄 가장 첫 번째 유토피아가 바로 론도라는 가상현실이었다.

죽음을 앞둔 인간들은 모두 자신의 영혼을 가상현실 속으로 옮겨주길 원할 테고, 그 첫 타깃은 세계의 유수한 부유층들이 될 것이다. 많은 돈을 지불하고 「영원」을 사는 사람들. 그렇게 영원을 가지게 된 사람의 숫자는 점점 더 늘어나겠지. 부유층, 중산층, 서민층, 마침내 빈곤층까지.

죽음이 없는 세상이 되는 것이다. 인간에게 죽음이란 고작 '또 다른 세상에서의 시작'에 지나지 않게 되는 것이다. 어떻게 보면 참 기분 좋은 일이다. 모두가 영원을 누릴 수 있으니까.

　그러나 그것이 끝이 아니다. 그런 식으로 영원을 가지는 인간들이 늘어나다 보면 결국 어느 순간에 이르렀을 때, 반드시 '가상현실'과 '현실'은 역전되고 말 것임에 틀림없었다. 현실보다 더 많은 인구가 가상현실에 상주하고, 그 '가상현실'을 틀어쥔 조직 혹은 개인은 절대적인 권력을 행사하게 될 것이다.

　모든 이들의 죽음과 영원을 틀어쥔 자. 지금 신민호의 적은 그 영원의 권력을 자신만의 것으로 '소유'하려 하고 있었다.

　하지만 신민호 또한 그렇게 호락호락하지 않았다. 그 세계는 자신의 놀이터였다. 자신의 공간이었고, 오로지 자신을 위한 세계였다. 비록 서정후의 배신으로 인해 일이 틀어졌지만, 그렇다고 해서 아직 모든 것이 끝난 것은 아니었다.

　오히려 모든 것은 이제 막 시작되었을 뿐.

　'슬슬 때가 된 것 같군.'

　신민호는 비서를 호출했다. 그리고 일의 시작을 알렸다.

*　　　*　　　*

　아주 오랜 꿈을 꾼 것 같았다. 몽롱한 불빛이 물감처럼 시야 위로 번지고, 하얀 구름들이 하늘 위를 드문드문 거닐고 있었다. 언젠가부터 그려왔던 그 화폭의 한 자락.

　감은 눈 위로 햇볕 같은 따스함이 내려앉았다. 그래, 모든 것은 거짓이었구나. 역시… 그런 잔혹한 세상이 존재할 리가 없지. 안 그래? 눈을 뜨지 않아도 알 수 있었다. 이것이야말로 분명한 현실인 것이다.

지금 눈을 뜨면 아버지가 살아 계시고, 어머니가 살아 계시고, 두 눈이 성한 그의 여동생이 그를 흔들어 깨우고, 옆에서 지아가 귀여운 눈을 깜빡이고 있을 것만 같은데…….

하지만 그는 눈을 뜰 수 없었다. 등이 쿡쿡 아파왔다. 지금 눈을 뜨면 그가 생각했던 모든 것이 무너져 버릴 것만 같은 두려움이 치민다. 누군가가 이 현실이 사실이라고 말해주기만 한다면, 누군가가 자신을 대신해서 그런 용기를 가져다준다면…….

"일어나요. 언제까지 잘 거예요?"

나직하지만 살짝 튀는 목소리. 수연이……? 아니다.

눈을 뜨자 시야에 붉은 빛깔의 뭔가가 번졌다. 창틀 사이로 흘러들어 온 햇빛에 부딪쳐 반짝반짝 빛나는 붉은 색의 머리칼. 단정하게 차려입은 에이프런. 시야가 조금씩 정확성을 띠어감과 동시에 마음속에 똬리를 틀고 있던 현실감이 점차 원형으로 복귀한다.

여름의 백합, 서희경이 그곳에 있었다.

희경은 말없이 양배추를 채 썰고, 마트에서 사온 간단한 스테이크를 팬에 구웠다. 부유한 집안에서 자라났지만 그 정도는 그녀도 할 수 있었다. 그녀가 집에서 나온 것은 고작 열여덟 살 때의 일이었고, 그 이후로 쭉 자취를 해온 그녀이기에.

"하아……."

지나치게 요리에 집중했는지 폭 내쉰 한숨과 함께 땀방울이 흩어졌다. 남자의 집에서 요리를 하는 것은 굉장히 오랜만의 일이었다.

어쩌다 일이 이렇게 되었더라.

희경은 고작 일주일도 되지 않은 날의 일들을 회상하며 긴 속눈썹을 차분히 깜빡였다. 굳이 회상하려 하지 않아도 그 일들은 눈에 선명하게 떠올랐다.

신민호의 방에서 나온 그녀는 정처없이 거리를 걸었다. 늘 그렇듯 그런 일을 치르고 나면 자신이 한없이 싸구려로 느껴진다. 이번에도 신민호는 끝까지 하지 않았다. 적당한 페팅(Petting) 이후, 슬슬 몸이 달아오르기 시작할 때면 일을 그만둬 버린다.

아주 악취미다. 여자를 잔뜩 애태운 후 중요한 순간을 앞두고 템포를 끊어버린다. 그리고서는 얼굴이 잔뜩 붉어진 여자의 얼굴을 농락하듯 바라보는 것이다. 다만 이번에는 조금 달랐다. 이번에는 마치 퓨즈가 끊어져 버린 사람 같았다. 그가 말이다.

어쨌든 희경은 이미 한 번 그런 일을 당해봤고, 그랬기에 그다지 당황하지 않았다. 오히려 반격할 여유까지 있었다.

"너, 아직까지 동정이지?"

"……."

"올해로 스물여섯인 사내자식이 아직까지 동정이라니. 창

피한 줄 알아. 남자가 스물다섯이 될 때까지 동정이면 마법사가 된다던가? 너 마법도 쓸 수 있겠다?'

그의 얼굴이 일그러지는 모습을 보고 싶었다. 그 희미한 미소 바깥에 드리워지는 초조함을 훔쳐보는 쾌감을 즐기고 싶었다. 하지만 신민호는 예의 그 안색을 유지한 채 메모지에 뭔가를 적어주며 말했다.

"여기까지의 대가."

승부에 쐐기를 박는 말이었다. 얼굴이 붉게 달아올랐다. 참을 수 없는 수치심이 목까지 차올랐다. 희경은 거칠게 메모지를 빼앗아 들고 밖으로 뛰쳐나왔다.

신민호가 알려준 것은 고작 진수련의 집 주소와 전화번호였다. 그 이상도, 그 이하도…… 녀석은 아무것도 알려주지 않았다. 늘 그랬지. 그 개자식을 믿은 게 잘못이었어.

동생 지아의 사망 소식을 들은 것은 다음날이었다.

잠깐이지만 멍해 보이던 신민호의 얼굴이 떠올랐다. 그 기계 인형 같은 남자는 가끔씩 그런 묘한 면이 있었다. 어쩌면 그 순간, 신민호는 서지아의 죽음을 알았던 것인지도 모른다. 우습게도 그런 망상이 피어올랐다.

그날, 희경은 일을 나가지 않았다. 휴대폰을 꺼버리자 집으로 전화가 왔다. 희경은 전화선마저도 뽑아버리고 밖으로 나왔다. 울음이 간신히 목젖 너머로 흘러들어 간다. 임시방편이라는 것을 잘 알고 있었다. 때로는 울어버리지 않고서는 버틸 수 없는 일도 있다.

편의점에서 맥주 캔을 산다. 목을 넘어가는 술이 술 같지가 않았다. 이건 분명 물일 거야. 누군가의 음모가 틀림없어. 나를 취하지 못하게 만들기 위해서 캔에 물을 섞은 거야.

네온사인이 비치는 밤거리는 싸늘했다. 여기저기에 러브호텔의 간판이 만연했다. 나이트의 호객꾼에게 붙잡혀 만취한 상태로 클럽 안으로 끌려간다. 그녀의 외모에 혹한 남자들이 은근히 집적거려 오기 시작한다.

그녀는 귀찮다는 듯 손들을 뿌리치고는 푹신한 의자에 드러눕듯이 앉았다. 누군가의 품에 안겨서 잠들고 싶었다. 울고 싶은 만큼 마음껏 울음을 토해내고 싶었다. 여기라면 그런 남자는 많다. 클럽은 늘 발정난 수캐들로 가득하니까. 희경은 조소하며 맥주를 따랐다. 개와 인간 남자는 정말 비슷하다. 자신의 영역 표시를 하지 못해서 안달난 짐승들 같다.

결국 불쾌함을 참지 못하고 그녀는 클럽을 나왔다. 또다시 거리를 걷는다. 이제는 어디로 가지? 어디로 가면 편하게 죽을 수 있을까? 하염없이 걷고 또 걷고. 그렇게 걷다 보면 뭔가가 나올까?

그녀는 걷던 도중 편의점에서 맥주를 더 사서 마시며 걸었다.

희경은 세상에 질려 버렸다. 생의 목표가 사라져 버린 것 같았다. 하늘은 왜 그 애를 데려가야만 했던 걸까. 나같이 못된 여자도 아직까지 살아 있는데.

그녀가 집을 나온 것은 순전히 지아를 지키기 위해서였다.

신민호의 아버지, 그 저질적인 짐승으로부터 지아를 지키기 위해서. 그녀만 희생하면 모든 것이 다 될 것 같았다. 그래서 그녀는 혼자서 그 늙은 중년인의 욕망을 모두 감당하려 했다.

'그날'이 오기 전까지, 줄곧…….

"먹어요."

희경은 수련에게 나름 신경 써 만든 스테이크 요리를 건넸다. 수련은 초췌한 몰골로 그녀를 올려다보더니, 이내 포크를 들고는 무식하게 고기를 뜯기 시작했다. 무척이나 게걸스러운 움직임이었으나 딱히 지적할 마음이 생기지 않았다. 포크든 나이프든 그런 게 뭐가 중요하단 말인지. 순식간에 그릇을 비운 그가 말했다.

"…고맙습니다."

그녀가 마지막으로 도착한 곳은 수련의 집이었다. 수련은 그의 집 앞에서 쓰러져 있는 그녀를 발견하곤 버려진 강아지를 데려가듯 재워주었다.

희경이 무의식중에 수련을 그리고 있었는지 어떤지, 그것까지는 알 수 없었다. 다만 이곳으로 와야만 할 것 같았고, 이곳에 오면 위로받을 수 있을 것만 같았다. 수연처럼 그의 가족이 된다면 자신도 그런 사랑을 받을 수 있을까.

그곳에 위로 같은 것은 없었다. 오히려 그녀가 위로해 줘야 할 판이었다. 수련은 마치 죽은 사람 같았다. 눈에는 조금도 생기가 없었다. 그러나 기묘하게도 희경은 그의 그런 보이지 않는 슬픔이 자신의 그것을 닮아 있다고 느꼈다.

희경은 그가 자신의 말을 듣든 말든 자신의 이야기를 털어놓았다. 사랑하는 동생이 죽었다. 그녀의 이름은 지아다. 이제 나는 뭘 어떻게 해야 할지 모르겠다. 어제까지 확실하게 보였던 내일이 마치 환상처럼 사라져 버렸다.

그리고 그 이야기가 끝났을 때, 수련은 처음으로 입을 열었다.

"지아는, 당신의 동생이었군요."

이 얼마나 어처구니없는 아이러니란 말인가. 희경은 수련 또한 지아의 죽음을 알고 있었다는 사실을 알았다.

그리고 지아가, 그가 사랑하는 소녀였다는 사실까지도…….

기이한 동거였다.

희경은 아침이 되면 병원으로 가서 수련의 여동생, 수연을 돌봐주었다. 핼쑥한 소녀의 얼굴은 조금도 나아질 기미가 없었다. 그럼에도 희경은 한순간 그녀가 부러워졌다.

적어도 죽은 듯이 잠들어 있는 이 순간만큼은 아무것도 하지 않아도 될 테니까. 하루하루 뭔가를 선택하며 살아가야 한다는 것이 얼마나 고통스러운 일인지 희경은 요즘에서야 느끼고 있었다.

그리고 점심이 되면 집으로 돌아와 수련의 점심을 만들어주었다. 그 후 저녁까지는 자유 시간이었다. 작은 히터 옆의 이불 속으로 기어들어 가 가방 속에 있던 문고본을 읽거나 그의 행동을 훔쳐보거나…….

수련은 대부분 창가에 웅크리고 앉아 하늘을 올려다보고 있었다. 무슨 생각을 하는지, 뭘 하고 싶어하는지도 알 수 없었다. 방 안의 나른한 공기가 종종 사고를 달콤하게 만들었다.

마치 신혼 같았다. 비록 뭘 하려 해도 맘 놓고 할 수도 없을 만큼 좁은 원룸이었으나 그곳에는 작은 평화가 있었다. 모든 것을 잃어버려서, 더 이상 잃을 것이 없는 자들만이 가질 수 있는 그런 소소한 안식이 깃들어 있었다.

음식을 만드는 것은 제법 즐거운 일이었다. 어딘가 나사가 하나쯤 풀려 있고, 또 현실감이 없는 나날이었지만 그것도 그것 나름대로 괜찮다는 생각이 들었다. 차라리 이렇게라도 하루하루를 이어갈 수 있다면. 영원히 이런 나날이 이어진다면.

저녁을 먹고 난 후 한두 시간이 지나면 수련은 쥐 죽은 듯이 고요한 잠에 빠져들었다. 원룸의 불을 끄고, 어둠이 축축이 내려앉으면 고독이 마음의 공허를 비집고 스며든다.

견딜 수 없다. 울어버리고 싶어.

그럴 때면 희경은 잠든 수련이 덮은 이불 속으로 함께 기어들어 갔다. 그가 정말 잠을 자고 있는지, 아니면 깨어 있는 것인지도 모른 채…… 마치 엄마의 품속을 찾는 아기처럼 그녀는 맞댄 그의 등을 느끼며 잠이 들었다.

아침이면 다시 에이프런을 걸치고 식사를 준비한다. 하루, 이틀, 사흘…… 그렇게 삼 일이 더 지났다. 수련은 여전히 하늘을 바라보고 있었다. 여동생도 돌보지 않고, 게임도 하지 않고,

오로지 하늘만을 바라보고 있다. 가끔씩 텔레비전을 볼 때도 있었다.

"그냥 게임이 아닙니다! '가상현실'이라고요! 가상현실에서 사람을 때려죽이고, 마구 찌르고, 목을 베는 겁니다. 그런 짓을 자행하는 유저들이 현실에서 과연 정상인으로 살아갈 수 있을 것 같습니까? 기억이 축약되어서 저장된다고요? 그럼 얼마 전 벌어진 살인사건은 어떻게 설명하실 겁니까. 그 미친 살인자는 분명히 게임 중독이었……."

삐.

"론도를 통해 장애를 치유받는 환자들이 있다고 합니다. 오늘은 그 환자들의 말을 들어보기 위해 직접 이 자리에 나왔습니다."

"다리도, 신경도 멀쩡한데도 도저히 걸을 수가 없었어요. 그런데 어느 날 아버지께서 론도라는 게임을 사오셨죠. 놀랍게도 그곳은 현실과 거의 똑같더군요! 저는 그곳에서 매일 걷는 연습을 했어요. 걷고, 걷고, 또 걷고……. 그런데 바로 어제, 현실에서도 드디어 걸을 수 있게 된 거예요……!"

"전문가들은 이 현상이 반복된 무의식적 자기 암시가 신경장애의 극복으로 연결되었다고 분석하며, 이 시스템을 응용하여 수많은 신경장애 환자들을 치료……."

삐.

"이러다간 언젠가 전 국민이 게임만 붙잡고 있게 될 겁니다. 대인기피증 환자들을 구제한다고요? 그들은 론도 속에서 더

고립되어 가고 있습니다. 게임 중독으로 인해 현실을 도외시
~~하는~~······."

이질적인 세상이었다. 이곳은 이렇게나 고요한데, 세상 밖
은 너무나 시끄럽다. 이곳은 정말 실존하는 곳일까······.

형식적인 말들을 빼면 무려 일주일간의 침묵. 그리고 희경
은 결국 입을 열었다.

"매일 그렇게 있을 거예요?"

위로를 받아야 할 그녀가 위로를 하고 있었다. 그리고 모순
적이게도, 남을 위로함으로써 그녀 또한 위로받고 있었다.

뭔가를 위로하려는 사람은, 그 대상을 이해할 필요가 있다.
하지만 어떤 경우에도 완전한 이해는 성립할 수 없고, 그에 발
맞춰 완전한 위로는 존재하지 못한다.

"당신은, 왜 그렇게 슬픈······."

"오늘이 끝이에요."

수련의 말이 칼날같이 희경의 목소리를 잘랐다. 무슨 말이
냐고 물으려는데, 그의 첨언이 따라붙었다.

"오늘까지만 슬퍼할 거라고요."

수련은 그 말을 남기고 자리에서 일어섰다. 그리고 주섬주
섬 외투를 걸치기 시작했다. 그녀가 수련의 집으로 온 후 단
한 번도 일어나지 않았던 일이다, 이 시간의 외출이란 행위는.

"잠시 나갔다 올게요."

수련은 그 말을 남기고 사라졌다.

모든 현실이 원위치를 되찾았다. 슬픔도, 복수도, 세상도…….

수련은 이제 게임에 들어가는 것이 두려워졌다. 자신이 저지른 일들을 확인하는 것이 무서웠다.

그래서 현실에 남아 있었다.

현실에서 도피하기 위해 게임에 존재했듯이, 이제는 게임에서 도피하기 위해 그는 현실에 머무르고 있었다.

가로수 잎들이 하나둘씩 노랗게 물들어가는 계절. 어제까지 여름이었던 세상은, 이제 가을로 접어들고 있었다. 내일은 어쩌면 겨울일지도 모른다.

그의 고립과는 상관없이 세상은 움직이고 있었다. 회사원들은 한시바삐 걸음을 옮기고 있었고, 연인들은 팔짱을 낀 채 두런두런 걸음을 맞추어 보도블록 위를 걷고 있었다.

수험생들은 한걸음 더 다가온 수능 날짜를 보며 조바심을 내고, 여고생들은 명랑한 목소리로 담소를 나눈다. 그리고 스쳐 간다.

세상은 그에게 움직일 것을 요구하고 있었다. 언제까지 정체해 있을 것이냐고 물으며, 그의 마음 한구석에 조급함의 씨앗을 제멋대로 묻어버린 후 사라진다.

두 손을 주머니에 찔러 넣은 채 수련은 계속해서 걸음을 옮겼다. 아슴푸레하게 들려오는 호객꾼들의 목소리, 그리고…….

프로게이머가 되고 싶은 자, 커리지 매치에 참가하라!

그의 걸음이 멈춘 곳은 게임의 성지(聖地), 기가 웹 스테이션이었다. 그가 왕이었던 순간의 기억이 묻혀 있는 그곳. 그는 다시 왕으로 돌아가고 싶었던 걸까?

수련은 삐걱대는 유리문을 열어젖히고 안으로 들어섰다. 따스한 실내의 공기가 살갗에 부드럽게 와 닿았다. 새롭게 시작되는 스페이스 오페라의 리그. 카운터에서는 예선전에 참가할 프로게이머를 모집하고 있었다.

순간 아득한 유혹이 밀려왔다.

다시 시작하고 싶다, 이 모든 것을.

이제 왼팔은 멀쩡하다. 하지만 그는 왕좌를 잃어버린 왕이었고, 때문에 PC방 예선전부터 올라가야만 했다. 다시 올라갈 수 있을까? 모두에게 천재라는 소리를 듣고, 살아 있는 전설이라는 영예를 안았던 그때처럼, 다시 정상의 고지를 밟을 수 있을까?

이른 어둠이 거리를 물들이고, 여덟 시를 알리는 종이 울린다. 리그 등록을 신청하러 온 프로게이머들이 그를 흘끔거리며 스쳐 갔다. 홀의 문이 닫히는 그 순간까지, 수련은 그 자리에서 우두커니 카운터만을 바라보고 있었다.

그리고 결국 등록하지 못했다.

수련은 아직은 때가 아니라고 생각했다. 지금이라도 다시 스페이스 오페라를 시작할 수 있을 것 같았지만, 그때만큼의 자신감은 없었다. 그는 아직 풀지 못한 매듭들이 많았다.

임윤성의 말이 스쳐 간다.

"진짜 프로게이머는, 싸움에 이유를 만들지 않아. 오로지 '자기 자신'을 위해서 싸울 뿐이다."

집으로 가면 다시 론도에 접속하자. 그 세계 안에 내가 찾는 것이 설령 존재하지 않는다 할지라도, 나는 그것을 찾아야만 한다. 그곳이 아니라면 이제 찾을 곳은 없어.

멀리서 뭔가가 조용히 다가오는 기척을 느낀 것은 그때였다. 그의 앞에 도착한 검은색 리무진은 깨끗한 정지음과 함께 멈춰 섰다. 이건 뭔가, 하는 표정으로 발걸음을 멈춘 순간 차 안에서 사람이 나타났다. 물론 한 번도 보지 못한 남자였다.

말쑥하게 정장을 차려입은 중년인은 정중하게 허리를 숙이며 수련을 향해 입을 열었다.

"진수련 씨 되십니까?"

"그런데요?"

"회장님께서 당신을 뵙고 싶어하십니다."

수련에게는 회장님이라 부를 수 있을 만한 친구가 없었다. 아무리 이름을 떠올려 봐도 무슨 거대한 회장직을 수행할 만큼 대단한 녀석은 없다(게다가 그는 이제 고작 스물두 살이었다). 그렇다면 이야기는 간단했다.

지금 수련을 호출한 사내는, 그의 동료가 아니다.

수련은 거의 떠밀리듯 정장 사내들의 안내를 받아 거대한 실내 홀로 들어섰다. 투명한 창밖으로 까만 밤하늘이 보였다. 마치 우주를 그대로 옮겨놓은 것처럼 투명한 밤하늘이었다. 거대한 샹들리에가 시계처럼 돌아간다. 세상에 존재하는 모든 사치를 모아놓은 듯한 그 홀에는 레오나르도 다 빈치의 최후의 만찬을 연상케 하는 긴 테이블이 있었다. 그리고 그 테이블의 끝에 앉아 있는 한 남자.

"왔군."

예상했던 얼굴을 확인하는 순간, 주눅 들지 않으려고 일부러 허리를 당당히 폈다. 무엇 때문에 그가 자신을 불렀는지는 알 수 없었지만, 처음부터 기선을 제압당하고 싶은 생각은 없었다.

"제법 귀여운 짓을 하는데."

신민호는 일소하며 자신의 앞에 놓여 있던 스테이크를 썰었다. 희경이 만들어줬던 그것과는 비교할 수 없을 정도로 세련된 스테이크 정식이었다. 신민호는 눈짓으로 자리에 앉을 것을 권했다.

"아무 자리에나 앉아. 이런 기회는 흔치 않으니까."

"이런 기회라면 없는 것이 나아."

수련은 한마디도 지지 않겠다는 기세로 자리에 앉았다. 어차피 이곳은 적의 영역이다. 뭘 하든 적의 손아귀에서 빠져나갈 수는 없을 것이다. 그가 할 수 있는 최고의 것은 그의 예상을 최대한 벗어나 주는 것뿐.

신민호는 그런 그의 행동마저도 즐겁다는 듯이 웃었다. 얼마 전 사촌동생을 잃은 사람의 그것이라고는 믿을 수 없는 유쾌한 음색이었다.

"내게 복수하고 싶은 생각 없나?"

분명 죽을 만큼 그를 증오했던 시기가 있었다. 어쩌면 론도를 시작했던 것도 바로 그 때문이었으니까.

뭘 어떻게 하겠다는 생각은 없었다. 단지 녀석이 만든 무대에서 자신의 힘을 보여주고 싶었다. 그 존재감을 녀석에게 알려주고 싶었다.

나는 이만큼이나 대단해. 너에게 결코 굴복하지 않아.

그런 것을 말하고 싶었다. 그런데……

천천히 고개를 젓고 만다.

"왜지?"

"나도 모르겠어."

어느 순간 사라져 버렸다. 조금씩 차 오르는 시간에, 밀물처럼 밀려오는 고뇌와 슬픔에, 그 복수심은 어느덧 묻혀 버렸다. 분명 그는 아직 신민호를 미워하고 있었다.

지아를 죽게 만든 그를, 한때 자신의 왼팔을 못 쓰게 만들었던 그를, 알 수 없는 음모의 중심에 서 있는 그를……

표정을 읽을 수 없는 신민호의 얼굴을 보며, 수련은 억양없는 목소리로 말했다.

"용건만 간단히 말해줘. 길게 얘기하고 싶지 않으니까."

"게임에 접속해."

너무도 단호한 그 말에 잠시 시간이 정지한 듯한 착각이 들었다. 그가 말하는 게임은 론도를 말하는 것임에 틀림없었다. 하지만, 왜? 의문으로 남겨졌던 또 하나의 퍼즐이 맞춰진다.

"오택성에게 명령을 내린 것은 당신이지?"

수련은 거의 확신조로 물었다. 신민호는 대답하지 않았다. 대답할 수 없다는 말이다. 하지만 침묵이란 지금처럼 긍정일 수밖에 없을 때가 있다. 대답을 기다리지 않고 말을 이었다.

"나훈영도 당신의 편인가?"

"한때는 그랬지."

이해할 수 없는 말이었다. 이번에는 신민호의 차례였다.

"그는 가족 대신 복수를 택했으니까. 너도 알다시피 그는 휘둘리는 것을 싫어하는 남자지."

그는 스테이크를 묵묵히 썰었다. 정성껏 잘라낸 고깃덩이를 분주히 입으로 옮긴다. 수련은 그 무거운 공기 속에서 마치 이 공간 전체가 신민호인 것만 같은 환각에 시달렸다.

"어릴 때는 늘 흑과 백이 있었지. 그런데 그런 인간들이 시간이 지나면서 점차 회색이 되어가더군. 이건 괜찮아, 저건 괜찮아, 하고. 그러다 정신을 차리고 보면 상상할 수도 없던 일들을 용납하고 묵과하며 살아가고 있는 거야. 소위 말하는 회색인이 된 거지, 세상과 타협해 버린."

신민호는 그 말을 하고 한 박자를 쉬었다. 그 쉬는 한 템포가 감당할 수 없는 무게를 담고 있었다.

"세상은 너무 썩어 있어."

숨이 점점 가빠온다. 무기질적인 공간이 그에게 적대적인 시선을 보내고 있다. 신민호는 조금도 주저없는 목소리로 말했다.

"나는 세계를 바꿀 거다, 이 게임으로."

우스운 이야기였다. 그런데 웃을 수 없었다. 공간이 수련에게 말하고 있었다. 그가 할 수 있다고 말하면 그건 정말 실현되는 것이다. 그건 처음부터 그렇게 되어 있었다.

"하지만 그걸 달가워하지 않는 무리들이 있어."

인프라블랙을 말하는 걸까? 수련은 본능적으로 그들의 제안이 지금 신민호의 말과 연결되어 있다는 것을 느꼈다.

"그들과 접촉해."

이상했다. 그 접촉을 막으려고 자신을 불렀다면 몰라도, 오히려 접촉하라니? 신민호는 천천히 포도주로 입술을 축였다. 목울대가 꿈틀거리며 차가운 액체가 그의 몸속으로 동화된다. 마치 태어날 때부터 그랬다는 것처럼 기품있는 몸짓이었다.

"그리고 막아."

"뭘 말이지?"

수련은 알면서도 그렇게 물었다. 더 이상 잃을 것이 없다고 생각하는 남자와 더 많은 것을 가지기 위해 움직이는 남자의 시선이 허공에서 부딪쳤다. 그곳에 양팔 저울이 있었다면 분명 수련과 신민호는 서로의 극단에 위치하고 있을 것이다.

"나를."

그럼에도 불구하고 둘은 서로를 너무나 닮아 있었다. 비교의 대상이 아니라 대조의 대상에 가까웠음에도, 둘은 너무나 닮아 있었다.

입술을 실룩이던 수련이 쏘아붙였다.

"싫다면?"

"싫어도 넌 막을 수밖에 없을 거다."

그걸로 식사는 끝이 났다. 그의 식사가 끝이 날 때까지 수련은 음식에 입도 대지 않았다. 세상 어디를 가도 쉽게 접할 수 없는 고급 요리들이었음에도, 도저히 먹을 엄두가 나지 않았다.

신민호는 나이프와 포크를 접시 옆에 가지런히 놓아두고는 입을 닦으며 말을 맺었다.

"모든 건, 그렇게 되어 있거든."

수련은 집으로 돌아오는 길에 여동생이 입원한 병원에 들렀다. 변함없는 여동생의 얼굴. 흐트러진 머리칼을 정돈해 주고, 침대보를 깨끗한 것으로 갈아주었다. 일을 마친 수련은 하얀 손의 온기를 느끼며 하염없이 동생을 내려다보았다. 그리고 결심을 마쳤다.

집으로 돌아온 그는 한참을 고민하다가, 결국 서희경에게 그 일을 털어놓았다.

"신민호를 만났다고요?"

서희경은 수능시험이 하나 더 생긴다는 말을 들은 현역 고등학생만큼이나 놀랐다. 지아에 이어서 이번엔 신민호. 그의 주변에는 대체 무슨 일이 벌어지고 있는 것일까?

희경은 신민호를 누구보다도 잘 알고 있었다. 물론 '이해' 할 수는 없었지만, 누구보다도 잘 '알고' 있다고 생각하고 있었다. 고작 스무 살의 나이에 자신의 아버지를 죽인 청년.

그의 아버지를 유인하는 데에 있어 결정적인 역할을 수행한 것이 바로 희경이었기에, 희경은 누구보다도 그 '사건'에 대해 잘 알고 있었다. 희경은 늘 하던 대로 그를 유혹했고, 신민호가 말해준 곳으로 그를 데리고 갔다. 그리고 다음날, 신민호의 아버지인 신환웅 회장은 '세상'에서 사라졌다.

대기업의 회장이 행방불명되었음에도 언론은 모두 그 사건을 은폐했고, 새로운 회장의 등극을 막지 않았다.

약관의 나이에 이미 신민호는 자신의 회사를 지배하고, 아버지의 권위를 빼앗았던 것이다.

"아무래도, 게임에 접속해 봐야겠어요."

수련은 희미하게 어리는 불안감을 분명하게 느끼고 있었다. 하지만 역시, 어떤 일은 직접 캐내지 않으면 전혀 진척이 없는 경우가 있다. 지금 이 경우도 그와 같았다.

서희경은 입술을 살짝 깨물며 걱정스러운 표정을 지었다.

"…위험해요, 그는."

두려워졌다. 일주일의 평화가, 어쩌면 영원할지도 모른다고 생각했던 그 짧은 평화가 깨질 것이 두려웠다. 이 순간을 조금 더 가지고 싶었다. 그러나 잘 알고 있다, 이젠 놓아야 할 순간이라는 것을. 우리의 현재란 생각보다 훨씬 얇고 연약해서 그런 사소한 일로도 얼마든지 깨어져 버린다는 사실을…….

"저, 어쩌면 말이죠."

수련은 망설이며 그렇게 입을 열었다. 되도록 희경이 안심할 수 있도록, 믿음직스런 목소리를 흉내 내려 애쓰면서.

"만약에 혹시나 제게 무슨 일이 생기면."

"그런 가정은 하지 말아요."

"어디까지나 만약이란 게 있으니까요."

살짝 고개를 돌려 창밖으로 시선을 둔다. 그의 동공은 분명 하늘을 향하고 있었지만, 그는 하늘을 보고 있지 않았다. 희경은 그가 무엇을 보고 있는 것인지 깨달았다.

"혹시나 그렇게 된다면, 제 여동생을 부탁드립니다. 무리한 부탁이라는 건 알고 있어요. 하지만 그 애가 깨어날 때까지만이라도……."

"알았어요."

자신이 할 수 있는 것은 그것뿐이다. 주어진 과제가 너무도 명백해서, 눈앞에 펼쳐진 현실이 너무나 뚜렷해서… 그녀는 그렇게 말할 수밖에 없었다. 그녀가 할 수 있는 일은 단지 그 것뿐이었던 것이다. 수련은 안심한 듯 고개를 끄덕였다.

그는 천천히 큐브 쪽을 향해 걸어갔다. 초라한 원룸의 구석을 차지한 그 이질적인 기계의 보닛을 열고, 안쪽으로 몸을 싣는다. 천천히, 그리고 조심스럽게.

서희경은 어떻게든 그것을 말리고 싶었다.

신민호의 생각까지는 알지 못했다. 하지만 그가 '그 세계'에 발을 디디는 순간, 무슨 일인가 벌어질 것이라는 사실 정도는 추측할 수 있었다. 그럼에도 말리지 못했다. 알면서도 말리지 못했다.

마지막 순간, 수련이 희경을 돌아보았다.

"괜찮을 겁니다, 당신은."

"…네?"

"꼭 제가 아니어도. 아마 누구라도 상관없었을 겁니다."

싱긋 웃는 그 미소는 어딘가, 여유롭고 초연했다.

큐브의 뚜껑이 닫히고, 미약한 소음과 함께 깊은 정적이 내려앉았다. 큐브의 옆에 떠오른 초록색 불빛이 그의 접속이 성공적으로 이루어졌음을 알리고 있었다.

이상하게 눈물이 흐른다. 단지 게임 속으로 들어갔을 뿐인데, 저곳에서 나오면 다시 만날 수 있는데…….

수련의 마지막 말이 계속해서 귓가를 맴돌았다.

'누구라도 상관없었을 것이다.'

그것은 사실이었다. 그녀는 당장, 누군가 의지할 상대가 필요했을 뿐이었다. 그리고 어쩌다, 그게 수련이 되었을 뿐이다. 하지만 여심(女心) 또한 그렇게 간단하지만은 않다.

희경은 주저앉아 눈을 가리고 울었다. 동생의 죽음 앞에서도 흐르지 않았던 눈물이 북받친 듯 쏟아졌다.

그리고 슬프게도 그것이, 둘의 마지막 만남이었다.

         *   *   *

　마왕 강림 이벤트는 유저 측의 승리로 끝이 났다. 카오스 나이트는 패배했고, 전력을 상실한 마왕군은 구름 산맥의 바깥쪽으로 달아났다. 어떤 과정이 있었는지는 별로 중요하지 않았다.

　오로지 결과만이 모든 것을 말해준다. 알렉산더, 임윤성은 마왕의 기사인 카오스 나이트를 물리친 위대한 성기사가 되었다.

　유저들은 그 사건을 두고 '성전(聖戰)'이라 칭하며 기렸다. 론도 내에서 가장 강할 것이라고 생각되는 두 기사의 싸움.

　그 대결 이후 몇몇 현상금 사냥꾼들이 행방불명된 카오스 나이트의 소재를 파악하려 했지만, 아무도 카오스 나이트 시리우스가 어디 있는지 발견하지 못했다. 혹자는 게임을 그만두었을 것이라고 했고, 누군가는 노스 플레인의 어딘가에 은거하고 있을 것이라고 했다.

　그러나 정작 당사자는 페르비오노의 해변에서 곤곤하게 밀려오는 파도를 감상하고 있었다. 그가 마지막으로 로그아웃한 곳이 바로 이 바닷가였던 것이다.

　"오셨군요, 마스터."

　실반이었다. 그는 바닷바람에 휘날리는 잿빛 머리를 쓸어넘기며 희미하게 미소 짓고 있었다. 지독한 슬픔이 결정이 되어 박힌, 그런 미소였다. 수련은 가슴이 철렁했다.

그가 이곳에 오고 싶지 않았던 이유는, 바로 이것 때문이었는지도 모른다. 용병들의 얼굴을 마주 볼 수가 없었다. 그때, 누군가가 수련의 곁에 털썩 주저앉았다. 하르발트였다.

"기다리고 있었어."

며칠 동안 잠을 자지 못했는지 두 눈이 움푹 들어가 있었다. 데스나이트 아머는 망가진 모양인지 입고 있지 않았다. 당장이라도 어디론가 떠나 버릴 것처럼 가벼운 옷차림. 하르발트의 모습은 수련을 알기 전의 그때와 같았다.

수련은 두려워졌다. 당장이라도 그가 자신을 떠나 버릴 것 같아서. 지금까지 있었던 모든 일들을 잊고 훨훨 날아가 버릴 것만 같아서. 파도 위를 낮게 날아온 갈매기가 끼룩거리며 내려앉았다.

"대장, 알아? 헨델은……."

"하르발트."

실반이 주의를 주듯 입을 열었다. 그러나 하르발트는 말을 그치지 않았다.

격분하는 파도처럼 그는 숨도 쉬지 않고 말을 털어놓았다.

"헨델은! 그 자식은! 그 자식한테 처음부터 그레텔 같은 건 없었다고. 돌아갈 곳이 있다는 건 단지 핑계였어. 그 녀석, 대장을 얼마나 좋아했는지 모르지? 대장과 함께할 수 있다고. 우리는 최고의 용병단이라고. 우리는 최고의 용병이 된 거라고 얼마나 신나 했었는지……. 그래, 슈왈츠는 어땠는지 알아? 슈왈츠에겐 딸이 있었어. 아렌이라는 귀여운 소녀였지. 그 미친 중년 기사는 자신이 가장 증오하는 용병이 돼서 당신의 뒤를 따라다녔어. 언젠가 당신이 대단한 일을 해줄 거라는 막연한 믿음만을 가지고 딸에게 돌아갈 날만을 기다리면서. 실반, 그래, 실반은 어땠는지 알아?"

"하르발트!"

실반이 화난 목소리로 소리쳤다. 수련은 아무 말도 할 수가 없었다. 입을 열면 모든 것이 부서져 버릴 것만 같았다. 하르발트는 울고 있었다. 그 어떤 상황에 부닥쳐도 꿋꿋이 웃고, 말도 안 되는 유머를 지껄일 것만 같던 그 강인한 용병은 마치 세상이 끝난 사람처럼 눈물을 흘리고 있었다.

"대장, 우리는 당신에게 대체 뭐지? 우리는 대체 누구지? 우리는 왜 당신을 따르고 있는 거야? 나는 혼란스러워. 우리는 무엇 때문에 그들과 싸웠던 거야? 무엇 때문에……."

그 격정적인 목소리가 너무나 안타까워서, 수련은 고개를 푹 숙이고 말았다. 하르발트는 한참 동안 혼자서 꾸역꾸역 눈물을 삼키더니 조용히 자리에서 일어섰다.

울음이 파도 소리 속에 잠겨 들어갔다. 폐가 오그라드는 고통이 감도는 불편한 자리였다.

한참 만에 조심스레 고개를 들었더니 하르발트는 무슨 일이라도 있었냐는 듯 빙그레 웃고 있었다, 눈물 자국이 가득한 눈으로.

"미안, 대장. 원래 내가 감수성이 좀 뛰어나잖아."

그리고는 그대로 몸을 돌려 언덕 쪽으로 성큼성큼 걸어갔다. 수련은 그제야 이미 모든 것은 되돌릴 수 없을 만큼 망가져 버렸다는 사실을 깨달았다.

음산한 파도였다. 그 다정하지 못한 철썩임이 발끝을 간질일 때마다 그의 마음에도 생채기가 늘어갔다. 전서구가 날아온 것은 그때였다. 편지를 매단 비둘기는 수련의 옆에 조심스레 착륙하더니, 말없이 발목에서 편지를 떼어주기를 기다렸다. 그는 슬며시 손을 움직여 편지를 풀어냈다. 자유의 몸이 된 비둘기는 다른 편지를 우송하기 위해 날갯짓을 했다.

편지는 세피로아의 것, 내용은 단 한 줄이었다.

보고 싶어.

수련은 파르르 눈꺼풀을 떨며 편지를 접었.

미안해. 나는 지금 널 위로해 줄 수 있을 것 같지 않아. 네가 너무나 힘들다는 거 알고 있어. 그래도, 하지만, 그래도……

천천히 숨을 들이쉰 후 내뱉는다. 짠 바닷바람이 시큼한 뒷맛을 남기며 사라졌다. 드넓은 하늘은 누군가가 세심하게 청소라도 해준 양 깨끗하고 맑았다.

고요한 정적이었다.

실반은 조용히 해변가에 앉아 조개껍질을 만지고 있었고, 하르발트는 해구 뒤쪽의 잡목림에 기대어 넋을 놓고 있었다. 모든 것은 정체되어 있다. 얼마 전까지의 일들이 모두 환상이었던 것만 같은 우울한 일그러짐.

그때, 인기척 몇 개가 다가온다 싶더니 대뜸 말을 걸어왔다.

"조금 늦으셨군요."

벨라로메였다. 그는 희끄무레한 수련의 얼굴을 들여다보더니 싱긋 웃으며 말했다.

"임윤성과의 싸움을 생각하시는 겁니까?"

아마 그는 이해하지 못할 것이었다. 수련이 어떤 기분이었는지. 그건 아무도 이해하지 못할 것이었다. 벨라로메는 수련이 패배로 인해 충격을 받았다고 생각했는지, 위로의 말을 건넸다.

"당신이 정신을 차리고 있었다면, 아마 당신이 이겼을 겁니다."

정신을 차린다는 것은 대체 무슨 말일까. 나는 아직도 제정신을 못 차린 건가? 그 정도로 병신인가? 수련은 입술을 깨물었다.

"그들이 기다리고 있습니다."

그들이라는 단어에 다시 고개를 든다. 부드러운 모래가 사박거리며, 인영들이 걸어오는 모습이 보였다. 제롬이 있다. 성하늘이 있다. 나훈영이 있었다. 네임리스들이 있었다. 지금까지 알게 모르게 그를 이끌어온 모든 이들이 그곳에서 그를 기다리고 있었다.

수련은 천천히 자리를 털고 일어났다.

언젠가는 이런 날이 올 거라고 생각했다. 그의 주변에서 대체 무슨 일이 벌어지고 있는 것인지, 그리고 그는 무엇을 위해서 존재하고 있었던 것인지.

음모, 복수, 사랑……. 이제 그런 건 아무래도 좋았다. 그는 단지 진실을 확인하고 싶었다.

인프라블랙들과 수련은 고양이를 피해 가는 생쥐처럼 산맥을 탔다. 뭔가를 두려워하는 것처럼 조심스러운 움직임이었다. 제롬과 나훈영이 앞장섰고, 성하늘과 수련, 그리고 용병들이 그 뒤를 따랐다. 네임리스들과 벨라로메는 그들을 호위하는 형태로 진을 이뤄 움직이고 있었다.

"역시 당신도 인프라블랙이었군요."

"뭐, 예상했지 않은가?"

나훈영은 약간 나른한 목소리로 말했다.

"신민호, 녀석은 내 가족을 가지고 협박했거든."

"가족을 버리는 선택을 했군요."

본의 아니게 도발하고 말았다. 그리고 뒤늦게 자신의 실언을 깨달았다. 하지만 나훈영은 아무런 대꾸도, 변명도 없이 눈을 살짝 내리깔았다.

"자네라도 그럴 수밖에 없었을걸. 내겐 인프라블랙 쪽에 붙는 것이 가족을 구하는 선택이었으니까."

"무슨……!"

수련은 자기 일도 아니면서 흥분해서 쏘아붙이려 했다. 그러나 어느새 앞으로 치고 나온 벨라로메가 그를 제지했다.

"그의 상황은 당신이 생각하는 것과는 다릅니다."

수련은 갑작스런 그의 개입에 당황하여 벨라로메 쪽을 보았다.

"그의 가족은 죽은 것이 아니라 '살아 있지 못하게' 되어버렸으니까요."

"무슨 말이죠?"

"조금 있으면 아시게 될 겁니다."

벨라로메는 그렇게 말을 끊고는 주변을 살폈다. 페르비오노를 넘어, 이스트 코스트의 능선을 따라 불멸의 땅(Immortal land)으로 향하는 여정.

벨라로메는 수련의 시선을 눈치 챈 듯 머쓱하게 웃었다.

"저도 인프라블랙입니다."

수련은 조금 의아해졌다. 아마 벨라로메는 수련 자신처럼 인프라블랙 측의 제안으로 그들을 돕게 된 케이스일 것이다. 하지만 분명 제롬은 수련을 제외한 다른 모든 유저들이 그의 제안을 '거절'했다고 말하지 않았는가?

"저는 좀 더 복잡합니다. 당신처럼 인프라블랙 사이트를 통해서 알게 된 것이 아니라서요."

수련은 간신히 납득하는 빛을 띠었다. 이들은 모두 각자만의 사정을 가지고 있는 것이다. 언젠가 벨라로메를 따라다니던 작은 소년―로쉬크라고 했던가?―이 머릿속에 떠올랐다. 어쩌면 벨라로메의 속사정은 그 소년과 관계된 것인지도 모른다. 아무 근거도 없었지만 아마 그럴 것이리라는 생각이 들었다.

수련은 전장에서 자신을 구출해 내던 벨라로메의 모습을 떠올리며 이야기의 아귀를 맞춰보려 애썼다.

일행의 걸음이 멈춘 것은 그때였다. 깊은 산속, 숲의 어귀에 마련된 작은 철문. 여기저기서 솟아난 으름덩굴에 반쯤 묻힌 그 문은, 마치 다른 세계로 통하는 문처럼 신묘한 분위기를 자아내고 있었다.

제롬은 굳은 낯빛으로 수련을 돌아보았다. 이곳에 한 번 발을 들이게 되면, 자네는 다시는 자네의 현실로 돌아갈 수 없어. 그 엄숙한 표정은 마치 그렇게 말하고 있는 것 같았다.

"이곳에 들어가기 전에 자네는 먼저 그걸 알아야 해. 죽지 않았다고 해서 모두가 살아 있는 존재는 아니라는 사실을."

수련은 그 말을 알아듣지도 못한 채 고개를 끄덕였다. 이번에는 옆의 나훈영이 물었다.

"준비는 됐나? 어쩌면 자네가 받아들이기에 이 현실은 너무 무거울지도 모르네."

"괜찮습니다."

수련의 대답에 나훈영이 어깨를 으쓱거렸다.

"그럼, 가지."

제롬이 문에 대고 뭔가를 속삭인다 싶더니, 이윽고 작은 쇳소리와 함께 철문이 열렸다. 한 치 앞도 보이지 않는 어둠이 똬리를 틀고 있는 긴 계단 형태의 통로가 어렴풋이 드러났다. 제롬과 성하늘이 안으로 들어가자, 문의 노커를 잡은 나훈영이 깜빡 잊었다는 표정으로 수련을 돌아보았다.

"참, 우리가 말했던가? 우리의 이름은 인프라블랙이 아니
야."

그 광경이 너무나 비현실적이라서, 수련은 호흡조차 죽이고
그의 얼굴을 뚫어져라 바라보았다. 숲의 그림자 사이로 희미
하게 내리비치는 햇볕, 어디선가 들려오는 까마귀의 짙은 지
저귐.

"피스(Piece)에 온 것을 환영하네."

인공적인 것이라고는 도저히 믿을 수 없을 만치 천연스러운
조명. 그 회색의 거대한 지하 세계, 돔(Dome) 안에는 수많은
사람들이 살고 있었다.

물건을 거래하기도 하고, 즐겁게 담소를 나누기도 하고, 음
식을 먹기도 하고.

수련은 한 번도 지하 도시에 대한 이야기를 들어본 적이 없
었다. 이상한 일이었다. 이렇게 많은 유저들이 있다면 이미 커
뮤니티 사이트에 알려지고도 남았을 텐데……

하지만 그는 오래 지나지 않아 눈치 채고 말았다.

그들은 유저가 아니었다. 그것은 마치…….

"신기한가, NPC들이 이런 지하에 살고 있다는 게?"

마치 살아 있는 인간 같았다. 낯선 수련의 얼굴을 보고 뒷걸
음치는 어린 NPC들. 그들에게 있어 수련은 이방인이었다.

"놀랍겠지. 나도 처음에는 그랬으니까."

나훈영은 홀리듯 그렇게 말하고는 앞서 걸어갔다.

"아빠!"

어딘가에서 쪼르르 달려온 아이가 나훈영에게 폭 안겼다. 그는 흔흔한 얼굴로 아이를 번쩍 들어 올렸다. 그 광경을 보던 수련은 심장이 멎는 것 같았다.

아빠라고? 그의 아들이란 말인가?

죽지 않았지만, 살아 있지도 않은 존재. 설마 그 의미가…….

돔의 내부에는 거대한 상아탑이 있었다. 세상에 존재하는 모든 책들을 다 모아놓았을 것만 같은, 노쇠하지만 고풍스러운 탑이었다.

일행은 갈라지는 모세의 기적처럼 갈라지는 NPC들 사이로 걸어갔다. 그런데 제롬이 문에 손을 대려 하는 순간, 갑자기 상아탑의 문이 벌컥 열렸다. 탐스러운 분홍빛 머리카락이 허공에서 눈부시게 흩어졌다.

"왜 이렇게 늦었어, 제롬. 지금 스피카가……."

분홍 머리칼의 아름다운 여인. 제롬은 쓴웃음을 지으며 눈짓으로 수련을 가리켰다. 그의 시선을 따라 여인의 시선이 움직인다. 그리고 그 투명한 동공에 수련의 당황한 얼굴이 못 박혔다. 여인의 눈동자가 동그랗게 변했다.

"당신은……."

그때, 여인의 뒤쪽에서 고개를 빠끔히 내민 두 사람이 있었다.

"어?"

"수련?"

베로스와 네르메스가 그곳에 있었다.

"어떻게 여기에……."

네르메스와 베로스를 마주하고서 당황한 수련은 어찌할 바를 모르다가 간신히 그런 질문을 던졌다. 베로스는 태연히 대답했다.

"우리 쪽에도 사정이 있어. 설명을 듣고 있었지."

"설명?"

수련은 그 말과 동시에 분홍 머리칼의 여인을 돌아보았다. 여인은 인자한 미소를 지었다. 수련과 크게 나이 차이가 날 것 같지 않은 외모임에도, 그녀에게는 어딘가 성숙함이 배어나고 있었다. 마치 수련으로서는 상상도 할 수 없는 오랜 시간을 살아온 듯한, 그런 기이한 분위기였다.

그녀는 약간 들뜬 목소리를 가다듬고는 입을 열었다.

"결국 왔구나. 오래 기다렸어."

여인은 자신을 '베가' 라고 소개했다. 그리고는 연이어 푸념하듯 중얼거렸다. 그러고 보니 골치 아프네. 또 하나하나 다 설명해야 되게 생겼어.

수련은 틈을 놓치지 않고 재빨리 물었다.

"저들은 대체 누구고, 대체 당신들은 누구입니까?"

저들?

"아, 네임리스들."

그 말에 베가가 상아탑의 바깥쪽을 돌아보며 싱긋 웃었다.

"저들은 영혼의 조각들이야. 하나의 원형을 이루던 영혼이 여러 갈래로 찢어져서 만들어진 존재들이지. 너희 유저들은 저들을 NPC라고 부르지, 아마?"

베가는 조금의 인터벌도 없이 계속해서 말했다.

"그리고 우리는 피스야. 그 정도는 들었겠지? 사실 그 이야기를 꺼내려면 그보다 훨씬 이전의 이야기부터 시작해야 하는데, 난 막 설명 하나를 끝낸 상태라서 조금 피곤하니까…… 제롬, 대신 해주지 않겠어? 새로운 네임리스들이 올 때마다 같은 말을 했더니 이젠 선생님이 된 기분이야."

"알겠습니다."

제롬은 그녀를 향해 고개를 까딱이고는 수련 쪽을 바라보았다.

"이 이야기를 하려면, 우선 '론도'가 시작된 그때부터 설명해야 하네. 괜찮겠지?"

이미 대답이 필요없는 질문. 그리고 이야기는 시작되었다.

론도(Rondo). 그룬시아드 대륙이라는 이세계가 창조된 이면에는 여덟 명의 연구진이 있었다. 개중에는 뇌의학의 대가도 있었고, 심리학의 보고도 있었으며, 신경의학의 천재도 있었다.

인간의 영혼이라는 진실을 탐구하기 위해 영원을 좇은 사람들. 그들은 마침내 '가상현실'이라는 새로운 공간을 창조했으나, 그 가상현실로 이익을 추구하려는 세력에 의해 오히려 자신들이 만든 가상현실 속으로 쫓겨가게 되었다.

이야기는 거기서부터 시작된다. 그리고 모든 일의 시작에는 늘 「그」가 있었다.

그는 자신을 믿고 다른 세계로 넘어온 연구원들을 통솔하여 세계를 구성하기 시작했다. 임시방편으로 연결기기들을 부숴놓고 소프트웨어 삭제 명령을 내리긴 했으나, 얼마 지나지 않아 바깥의 세력은 분명 그 기기들을 복구하고, 새로운 소프트웨어를 만들어 다시 세계의 통로를 열 것이 자명했다.

그는 생각했다. 어떻게 하면 그들을 막을 수 있을까. 아니, 막지는 못하더라도 적어도 그들이 이 세계를 악용하지 못하게 만들 방법은 없을까?

세계를 만든 사람은 그 세계에 대한 책임을 짊어져야 한다. 그는 그 운명을 받아들였고, 그래서 연구를 시작했다.

바깥 세력은 분명 그들이 만든 세계를 '게임'으로 사용할 것이라고 했다. 아마 이전에 언급되었던 '시설'이라는 곳을 사용해서 노숙자들의 영혼을 모을 것이고, 그 영혼을 분할해서 세계를 구성할 주민들을 만들어내겠지.

그는 분노했다. 그에게 그걸 막을 방법은 없었다. 하지만 막을 수 없다면 적어도, 그 피해를 '최소화'할 방법을 찾아야 했다. 그러기 위해서는 우선 힘이 있어야 했다. 바깥 세계에서 어떤 수단을 동원해서 그들을 제거하려 들더라도 맞서 싸울 수 있을 힘이.

다행히 시간은 있었다. 세계에 들어오기 전에 그는 현실과 가상현실의 시간 비를 1:100으로 조작해 둔 상태였다. 즉, 현실 시간에서 일 년이 흐르면 가상현실에서는 백 년이 흐른다는 이야기.

그것은 그들이 폐쇄된 통로를 다시 열게 될 때까지는 바꿀 수 없는 시간 비였다.

그는 인간의 영혼이 사용할 수 있는 여러 종류의 사이킥 에너지(Psychic energy), 즉 영력(靈力)을 개발하기 시작했다. 오랜 시간의 사유와 연구. 기억이 축적될수록 그는 더 많은 것을 사고할 수 있게 되었다.

그리고 얼마 지나지 않아 그는 영력에 속성을 부여하는 법을 알게 되었다. 속성을 개발하고, 또 개발해서, 마침내 하나의 구체적인 '형태'로 말할 수 있게 되기까지.

그는 총 일곱 개의 속성을 만들었고, 그 속성을 자신을 제외한 일곱 명의 연구진에게 하나씩 나눠주었다. 그리고 그 또한 그중 두 가지 속성을 선택해서 본격적으로 개발해 가기 시작했다.

연구진들은 모두 그가 연구한 사이킥 에너지를 각자의 방식으로 발전시켜 나가기 시작했고, 스스로를 「진령(眞靈)의 8인」이라고 부르기 시작했다. 조금의 손상도 입지 않은, 순수한 영혼의 결정체로 구성된 여덟 명의 수호자.

진령(眞靈)의 8인은 다음과 같았다.

환영의 베가(Vega).

불꽃의 카펠라(Capella).

뇌전의 리겔(Rigel).

암흑의 프로키온(Procyon).

중력의 베텔기우스(Betelgeuse).

냉기의 아크룩스(Acrux).

안개의 스피카(Spica).

그런데 거기까지 설명했을 때, 수련이 갑작스레 끼어들었
다. 영혼, 진령, 그리고 가상현실…… 그는 간신히 불신과 혼란
을 갈무리해 내고 있었다.

"잠깐만요. 진령의 8인이라면서요? 그런데…… 일곱 명뿐
이잖아요? 마지막 한 명은 대체 누굽니까?"

그 질문에 대답을 한 것은 제롬이 아니라 나훈영이었다. 그
는 한심하다는 어조로 입을 열었다.

"아직도 모르겠나? 그거, 다 별 이름에서 따온 거라고."

별 이름. 순간 숨이 막혀왔다. 찰나를 두고 기억이 쏜살같이
스쳐 간다. 설마 이야기의 「그」는…… 촘촘하게 박힌 별과 산,
그리고 은하수의 기억.

수련은 깨달은 사실을 스스로 꺼낸다는 것이 두려웠다.

그런 일이 있을 리가 없었다. 만약 그렇다면, 이건 처음부
터…….

그가 프로게이머가 되기도 훨씬 더 전부터…….

그 짧은 침묵의 무게가 최고조에 달했을 때 제롬이 말했다.

"마지막 한 사람은 자넬세. 시리우스(Sirius). 우리는 일월(日月), 혹은 월광(月光)의 시리우스라고 부르지. 정확히는 자네가 아니라 자네의 아버지인 「그」이지만."

수련은 완전한 공황 상태에 빠졌다. 어긋났던 톱니바퀴가 제자리를 찾아 맞물려 돌아가고 있었다. 파산 신고를 하고 조용히 행방불명되었다던 아버지. 가족을 버린 아버지. 죽은 줄만 알았던 아버지. 분명 자신의 손으로 화장가루를 뿌렸음에도, 어디엔가 살아 있기만을 바라왔던 아버지. 아버지, 그 아버지가ㅡ

"…아버지가, 살아 있단 말입니까?"

그 아버지가 이 세계를 만들고, 이들을 이끌었다고?

누구도 대답해 주지 않았다. 지금 그가 받은 충격은 그 누구도 대신 감내할 수 있는 것이 아니었기 때문에.

"아버지는 어디에 있습니까?"

"끝까지 듣게."

이미 아무것도 들려오지 않는다. 수련은 씩씩거리며 외쳤다.

"아버지는 어디에 있냐고요!"

"끝까지 들어야 하네."

들을 수 있을 리 없었다. 그동안 돌아가셨다고만 생각했던 아버지였다. 그런데 이런 곳에서. 전혀 생각지 못한 곳에서 그

의 존재를 알게 되었다. 그가 이곳에서 살아 있었다는 사실을
알게 되었다.

분노를 감추지 못하는 수련을 향해 제롬이 침착한 어조로
그를 진정시켰다.

"끝까지 들어야만 알 수 있을 걸세."

"제롬, 여기서부턴 내가 대신할게."

베가가 끼어들었다. 그녀는 따뜻한 눈길로 수련을 보듬으며
첨언했다.

"그 편이 좋겠어."

이야기는 아주 느릿하게 시작되었다.

"우선 말을 놓을게. 사실 아까부터 놓고 있기는 했지만. 나,
이래 봬도 진령인데다가 굉장히 오래 살아왔거든. 자그마치
육백 년이라고."

그녀의 나직하고 몽롱한 목소리는 마치 깊은 환상 같았다.
수련은 마치 자신이 과거로 돌아간 듯한 착각 속에서 그녀의
목소리를 들었다. 제롬의 딱딱한 설명과는 대조적으로 훨씬
부드러운 그 목소리는 수련을 몽환의 세계로 빨아들였다.

"그래, 우선 우리 진령이 생겨난 것에서부터 시작하자."

8인의 진령이 생긴 후, 시리우스는 각지에 흩어져 있는 분할
된 영혼들을 불러들이기 시작했다. 그 영혼들은 전부 그들의
실험 당시 만들어진 것들이었다. 하지만 영혼들은 기억조차
분할된 탓에 본래의 '자신'을 기억하지 못했고, 그래서 그들
은 제대로 자신들을 자각할 수 없었다. 하지만 꾸준한 시리우

스의 노력을 통해 그들은 간신히 분할된 영혼으로서의 '자아'를 깨닫게 되었다.

시리우스는 그들에게 네임리스(Nameless)라는 이름 아닌 이름을 붙여주고 돌보기 시작했다. 이름을 잃어버린 이름없는 자들. 시리우스는 그 네임리스들과 진령들을 모두 합쳐서 피스(Piece)라고 명명했다. 세계에 남겨진 조각들. 그것이 피스의 시작.

하지만 진령을 만들고, 네임리스들을 거둬들였다고 해서 이 세계를 지킬 수 있는 것은 아니었다. 그, 그러니까 시리우스는 그때쯤에 현실을 깨닫고 있었다. 언젠가 싸움이 벌어졌을 때, 고작 이 정도의 전력만 가지고선 그들에게 대항할 수 없다는 사실을.

'일방적인 대결을 펼치면 서로가 소모되기만 할 뿐이다. 공존을 모색할 길을 찾아야만 한다.'

그것이 그가 내린 가장 현실적인 결론이었다. 그는 이미 이 가상현실을 또 하나의 세계로 받아들이고 있었다.

그리고 언젠가 찾아올 미래까지도 모두 예견하고 있었다.

외부의 적들이 이 세계를 조율하려 들기 전에 그들이 먼저 세계를 만들어야만 했다. 적어도 그들과 카드를 교환할 수 있도록 이 세계를 구성하고, 내부에서 이 세계에 영향력을 끼칠 수 있는 '존재'가 필요했다.

하지만 그를 포함한 진령들이 가진 능력은 모두 '파괴'에 중점을 둔 것들뿐. 이 세계를 움직이기 위해서는 '창조'가 필요했다.

아직 세계란 데이터가 정지한 일종의 불모지에 불과했던 것이다. 세계의 영혼은 너무나 크고 거대해서 깨어나기까지는 오랜 시간이 걸렸고, 그때까지 누군가가 세계를 대신해서 '꿈'을 꿔줄 필요가 있었다.

하지만 시리우스 그 자신이나 다른 진령들은 할 일이 있었고, 그 와중에 세계가 꿔야 할 꿈을 대신 꿔줄 만한 여유가 없었다.

다른 사람이 필요했다. 영원을 꿈꿀 수 있는 존재가 필요했다. 그들보다 훨씬 정신의 그릇이 거대하여, 이 세계를 담을 수 있을 만한 순수한 영혼이 필요했다. 홀로 세계를 담을 또 하나의 진령.

"그리고 그때, 8인의 진령을 제외한 또 하나의 완전한 '영혼'이 세계를 넘어왔지."

그 일이 벌어진 것은 가상현실의 시간으로 백 년 정도가 흐른 시기였다. 넘어온 남자의 이름은 신환웅. 그는 바로 몇 년 전까지 성환 그룹을 이끌던 그룹의 총수였다.

"어쩐지 이름이 익숙하지? 이 남자, 너도 알고 있을걸?"

모를 리 없었다. 수련은 이를 악물었다. 전(前) 성환그룹 회장의 행방불명 사건이 이렇게 연결되어 있을 줄이야. 총수 신환웅. 그는 바로 신민호의 아버지였다.

신민호. 당시는 고작 스무 살밖에 되지 않았을 차가운 인상의 청년. 그는 아버지를 미워했으나 끝내 아버지를 죽일 수는 없었고, 결국 서희경을 이용해 그를 유인하여 '새로운 세계'로 보내 버리게 된다…….

"시리우스는 그에게 '세계의 꿈'을 짊어지게 하려고 했어. 그때의 시리우스는 정부의 배후에 성환그룹이 자리 잡고 있을 거라는 사실을 알고 있었거든. 이를테면 속죄를 하라는 의미였지. 그런데, 여기서 문제가 하나 생겼어."

그녀는 수련의 대답은 아랑곳 않고 충격적인 말을 이어갔다.

"그 남자는, 두 개의 영혼을 가지고 있었거든."

"두 개의 영혼이라고요?"

수련을 대신해 의문을 던진 것은 네르메스였다. 그녀는 이미 영혼의 단일성에 관한 자료를 보았기 때문에 좀처럼 베가의 이야기를 이해할 수 없었다. 영혼이 두 개라고?

"응, 사실 엄연히 말해서는 하나가 맞지만. 그러니까, 뭐랄까. 이 세계에 넘어오기 전에 이미 두 개로 분리되어 있었다고 해야겠지. 그래서 그 남자의 영혼은 두 개였어."

"어떻게 그런 일이 있을 수 있죠?"

그 질문에 베가가 심술궂게 웃었다. 일부러 상대방의 애를 태우려는 어린아이 같은 표정이었다.

"그런 생각해 본 적 없니? 이건 조금 뜬금없는 얘기처럼 들릴지도 모르겠지만…… 있잖아, 너희는 인간의 '영혼'을 표면에 드러내 주는 가장 단적인 매개가 뭐라고 생각하지?"

네르메스는 선뜻 대답하지 못했다. 뭔가 어려운 말을 들은 것 같은 기분도 들고, 머릿속이 헝클어져서 좀처럼 그럴듯한 생각이 떠오르질 않았던 것이다.

"아, 잠깐만요. 혹시 그거……."

베로스가 끼어들었다. 건성이지만 심리학을 전공하고 있는 만큼 짚이는 게 있었던 그는 심각한 어조로 물었다.

"혹시, 다중인격(Multiple Personality)을 말하는 것 아닌가요?"

베로스는 종종 생각해 본 적이 있었다. 인격, 혹은 성격이란 어쩌면 인간 영혼의 표면 같은 것이 아닐까, 하고. 인간은 새로운 가면을 덮어 쓸 수는 있어도, 자신의 본질을 고칠 수는 없다. 베가는 성실한 학생을 칭찬하는 눈길로 웃었다.

"맞아. 신환웅은 인격이 분리되어 있었어. 그것도 아주 극단적인 인격과 무의식 아래의 부인격으로 말이지. 세계가 뒤바뀜으로 인해 두 개의 인격이 어정쩡하게 뒤섞여 카오스 상태에 빠져 있는 그를 보며 시리우스는 결국 결단을 내리게 되었지."

시리우스는 신환웅의 인격을 완전한 두 개로 나누기로 결심했다. 다른 진령의 반대도 있었고, 또다시 과거의 과오를 반복할 위험도 있다는 생각이 들었으나, 그래도 그는 해야만 했다.

그 결과 신환웅의 영혼은 훌륭하게 두 개로 분리되었다. 하나의 절대를 추구하며 고고한 완벽을 꿈꿨던 '신환웅'과 결국 그 절대의 크기를 감당하지 못해 스스로 자멸해 한낱 변태성 욕자가 되어버린 '신환웅'. 시리우스는 그 둘에게 '창조'의 능력을 개발하도록 지시했고, 둘은 자신의 과거에 대한 속죄의 의미로서 그 명령을 받아들였다.

그렇게 '세계의 꿈을 꾸는 자'가 만들어진 것이다.

시리우스는 그 둘에게 각각 이름을 붙여주었다.

가장 느린 달, 시린 그믐의 리타르단도(Ritardando).
가장 빠른 달, 붉은 초승의 아첼레란도(Accelerando).

베가는 그 장면을 묘사하며 꿈꾸는 듯한 목소리로 독백했다.

아아, 그는 정말 세계의 창조주처럼 보였어. 그래, 그는 다음과 같이 말했지.

"좋아, 이걸로 두 개의 달이 생겼군. 그렇다면 우리는 별이 되도록 하지."

진령의 이름에 별들의 그것을 붙여준 것도 바로 그것 때문이었다고 한다. 그렇게 두 명의 달은 꿈을 꾸기 시작했고, 세계도 함께 움직이기 시작했다. 들판이 황금빛으로 물들고, 메마른 대지 위에 거대한 바다가 생겨났다. 단지 데이터로 정체되어 있던 영혼들이 순환하기 시작하고, 시원한 바람이 불었다.

세계가 세계로서의 기능을 하기 시작했던 것이다.

"그때가 아마 가상현실로 오백 년쯤 흐른 뒤였을 거야. 그리고 외부 적들의 준동이 보이기 시작한 것도 그때 즈음이었지."

슬슬 이야기가 본 궤도에 오르는가 싶었다. 아버지는 이곳에서 그 자신보다 훨씬 긴 세월을 살아가며 이 공간을 지켜왔다. 수련은 파르르 떨리는 주먹을 간신히 억제하며 이야기를 경청했다.

"우리의 힘이 너무 커졌다는 것을 적들이 알게 된 것도 그 무렵이었지."

외부의 적. 성환그룹을 비롯한 정부의 세력은 가상현실의 내부에 자리 잡은 진령들의 존재를 눈치 챘다.

여덟 개의 별과 두 개의 달. 이미 하나의 체계를 이루고 있는 그 세계 위에 그들이 자신들의 계획을 위한 지반을 확보하기 위해서는 시리우스들의 협력이 필요했다.

세계의, 그리고 꿈의 지배권을 놓고 카드를 맞교환해야 했다.

"그쪽에서 사자(使者)로 온 것은 정말 뜻밖의 인간이었어. 말하자면 적의 최종 보스 같은 것이랄까. 물론 그때는 그렇게 될 줄 몰랐지만 말이야."

수련은 순간 다음에 이어질 말을 알 것 같은 기분이 되었다.

"여기서는 아크라고 불리는 녀석이지. 신민호라고……."

아크. 진령들을 이 꼴로 만든 원흉인 그는 잘도 세계에 나타났다. 흥분한 몇몇 진령들이 당장에 그를 쳐 죽이려 했으나, 만류한 것은 시리우스였다.

"녀석들과의 이야기가 필요하다."

그것이 모든 이유였다. 적들이 계획을 실행하기 위해서는 반드시 이쪽의 도움이 필요했다. 물론 외부의 데이터 처리 능력도 무시할 수 없기 때문에 마음먹고 십 년 정도만 투자하면 그들이 가상현실 속에서 수백 년 동안 이룩해 온 모든 것들을 무너뜨릴 수 있었다. 하지만 신민호, 아크는 그만한 여유가 없다는 판단을 내렸다. 그래서 시작된 것이 카드의 교환, 협상.

의외로 아크는 사근사근하게 그들에게 접근해 왔고, 진령들 한 명 한 명으로부터 조금씩 신뢰를 얻어갔다. 나는 당신들을 해치러 온 것이 아니다. 지키러 온 것이다, 라고.

"처음에는 시리우스도 그 녀석을 귀여워했어. 신뢰의 의미로 자신의 계통 능력까지 가르쳐 줄 정도였으니까. 어린 나이에 제법 싹싹하기도 하고, 꽤나 예의 바르게 나왔거든. 이런 녀석이 적이라면, 어쩌면 이대로 '공존'을 향해 나갈 수 있을지도 모른다는 생각까지 들었다니까. 하지만 그게 그렇게 쉽지 않았어. 우리는 아주 근본적인 것에서부터 의문을 품었지. 요컨대 녀석의 인격."

그런 형태의 신민호가 과거에 존재했다는 것 자체가 충격이었으나, 역시나 결론은 예상했던 대로 나왔다.

"녀석은, 자기 아버지를 없앤 놈이야. 그룹을 빼앗기 위해서."

"그럼 지금 이 음모의 원흉이 모두……."

네르메스가 분노에 찬 목소리로 말했다.

처음의 신민호는 그저, 단순히 소풍 온 사람처럼 가벼운 접근을 시도해 왔다고 한다. 그가 아끼는 사촌 여동생을 데리고서, 진령들이 전혀 의심을 갖지 않도록 하나둘씩 친분을 쌓아갔다. 시간이 지날수록 진령들도 차츰 그에 대해 경계를 풀었으나 끝내 의심만큼은 지울 수 없었다. 모든 접근에는 목적이 있는 법이었으니까.

신민호는 '세계의 공존'을 제안했다. 앞으로 수백 년간 이 세계의 영혼들을 절대로 건드리지 않을 것을 약속하는 대신, 자신들의 조건을 승낙해 달라는 제안을 해왔던 것이다.

베가는 푹 한숨을 내쉬더니, 수련을 측은한 눈으로 바라보았다.

"아아, 귀찮아. 이 장면은 그냥 내 기억의 일부를 보여줄게."

"네?"

베가는 자신의 하얗고 긴 손가락을 들어 수련의 머리를 향했다. 그녀의 갑작스런 행동에 깜짝 놀란 수련이 한 걸음을 물러서는데 그녀가 피식 웃으며 덧붙였다.

"뭘 그리 놀라? 난 '환영'의 베가라고."

그리고 기억이 밀물처럼 밀려들어 왔다.

그것은 베가의 기억이었다.

너무나 익숙한 정경. 은은한 햇볕과 따사로운 바람이 감싸

안은 초록빛 잔디 언덕이 까마득하게 펼쳐져 있었다. 그래, 나는 저곳을 알고 있지. 저곳은 페르비오노야. 수련은 그런 확신을 했다.

먼발치에서 들려오는 시리우스와 아크의 목소리, 그것은 시간이 경과할수록 더욱 더 뚜렷해져 갔다.

"모든 사람이 꿈을 꾸지. 하지만 모든 꿈이 이루어지는 것은 아니야. 모든 꿈이 이루어질 수 있다면 그건 꿈이 아니지."

수련은 자신의 귀를 의심했다. 이 얼마나 그리워했던 음성이란 말인가. 심장의 뜀박질이 좀체 잦아들지 않는다.

그것은 아버지의 목소리였다.

가상현실 시간으로 수백 년 전의 시리우스. 수련의 아버지인 진시하가 그곳에 있었다.

"들어보십시오."

젊은 아크, 신민호의 목소리는 너무나 생소했다. 수련은 그 목소리 속에서 미약한 활기 같은 것을 느꼈다. 활기, 이 얼마나 그와 어울리지 않는 단어란 말인가.

"…해서, 저는 그런 완벽한 세계를 만들 겁니다. 할 수 있습니다. 당신만 도와준다면, 이 세계를 발판으로 삼아 현실을 바꾸고, 현실과 가상현실의 완전한 공존을 이루는 겁니다!"

그런 장광설을 늘어놓는 아크의 모습은 처음이었다. 시리우스는 한참 동안이나 말이 없었다.

"너는 텅 비어 있구나."

그것은 조용한 종소리 같았다. 긴 들판을 달려온 날파람이 옷깃을 차갑게 찌르고 스쳐 간다.

"네가 바라는 세계 같은 건 만들어질 수 없어. 어디에서도."

"해보지도 않고 어떻게 그렇게 단언할 수 있습니까!"

모든 혁명가가 그렇게 말했다. 그래서 청년 아크도 그렇게 말하고 있었다. 할 수 있다고 믿었고, 이루어지고 있다고 믿었다. 그러나 시리우스는 너무도 간단히 그 이상(理想)을 일축했다.

"우리가 인간이기 때문에."

인간이기 때문에, 그건 이루어질 수 없다.

수련은 자신이 그곳에 없다는 사실을 분명히 느끼고 있으면서도 가슴이 덜컥 내려앉는 것 같았다. 너무나 무거운 목소리였다. 신민호는 입술을 떨고 있었다. 가장 존경하던 그에게 그런 말을 들을 줄은 몰랐다는 듯 배신감에 젖은 음색이었다.

"그럼 저에게 왜 당신의 능력을 가르쳤습니까?"

"잠시나마 널 믿었기 때문이다. 네가 진실 아닌 정직을 말하고 있었다는 것을 진즉에 알았더라면, 가르치지 않았겠지."

"…누구도 날 이해하지 못해. 당신도, 예전의 그 개자식도!"

신민호는 악을 쓰듯 외쳤다. 견고하던 가면의 일부에 금이 간다. 순간적으로 치밀어 오른 감정의 양을 모두 감당해 내지 못한 그릇이 일시적으로 크게 요동쳤다. 신민호는 그렇게 찰나를 씩씩거리더니 순식간에 원래의 차가운 마스크로 돌아왔다. 두뇌 속에 냉각기가 존재하는 사람마냥 믿을 수 없는 속도였다.

"잠시나마 착각을 한 듯합니다. 너무 감상에 젖어버렸군요."

"착각?"

"아주 짧은 시간이었지만, 당신을 제 아버지라고 생각했던 듯합니다."

지금의 신민호를 생각해 본다면 있을 수 없는 말이었다. 그것은 과거의 아크 또한 마찬가지인 듯했다. 자기 입에서 그런 말이 나왔다는 것을 믿을 수 없는 듯한, 수치심에 물든 얼굴이었다.

"다시 오겠습니다. 그리고 다음번에도 같은 대답이 나온다면 더 이상 협상은 존재하지 않을 겁니다."

그는 그 말을 한 후 고개를 숙이고 있던 신민호는 한참 후에야 얼굴을 들며 자신의 배후에서 노닐던 소녀를 불렀다.

"가자, 지아."

수련은 자신의 눈을 의심했다. 소녀, 그토록 그리워하던 소녀의 잔상이 그곳에 흐리게 남아 있었다. 창백한 백금발, 아직은 걸음이 익숙지 않은 듯 절뚝거리는 다리.

그곳에, 지아가 있었다. 그리고 거기서 기억은 끝이 났다.

시야는 오버랩 되듯 현실로 되돌아왔다. 수련이 한참 동안 멍해 있는 사이, 살짝 숨을 토해낸 베가가 말을 이어갔다.

"처음에 녀석은 굉장히 협력적으로 나왔어. 우리 쪽의 요구도 들어주고, 이 세계도 지켜주겠다는 식으로 이야기했었지.

게다가 녀석의 조건은 아주 획기적인 것이었어."

베가는 극적인 효과를 주려는 것처럼 일부러 침묵을 길게 끌었다.

"우리 진령들을, 다시 원래 세계로 돌아갈 수 있도록 도와주겠다고 했거든."

"아."

베로스가 나지막이 탄성을 내뱉었다. 과연, 오랜 세월을 가상현실 속에서 보낸 진령들에게 있어 그만한 유혹은 없을 것이었다. 하지만 그런 일이 정말 가능할 것인가?

"하지만 시리우스는… 그 말을 믿지 않았던 거야. 그는 신민호의 언변에 조금씩 녹아나는 우리 진령들을 설득했어. 그렇게 좋은 조건이 있을 리 없다고. 그런 조건에 응낙하게 되면 분명 후회할 일이 생길 거라고. 진령들은 시리우스의 말을, 아니, 시리우스를 믿었어. 그 어떤 압도적인 유혹이 나타나더라도 우리를 지탱하는 시리우스라는 존재를 대신할 수는 없었지. 지금까지 진령들을 이끌어온 사람이 바로 시리우스였으니까. 하지만 신민호도 거기서 포기하지 않았지."

신민호는 더 이상의 협상은 이루어질 수 없다는 결론을 내렸다. 협상이 이루어질 수 없다면, 이제는 협박이다. 하지만 무엇으로 협박할 것인가? 그에게 쥐어진 카드는 무엇이었단 말인가?

"가상현실을 파괴하겠다고 했습니까?"

베로스의 물음에 베가가 고개를 가로저었다. 진령들의 힘은 강하다. 게다가 이쪽에는 '두 개의 달'이 존재하고 있다. 파괴되는 만큼 다시 창조가 가능한 것이다. 물론 싸움이 길어질수록 지치고, 결국은 패배하게 될지도 모르겠지만 자존심 강한 진령들에게 그런 것은 별로 위협이 되지 못했다.

베가는 슬픈 눈동자로 수련을 바라보았다. 그 시선에 잠깐 움찔하던 수련은 갑자기 심장이 차가워지는 것을 느꼈다.

만약, 그 '협박'의 수단이 현실에 기저를 두고 있다면 어떨까.

"아직 모르겠어? 신민호, 그 녀석은 너를 두고 협박을 했다고. 만약 자신의 요구조건을 들어주지 않으면 지금의 시리우스, 그러니까 너를 죽이겠다고 했단 말이야."

수련은 큰 충격을 받았다. 아버지에 대한 감정이 복잡하게 솟아올라 소용돌이치고 있었다.

"시리우스는 결국 결심했지. 자신의 아들을 죽일 수는 없다."

갑자기 코끝이 시큰해져 온다. 들판에 서서 먼 하늘을 응시하던 아버지의 모습이 아릿하게 눈 속을 저민다.

베가의 목소리도 살짝 물기에 젖어 있었다.

"하지만 시리우스는 다른 진령들에게 그 일로 도움을 요청하지도 않았어. 그건 자신의 일이라고 생각했거든. 세계를 지키고, 동시에 자신의 아들도 지키는 방법. 그는 혼자서 그 방법을 생각해 내야만 했지. 의외로 그건 간단했어. 아크의 '협박'이 더 이상 이루어질 수 없게 만드는 방법. 그게 뭐일 것 같아?"

첫째는 신민호를 죽이는 것. 그리고 둘째는 수련을 보호하는 것. 그 둘 중 어느 것도 여의치 않다. 그러나 세 번째 방법이 있었다. 수련은 그 항목을 떠올리는 순간 등줄기에 오한을 느꼈다.

시리우스, 수련의 아버지 그 자신이 죽어버리면 되는 것이다.

"그래, 그는 죽음을 결심했지. 자신이 죽으면 너는 더 이상 인질의 가치가 없어지니까. 하지만 시리우스 또한 그렇게 녹록하게 사라지지는 않았어. 그에게는 지난 오백 년 동안 쌓아온 엄청난 영력이 축적되어 있었고, 그 힘은 어마어마한 수준이었거든."

아버지의 모습이 떠오른다. 아들과 세계를 양손에 놓고 갈등하는 아버지. 그 어떤 것도 버릴 수 없다. 그 어떤 것도 양보할 수 없다. 둘 다를 가지되, 둘 다를 갖지 못하는 선택. 그 최후의 고뇌를 수련은 차마 이해할 수 없었다.

그걸 이해한다고 말해 버리면, 아버지의 마지막 모습마저 하찮게 변해 버릴 것 같았기 때문에.

베가는 하얀 손을 뻗어 수련의 눈물을 닦아주며 말했다.

"그는, 그 자신이 아니면 깰 수 없는 봉인을 만들었지. 봉인은 하나의 거울과 하나의 구슬. 그중의 하나는 노스 플레인에, 나머지 하나는 로드 플레인의 중심부에 두었어."

그렇게 시리우스는 두 개의 봉인을 만들었다. 세계의 모든 영혼들을 보호하고, 지키는 수호의 봉인. 그리고 혹시나 만약의 사태가 벌어졌을 때, 그걸 막을 수 있는 마지막 수단으로써.

진령들은 그 두 개의 봉인을 두고 '이시스의 거울(Mirror of Isis)'과 '호루스의 구슬(Orb of Horus)'이라고 부르게 되었다.

그러나 그 이후 십 년, 이십 년이 지나고, 진령들은 본능적으로 시리우스에 대한 기억을 자신의 최하층부에 밀어 넣었다. 모든 것을 기억하고 살아야 하는 영원의 존재에게 있어 그의 부재를 상기시키는 것은 상상할 수 없을 만치 거대한 아픔이었다.

그리고 불화가 시작되었다.

"진령들은 지나친 권태와 지루함에 젖어 있었어. 죽음을 알지 못하고 영원을 걸어간다는 것은 그런 거지. 누구도 영원을 지배할 수는 없어. 그 세월의 무게에 반드시 찌들고 말아. 무엇보다도 영원을 가지고 있다는 것은, 죽음을 알지 못한다는 것은……."

베가의 눈빛이 쓸쓸해 보였다. 누구도 위로해 줄 수 없는 그 세월의 흔적이 호흡 속에 녹아드는 것 같은 기분에, 수련 일행은 몸이 떨려오는 것을 느꼈다.

"곧, 자신이 '살아 있다'라는 것을 모른다는 것이지."

베가는 계속해서 말했다.

"이해하겠어? 죽음이 있기에 삶이 있다고들 하지. 마치 빛과 어둠처럼, 죽음과 삶은 서로가 서로를 증명하는 것들이야.

그렇다면 만약 죽음이 없다면 그건 뭘까? 삶일까? 아니, 그건 단지 '존재하는 것' 뿐이야. 그들은 살아 있는 게 아니지."

시리우스가 죽은 후 8인의 진령, 피스(Piece)는 분열하기 시작했다. 신민호는 가상현실 시간으로 수십 년에 걸쳐 꾸준히 그들을 유혹했고, 결국 진령들 중 절반이나 되는 네 명이 그 제안에 넘어가고 말았다. 그리고 그들은 시리우스가 준 자신들의 이름을 버리는 대가를 치렀다.

불꽃의 카펠라는 적호(赤虎)로, 암흑의 프로키온은 흑호(黑虎)로, 중력의 베텔기우스는 백호(白虎)로, 냉기의 아크룩스는 청호(青虎)로……

피스의 영원한 숙적, 리메인더(Remainder)는 그렇게 만들어졌다.

"그들은 스스로를 리메인더(Remainder)라고 부르기 시작했어. 남겨진 자들이라는 뜻이지. 재미있는 이름이야. 이 세계에서 나가려고 발버둥치는 녀석들이 남겨진 자들이라는 이름을 가지고 있다니. 그게 벌써 거의 백여 년 전의 이야기야."

이쪽에 피스가 있다면, 저쪽에는 리메인더가 있다. 그것이 최초의 대립이었다.

"하지만 불화는 거기서 끝나지 않았어. 만약 거기서 끝났다면, 그래도 해볼 만했을지도 몰라. 진령의 숫자는 비록 우리 쪽이 열세였지만 말이지."

피스에 남은 세 명의 진령은 서로의 뜻이 달랐다. 한쪽은 가능하면 리메인더들과 충돌하지 않은 채 세계를 안전한 방향으로 존속시키기를 원했고, 다른 한 쪽은 시리우스의 복수와 그의 뜻을 잇기를 원했다.

그렇게 세 명의 진령이 또다시 둘과 하나로 분리되었다. 세계의 꿈을 꾸는 두 개의 달, 시린 그믐의 리타르단도와 붉은 초승의 아체레란도를 중심으로.

그들 중 시린 그믐의 리타르단도를 중심으로 뭉친 진령―환영의 베가, 안개의 스피카―들은 보수적 성향의 '피스(Piece)'가 되었고, 붉은 초승의 아체레란도를 중심으로 뭉친 진령―뇌전의 리겔―은 급진적 성향의 '피스(Peace)'가 되었다.

그렇게 리타르단도를 포함한 보수적 성향의 피스(Piece)는 신민호의 일부 계획에 협조―론도의 현실 대 시간비가 1:4가 된 것은 그 때문이다―하는 척하며 몰래 힘을 키워왔고, 급진적 성향의 피스(Peace)는 리메인더에 정면으로 맞서 싸워왔다.

"머리 아프지? 세상이 단순히 아군과 적군으로만 나눠진다면 좋을 텐데 말야. 사실 아군만 있는 게 가장 좋지만."

베가는 웃으며 그렇게 말했다. 아직 이야기가 끝나지 않았다는 것을 암시하는 그 웃음에, 네르메스의 안색이 창백해졌다.

뭐가 이렇게 복잡해?

분노에 들떴다가, 슬픔에 젖었다가. 네르메스는 자신의 감정을 좀처럼 통솔하지 못하고 인상을 찌푸렸다. 베로스가 입을 열었다.

"복잡해 보이지만, 의외로 간단한 것 같네요. 급진적 피스,

그러니까 피스(Peace) 쪽은 아군이라도 봐도 무방할 것 같은데, 맞나요?"

베가가 미소 지으며 고개를 끄덕였다. 충실히 공부한 학생을 격려하는 양 따뜻한 미소였다.

"그리고 진짜 적은 그 성환그룹의 회장이라는 신민호와 리메인더(Remainder). 그 둘이 되겠군요. 어차피 둘 다 같은 족속이니 하나라고 봐야 하겠지만. 수련을, 지금의 시리우스를 부른 목적은 그들을 막기 위함입니까?"

거침없이 정곡을 찌르는 말이었다. 당사자를 앞에 두고 그런 말을 꺼내는 것을 보는 게 미안했는지, 네르메스가 뒤늦게 베로스의 옆구리를 찔렀다. 그러나 베가가 이미 그 말을 수긍한 후였다. 그녀는 수련을 바라보며 말했다.

"그래, 그게 바로 시리우스를 이곳에 데려온 이유야. 오직 그만이 가능한 일이 있기 때문이지."

하얀 천장이 희끗거린다.

수련은 뇌가 세척된 기분으로 그 천장의 얼룩을 응시하고 있었다. 그는 베가가 배정해 준 돔 내의 방에 묵고 있었다.

'네임리스들은 모두 이런 곳에서 살아가는 걸까.'

너무나 슬프고 참혹하다. 알게 된 모든 사실을 받아들이기에 그의 정신은 아직 너무나 어려 보였다. 수련은 스스로를 납득시키고 또 납득시켜야 했다. 아버지는 죽었고, 그의 적은 그가 찾아오기를 기다리고 있다. 모두가 자신을 기다리고 있다.

그 사실이 무서워서 견딜 수가 없었다.

"제길……."

베가의 지난 말들이 메아리처럼 귓가에 맴돌았다. 떨쳐 내기 위해 안간힘을 쓰고 있을 때, 노크 소리가 울렸다.

"시간 됐어요."

성하늘이었다. 수련은 착잡한 심정을 안고서 방문을 열었다. 성하늘은 생긋 웃으며 수련을 맞이했다.

"아까는 많이 혼란스러우셨죠? 저도 처음에는 그랬어요. 걱정 마세요. 당신 혼자서 모든 일을 하라고는 누구도 말하지 않았어요. 제가, 그리고 모두가 도와줄 거고……."

성하늘은 무척이나 안정된 목소리로 수련을 보듬었다. 알고 있음에도 고마움을 느낄 수밖에 없었다. 하얀 복도를 그녀와 둘이서 걸어간다. 문득 이상한 기분이 되었다.

성하늘은 왜 이곳에 있는 걸까? 그녀는 네임리스나 진령으로는 보이지 않았다. 결정적으로 그녀와는 현실에서 조우하지 않았던가. 수련은 그것을 물어보려다가 더 중요한 질문을 떠올리고 말았다.

"그런데 누구를 만나러 가는 겁니까?"

그 말에 성하늘이 웃었다. 청초한 미소였다.

"신이요."

"그는 일종의 신인 셈이야."

베가는 그렇게 말했었다. 신? 누구를 말하는 걸까. 하지만 조금만 생각해 보면 그 대상이 지칭하는 바는 실로 명백했다. 세계의 꿈을 꾸는 자. 론도의 음표를 그려내는 자.

"베가님이 말씀하신 것처럼, 우리 피스(Piece)는 시린 그믐의 리타르단도를 중심으로 뭉쳐져 있어요. 우리는 지금 리타르단도를 만나러 가는 거예요."

긴 복도의 끝 작은 문의 앞에는 세 개의 인영이 기다리고 있었다. 베가, 네르메스, 그리고 베로스.

"왔구나."

베가는 타이밍 맞춰 문을 열었다. 살포시 열린 문틈 사이로 은은한 어둠의 영역이 보였다. 수련은 일행의 뒤를 따라 어둠 속으로 들어갔다.

내부로의 첫 걸음을 내딛는 순간, 공기가 달라졌음을 깨달았다. 우주에 들어서면 이런 기분일까. 온몸의 세포들이 달라진 대기와 시간에 감응하고 있었다. 어디선가 시계 소리 같은 것이 들리는 듯도 했다. 무수히 많은 시계 초침의 움직임이 공기를 통해 느껴졌다. 그리고 그 시계의 중심에 리타르단도가 있었다.

순간 폐가 오그라드는 것 같았다, 마치 심해에 들어온 것처럼. 길쭉한 주둥이와 갸름한 청색 비늘로 점철된 머리. 그리고 길게 뻗어 나온 수염. 리타르단도는 용인(龍人)이었다.

그의 모습은 깊은 해저에 사는 못생긴 심해어를 연상시켰다. 일행의 시선을 느꼈는지, 어슴푸레한 등불 속에서 책을 읽고 있던 리타르단도는 장정을 덮으며 입을 열었다.

"재미있는 생각을 하는군."

순간 어깨를 움츠렸다. 설마 생각을 읽은 것일까?

"그것과 비슷하지."

수련은 아직 믿을 수 없었다. 그는 눈앞의 대상을 한 번 더 시험해 보기로 했다. 마음속으로 질문했다. 당신은 신입니까?

"그럴 수도, 아닐 수도."

무슨 만화 같군요.

"신이란 작자들은 원래 말장난을 좋아하는 법이거든."

리타르단도는 씨익 웃으며 말했다. 분명 미소였음에도 괴상하게 올라간 그 입꼬리는 어딘가 공포스러운 분위기를 조성하고 있었다. 그 기세에 잔뜩 쫄아서 말을 못하고 있던 네르메스가 꼼틀거리며 베로스의 등 뒤에서 나왔다.

일행의 면면을 훑어보던 리타르단도는 최종적으로 수련에게 시선을 두었다.

"꽤 의외의 인물이 많이 모였군. 너무 많이 말려들었어. 그대가 시리우스의 아들이겠지?"

얼마만큼의 세월을 살고, 얼마만큼의 사유를 계속하면 이런 분위기를 풍길 수 있을까. 괜히 달이라고 칭하는 것이 아니었다. 수련은 그 존재감에 완전히 압도당한 채 입을 열었다.

"그렇습니다."

세상 모든 것을 초탈한 듯한 그 고귀한 망막에 수련의 존재가 언뜻 스쳤다. 광경은 추억으로 분화했다. 그 오랜 세월에 묻힌 기억의 파편 같은 것을 본 수련은 훔쳐선 안 될 것을 훔쳐버린 도둑 같은 심정이 되었다.

"내게도 아들이 있었지."

리타르단도는 목소리를 낮추며 말을 시작했다.

"여기선 아크라고 부르지. 신민호라고, 알고 있겠지?"

간신히 고개를 끄덕인다.

"존재하지 않는 절대를 추구하는 미친놈이지."

그것은 어쩐지 자조하는 듯한 음색이었다.

"나도 그런 때가 있었어. 내 힘으로 세계를 바꿀 수 있다고, 내 힘으로 모든 것을 재단할 수 있다고…… 나라면 절대라는 기준을 새로이 정립할 수 있다고 믿었지. 그 결과가 이거야."

결국 스스로의 이상과 현실의 괴리를 견디지 못해 인격이 갈라진 그. 절대를 추구하는 '리타르단도' 와 한낱 변태성욕자에 지나지 않는 '아체레란도' 로 분리될 수밖에 없었던 그.

문득 베로스가 질문을 던졌다.

"당신은 지금도 절대를 추구합니까?"

"정말 그런 게 있을 거라고 생각하는 건가, 그대는?"

말문이 막혔다. 리타르단도가 다시 말을 잇는다.

"신민호는, 정말 나를 꼭 닮은 놈이야. 그것만으로도 충분히 심각한데……."

그 짧은 침묵에 일행이 침을 삼켰다.

"더 심각한 사실은, 나보다 더한 놈이라는 거지."

시계의 움직임이 느려지고 있었다. 아니, 그것은 마치 세계

전체의 움직임이 뒤틀리고 있는 것처럼 느껴졌다. 용의 그것과 흡사하게 생긴 뾰족한 입이 움직이며 음성을 만들어낸다.

"그 녀석은 세계를 바꾸려 하고 있어."

나와 같은 전철을 밟을 셈이지.

수련은 그것이 자신의 생각인지, 아니면 그의 목소리인지 확신할 수 없게 되어갔다. 마치 공간 전체가 말하고 있는 것 같았다.

"녀석의 그릇은 나보다 훨씬 커. 어쩌면 녀석은 정말로 성공할지도 몰라. 하지만……."

그렇기 때문에, 우리가 막아야 하는 거지.

막아야 한다. 그것은 마치 거대한 사명처럼 들렸다. 세계와 세계의 운명을 건 멸망과 창조의 다툼.

"잘 모르겠습니다. 정확히 뭘 어떻게 막아야 하는 겁니까?"

수련이 정신을 수습하는 사이, 베로스가 질문을 던졌다.

"이제 곧 시작될 거야……."

긴 한숨 같은 말이었다. 네르메스가 고개를 갸웃했다.

"그렇게 추상적으로 혼자 독백하면 무슨 말인지 모른다고요. 확실하게 말해주세요."

"이제 아크가 본격적으로 움직일 거라는 얘기야."

베가가 보충하듯 설명했다. 리타르단도는 네르메스를 똑바로 직시했다. 그녀는 그 투명한 시선에 어깨를 쭈뼛거렸다.

"스피카가 추출한 메모리칩을 본 것 같으니, 녀석들이 사용하고 있는 엠블럼의 메커니즘 정도는 이해하고 있겠지?"

"대, 대충은……."

네르메스의 당황하는 얼굴을 가만히 들여다보던 리타르단도는 묵묵히 한숨을 내쉬며 말했다.

"이해를 못한 눈치로군. 설명해 주지."

리타르단도가 살짝 손가락을 흔들자, 허공에 거대한 엠블럼의 모습이 드러났다. 과연 '신' 다운 면모였다. 붉은색 칼이 푸른색 방패를 쪼개는 형태를 취하고 있는 알 수 없는 형태의 문양.

"아, 역시 저거였구나."

베로스가 침음하듯 중얼거렸다. 던전과 마을의 입구마다 설치되어 있던 그 의문의 엠블럼이었다.

"이게 바로 '무의식 언어'의 기본적인 메커니즘이지."

손가락을 한 번 휘젓자, 허공에 투영된 엠블럼이 천천히 회전하기 시작했다. 그것은 꼭 홀로그램 같았다. 그런데 그게 지금 이 상황과 무슨 관련이 있는 거지? 의문을 품는 순간, 일시적으로 목소리가 기억이 되어 머릿속으로 밀려들어 왔다.

"사람의 무의식을 조종할 수 있는, 무의식의 언어. 그것이 바로 신민호가 만든 엠블럼."

순간 대기가 얼어붙은 것 같았다. 사람을 조종할 수 있어?

"현실세계에서 벌어졌던 유명인사 살인사건은 알고 있겠지? 그 사건의 배후에 있는 것이 바로 그놈이야. 현재 각 마을에 퍼져 있는 엠블럼들은 모두 녀석의 수하들이 만든 것이지."

"무엇 때문에……."

"신민호는 여당 쪽에 가세하고 있어. 그 모든 엠블럼들은 보는 이로 하여금 무의식중에 야당을 적대시하도록 명령하고 있지. 처음 몇 번 본 것으로는 효과가 없겠지만, 그 과정이 중첩되면 이야기가 달라져. 이 말은, 즉 게임을 오래 한 사람일수록 야당에 대한 적대감이 상승할 것이라는 이야기지. 투표에서 여당을 찍게 될 것은 말할 것도 없고, 심지어는 그 이상의 반응을 보이게 될 수도 있어."

수련의 머릿속에는 얼마 전 야당의 엠블럼을 보고서 모니터를 부술 뻔했던 자신의 모습이 오버랩 되고 있었다. 그때, 동생이 그를 말리지 않았더라면 그는 모니터를 박살 내는 것은 물론이고, 흥분을 가라앉히지 못해 어떤 사건을 저질렀을지도 몰랐다.

가슴이 오싹해졌다. 그는 이미 조종당하고 있었던 것이다.

"현실에서 야당의 엠블럼을 보는 순간 심리의 방어기제가 사라지는 거군요. 그래서 일시적으로 부인격(附人格)이 깨어나게 되는 것이고……."

베르스는 자기가 무슨 말을 하는지도 모르는 채 중얼거렸다. 네르메스 또한 몹시 충격을 받은 얼굴이었다. 사건의 윤곽에 대해 알고 있었던 그녀였기에, 중첩된 충격은 더했다.

살인사건의 범인들은 모두 평범한 일반인들이었다. 회사원도 있었고, 심지어는 여고생도 있었다. 하지만 만약 그들이 모두 론도 중독자들이었다면 어떨까?

그러던 중 우연히 길가에서 야낭의 마크를 보게 되었나면?

끔찍한 상상이 머릿속을 가득 메웠다. 있을 수 없는 일이 현실에서 벌어지고 있었다. 이게 정말 현실이란 건가. 그런데 아직 뭔가가 찜찜했다.

그때, 베로스가 이의를 제기했다.

"잠깐만요. 뭔가 이상합니다만."

심리의 방어기제는 일반 사람들이 생각하는 것보다 훨씬 복잡하다. 물론 무의식의 언어를 통해 일시적으로 대상에 대한 강렬한 적대감 같은 것을 불러일으키고, 개인에 따라서는 그것이 살해에 이르는 무참한 결과를 만들게 될지도 모른다. 하지만······.

"아무래도 저 무의식의 언어라는 건 최면의 일종인 것 같군요. 하지만 단순히 무의식의 아래에 있던 부인격이 깨어난다고 해서, 경호원들의 엄호를 받고 있는 유명인사들을 죽일 수 있습니까? 범인 중에는 여고생도 있습니다. 저는 납득하기가 어려운데요."

베로스의 말에 네르메스는 깜짝 놀랐다. 꺼림칙함의 정체는 바로 이것이었구나. 간만에 베로스가 조금 다르게 보였다.

"인간의 부인격은 일반적으로 하나가 아니지."

리타르단도는 꽤나 뜬금없어 보이는 서두로 말을 시작했다.

"하지만 부인격을 키우는 방법이 있어. 예를 들면 인터넷. 전혀 환경이 다른 곳에서는 새로운 인격이 자라기 쉽지. 만약 론도라면 어떻겠나?"

완전히 다른 인격이 태어날 수도 있게 된다.

베로스는 언젠가 들었던 심리학 강의를 어렴풋하게 떠올리며 전율했다.

고등학생들이 학년이 바뀌면 간혹 다른 사람이 되는 경우가 있다. 왕따에서 평범한 학생으로, 혹은 평범한 학생에서 인기인으로. 대부분의 경우 그런 형태의 변화는 영속성을 가지지 못하지만, 종종 그 경우에 한정해서 사람의 성격이 굳어지는 경우도 있었다. 인터넷 같은 가상공간도 마찬가지였다.

전혀 다른 사람, 전혀 다른 환경…… 인간은 외부로부터 만들어지는 동물. 자신의 변화를 스스로 받아들이고, 그 상황에 맞게 자신을 맞춰 나가게 된다. 가장 잘 만들어진 가면을 쓰는 것이다.

"아니, 잠깐만요. 설마……."

베로스는 가슴 한 구석이 섬뜩해지는 것을 애써 다스리며 혼란스러운 뇌리를 수습했다. 론도를 시작한 사람들은 많든 적든 자신의 실제 성격과는 미묘하게 다른 '가상현실 속의 자신'을 느끼게 된다. 그것이 일종의 부인격으로서 존재하게 되는 것이다.

리타르단도는 더 기다려 주지 않고 말을 시작했다.

"현실과는 달리 이 세상 안에서는, '당연하게 여겨지는 것들'이 있지. 예를 들면……."

허공이 슬그머니 일그러지며 검과 검을 부딪치는 유저들의 모습이 보인다. 현실에서는 상상도 할 수 없을 정도의 높이로 뛰어오르고, 검에서 솟아난 오라가 대기를 찢어발긴다.

이 세상에서 그것은 '당연한' 것들이었다. 개개인의 부인격이 그것을 담담하게 받아들이고, 납득한다. 그러나 현실로 나오는 순간 그런 것들을 당연하게 여기던 부인격은 내부로 침잠하고, 대신 평소의 의식(주인격)이 다시 깨어나게 된다.

하지만 만약 현실에서 그 '부인격'이 깨어난다면 어떨까?

"그 엠블럼을 통해서 의식 아래에서 잠자고 있던 부인격이 깨어나게 되는 겁니까? 현실에서 야당의 마크를 보는 순간?"

"바로 그렇네."

머릿속에 너무도 자연스럽게 영상이 떠올랐다. 우연히 길을 걷다가 야당의 마크를 보게 된 한 남자가 있다. 그는 론도 중독자다. 마침 야당의 유명인사들이 흔흔한 웃음을 머금은 채 의사당을 나오고 있다. 일시적으로 육체의 신진대사가 증가하고, 아드레날린이 과다 분비되기 시작한다. 죽어, 죽어, 녀석들은 모두 죽어버려야 해. 그는 믿을 수 없는 높이로 뛰어오른다. 경호원들이 당황하여 총을 뽑아 든다. 그러나 그는 보이지도 않는 속도로 유명인사에게 접근해 목을 조른다.

"엠블럼이 깨우는 것은 바로 가상현실 속의 인격이지. 만약 이곳에서의 자네들이 현실로 나가게 된다고 생각해 보게."

수련은 언젠가 은행에서 총알을 피했던 당시의 기억을 떠올리고 있었다. 어쩌면, 하고 생각하고 있었는데 그 일 또한 이것과 관계가 있을 것 같았다. 세상에는 종종 믿을 수 없는 일들이 있다. 15층에서 떨어진 아이를 받아낸 경비원, 자신의 아이를 구하기 위해 버스를 들어 올린 아주머니…….

어쩌면 그 자신도 위기의 순간, 일시적으로 방어기제가 풀려서 가상현실의 부인격이 풀려났던 것이 아닐까? 그래서 총알을 피하는 기적을 만들어낼 수 있었던 것은 아닐까?

"만약… 그래, 예를 들어서 이곳의 수련이 현실로 나가게 된다면 어떻게 되겠나? 총알을 피하고, 탱크를 파괴하는 인간이 되겠지."

"그런……."

수련이라면 충분히 그럴 수 있었다. 어떤 총탄도 그를 맞힐 수 없을 것이고, 어떤 장갑도 그의 검을 견뎌내지 못할 것이다. 리타르단도는 일행을 달래듯 부드러운 어조로 말을 이었다.

"사실 지금까지 사용된 엠블럼은 그렇게까지 극단적인 성향을 내포하고 있지 않았어. 단순히 여당의 득표를 높이기 위함이었지. 어쩌면 지금까지의 살인사건도 녀석이 의도한 바는 아니었겠지. 개인의 방어기제란 각각 정도의 차이가 있으니까. 하지만 이제는 다를 거야. 무의식의 언어를 담은 엠블럼이 그것 하나밖에 없을 리가 없어. 분명 더 굉장한 것을 숨겨두고 있겠지. 그리고 그 숨겨둔 엠블럼이 론도 내에 투입될 때, 현실의 멸망이 닥쳐올 거야."

쿠데타가 일어날 것이다. 모든 론도 중독자들은 야당에 대한 적개심을 견디지 못해 들고일어날 것이고, 살인자가 되는 것을 두려워하지 않을 것이다.

게다가 신민호는 어쩌면 야당뿐만 아니라 자신이 속해 있는 여당까지 갈아엎을지도 모르는 일이다.

이 세계의 「왕」이 되기 위하여…….

"게다가 녀석들은 진령을 현실로 내보내는 연구도 계속하고 있어. 이미 청호, 냉기의 아크룩스가 현실 세계로 빠져나갔지. 그 당시 우리 측의 스피카가 몰래 실험에 끼어들어서 불완전한 상태나마 함께 빠져나가기 했지만……."

죽은 스피카의 이야기가 나오자 리타르단도와 베가의 안색이 눈에 띄게 어두워졌다. 그때, 베로스가 급하게 말을 꺼냈다.

"당신이 그를 막을 수는 없습니까? 그리고 또 하나의 달이 더 있다면서요?"

"난 안 돼."

리타르단도는 딱딱한 목소리로 그 의견을 일소했다.

"내가 가진 능력은 창조와 꿈에 한한 권능일 뿐. 이것으로 세계를 조율할 수 있을지는 몰라도, 외부에서 세계를 노리려는 자들을 막아낼 수는 없어. 그래서 시리우스의 아들이 필요한 거지."

"제가 뭘 할 수 있습니까?"

수련이 자신없는 목소리로 말했다. 그의 생각보다 사건은 훨씬 거대하고, 또 복잡했다. 이런 와중에 고작 그가 아버지의 아들이라는 이유만으로, 대체 뭘 할 수 있다는 걸까.

"시리우스의 두 봉인 중 호루스의 구슬을 파괴하게. 그걸 파괴하면, 아크 녀석을 막을 수 있어."

*   *   *

당시 시리우스는 소멸 직전, 봉인파괴라는 최후의 수단 속에 세상을 구할 방법을 만들어두었다. 그 봉인을 파괴하면 어떤 일이 일어나는지를 아는 것은 오직 두 개의 달(리타르단도, 아체레란도)뿐이었지만, 적어도 그 봉인이 풀리면 세상을 구할수 있을 거라는 믿음은 있었다. 그 봉인을 건 사람은, 다른 사람도 아닌 시리우스였으니까. 그래, 시리우스니까.

하지만 여기에는 중대한 모순이 있었다. 애초에 그 봉인을 파괴할 수 있는 것은 시리우스 '자신' 뿐이었던 것이다.

진령들은 오래전부터 시리우스의 봉인을 파괴할 방법을 연구했다. 그러나 그 끝없는 패러독스가 그들을 괴롭힐 뿐, 어떤 그럴듯한 대책도 궁리되지 못했다. 시전자만이 풀 수 있는 봉인인데, 그 시전자가 죽어버렸다면 대체 어떻게 해야 하는가?

그때, 진령들 중 누군가가 다음과 같이 말했다.

"누군가가 '시리우스' 가 된다면 어떨까?"

하지만 어떻게? 모두가 고개를 저었다. 그렇게 십 년이 지나고, 이십 년이 지나고…… 진령들은 하나둘씩 패를 갈라 흩어지기 시작했다. 누구는 리메인더로, 누구는 피스(Peace)로…….

리메인더가 여당과 합류하고, 피스(Peace)가 일시적으로 야당과 손을 잡고, 피스(Piece)는 그것을 묵묵히 방조하고……

그리고 그때, 또 다른 시리우스가 나타났다. 피스(Piece)에 남은 두 명의 진령, 베가와 스피카는 놀라움과 실망을 동시에 느꼈다. 나타난 것은 시리우스가 아니라, 그의 아들이었다.

그러나 이상하게도, 희망 같은 것이 생겼다. 그는 시리우스는 아니다. 하지만, 시리우스이기도 하다. 그라면 어떨까?

그들은 봉인을 파괴할 수 있는 유일한 이는, 선대 시리우스의 혈족(血族)인 진수련뿐이라는 결론을 내렸다.

시리우스와 가장 가까운 존재이며, 현재의 시리우스이며, 그와 가장 유사한 영혼을 지닌 이.

확신은 없었다. 그러나 그것만이 이제 그들의 유일한 희망이었다.

EPISODE 023
Crevasse

"가겠어요."

그 해답을 내놓기까지 하루라는 시간이 필요했다. 수련은 론도의 시간으로 다음날, 리타르단도를 찾아가 그렇게 말했다. 딱히 절실한 이유 같은 건 없었다. 조금은 어설픈 사명감과 그의 아버지에 대한 연민이 낳은 해답이었다.

구할 수 있다면 구해야 한다. 막을 수 있다면 막아야 한다.

리타르단도는 고개를 끄덕였다. 마치 그런 대답이 나올 것을 알았다는 것처럼.

죽을지도 모른다. 굉장히 위험할 것이다. 당연하게 따라올 줄 알았던 그런 말들은 나오지 않았다. 그는 준비된 표정으로 말했다.

"곧 다른 피스(Peace) 쪽에서 사람이 올 거다. 이번 일은 녀석들과 함께하기로 되어 있으니까."

리타르단도는 그렇게 말을 마치고는 베가에게 뒷일을 부탁했다. 그는 조용히 눈을 감으며 뇌까렸다.

"그럼 지금부터 시간을 조절하도록 하지."

가장 느린 달, 시린 그믐의 리타르단도.

고요히 눈꺼풀을 닫은 그는 시간 비를 조절하기 시작했다. 기존의 현실과 가상현실의 시간 비인 1:4에서, 1:8, 1:10, 1:20…… 시간 비는 계속해서 증가했다.

그것은 수련의 로그인 시간을 늘려주기 위함이었다. 수련의 그림자가 문밖으로 완전히 사라지자, 리타르단도는 다시 꿈을 꾸기 시작했다. 이 위태위태한 세계를 지탱하기 위한 거대한 꿈을…….

성하늘은 미안한 음색으로 확인하듯 물었다.

"정말, 할 거죠?"

묵묵히 고개를 끄덕이는 수련. 성하늘이 안타까운 목소리로 그를 위로했다.

"우리 옵서버가 따라갈 거예요. 너무 혼자 부담 갖지는 마세요."

피스(Piece)는 빈 진령의 자리를 메우기 위해 세 명의 옵서버(Observer), 즉 조율자를 만들었다. 그들이 바로 성하늘, 제롬, 그리고 나훈영이었다. 나훈영의 경우는 리메인더와 피스의 사이에서 갈등하다가 마지막에 들어온 케이스에 속했다.

비록 진령들의 힘에 비할 바는 못 되지만, 그들 개개인은 환영의 베가와 죽은 안개의 스피카의 힘을 각각 잇고 있었다.

"저와 제롬, 나훈영 씨가 따라갈 거예요. 호위로 네임리스들 몇이 따라갈 거고······."

"저희도 같이 갈 겁니다."

끼어든 것은 실반이었다. 그러나 그를 복수(複數)로 표현하기에는 무리가 있었다. 실반은 송구스러운 표정으로 고개를 숙였다.

"하르발트 녀석은 조금 시간이 필요할 것 같습니다. 하지만 반드시 같이 움직일 겁니다. 걱정 마십시오, 마스터."

미안함이 심장을 터뜨릴 것 같았다. 그 긴 이야기를 모두 들었음에도, 자신들의 존재에 대한, 네임리스들에 대한 설명을 모두 들었음에도 실반은 그에게 충성을 다하고 있었다. 그의 잿빛머리가 불안하게 흔들리고 있었다.

"저는 물론 혼란스럽습니다. 제가 사실은 다른 세상의 존재였고, 한낱 어떤 음모 때문에 이 세상에 만들어졌다니······ 생각하기도 싫고, 인정할 수도 없습니다. 하지만 그렇기에 더욱."

수련은 눈물을 감추기 위해 그의 시선을 외면했다.

"그렇기에 더욱··· 당신, 마스터와 함께할 겁니다. 지금 저희가 의지할 수 있는 것은 마스터뿐이니까요."

나란 존재는······ 정말 쓰레기다. 수련은 터질 듯 입술을 깨물었다. 그리고 그때 또 다른 목소리가 귓가에 울렸다.

그것은 결연한 음색이었다.

"나도…… 같이 갈 거야."

네르메스. 굳게 입을 다문 모습이 심상치 않아 보였다. 그것은 단순한 호기심이 아니었다.

그녀는 책임을 느끼고 있었다. 자신의 오기에서 시작된 이 사건은 결국 배진곤 같은 민간인을 말려들게 한 것도 모자라서, 베로스와 루피온마저 끌어들이고 말았다. 게다가 루피온은 생사도 불분명한 상황. 여기서 도망친다면 비겁자가 될 수밖에 없었다.

설령 할 수 있는 일이 아무것도 없다고 할지라도 그녀는 끝을 보고 싶었다.

"네르메스!"

그녀의 옆에 서 있던 베로스는 가슴이 덜컥 내려앉았다. 여기서 가만히 머무른다고 해도 살아남을 수 있을지 어떨지 모른다. 그것만으로도 충분히 걱정스러운데, 그녀의 충격적인 선언까지 들었으니 그의 경악은 실로 말로 다 할 수 없을 지경이었다.

"난 책임이 있어. 그들과 같이 갈 거야."

그녀의 표정에서 진심을 확인 한 베로스는 문득 두려워졌다. 인정하기는 싫지만, 루피온의 말대로 그는 네르메스를 좋아했다. 하지만 아무리 누군가를 좋아하더라도, 그게 목숨이 걸린 문제라면 조금 이야기가 다르다.

자신을 좋아하는지 아닌지도 모르는 상대를 위해서 목숨을 걸어줄 만큼 로맨틱한 바보는 이 세상에 생각보다 많지 않다.

그는 세상이 꺼지듯 한숨을 쉬고는, 푸념하듯 말했다.

"알았어, 그럼 나도 같이 갈게."

"뭐?"

깜짝 놀라 그를 돌아보는 네르메스의 얼굴을 보며, 베로스는 자신이 그 몇 안 되는 바보 중의 하나라는 것에 마음속으로 절규했다.

그때, 상아탑의 출구 쪽에서 다가온 네임리스 하나가 성하늘을 향해 뭐라고 말을 건넸다. 고개를 끄덕이던 그녀는 일행들을 돌아보며 입을 열었다.

"피스(Peace) 일행이 도착했다는군요."

거대한 상아탑의 문이 열리며 수련 일행이 문밖으로 걸어나왔다. 상아탑의 바깥쪽으로는 세 명의 그림자가 드리워져 있었다. 두 명의 금발과 한 명의 은발이 이색적으로 어우러지며 극채색의 대조를 만들어냈다. 베로스가 깜짝 놀라 소리를 질렀다.

"루피온, 너……!"

죽은 줄만 알았던 루피온이 그곳에 있었다. 피스(Peace)의 진령, 뇌전의 리겔의 도움으로 살아남은 루피온은 그의 뒤를 따라 이곳까지 오게 되었던 것이다.

루피온 또한 실실거리는 낯으로 베로스와 네르메스를 반겼다. 베로스는 어쩐지 그 모습이 얄미워 루피온의 복부에 주먹을 날렸다. 루피온이 오버액션을 취하며 신음소리를 냈다.

"헉!"

"또 '헉! 3단 콤보!' 이런 거 하면 죽는다."

"그럼 5단은 괜찮아?"

"그것도 안 돼."

그 슬랩스틱 코미디를 보고 있던 베가가 반색하며 다른 한 명의 금발 사내를 맞았다. 그가 바로 뇌전의 리겔이었다.

"오랜만이야, 리겔."

리겔은 말없이 고개를 끄덕였다. 코앞에서 사람이 죽어나가도 눈썹 하나 까딱하지 않을 것처럼 쌀쌀맞은 그 얼굴은 화기애애한 분위기를 살풍경하게 만들고 있었다. 다음 순간 베가는 힘 빠진 목소리로 입을 열었다.

"스피카가 죽었어."

"들었다."

대답하는 리겔의 목소리에는 고저가 없었으나 어쩐지 지쳐 보였다. 아무리 칼날 같은 정신을 가진 진령일지라도 이런 오랜 싸움에는 진저리가 날 수밖에 없으리라.

그리고 결국, 진령들 중 첫 희생자가 생기고 말았다. 베가는 애써 슬픔을 지우며 진지하게 물었다.

"리겔, 아직도 야당과 협력하고 있는 건 아니겠지?"

"얼마 전에 손을 끊었다."

리겔이 속한 피스(Peace)는 얼마 전까지 야당 측과 손을 잡고 있었다. 지아의 습격 당시 프로게이머와 랭커들을 보내준 것도 모두 아딩 측이었다. 하지만 습격이 실패한 후, 피스(Peace)와 야당은 더 이상 서로 간에 협력할 일이 없다고 생각하여 동맹을 끊었다.

수련은 그 혼란의 중심에 멍하니 서 있었다. 무슨 말을 꺼내야 할지, 어떤 감정을 표현해야 할지 좀처럼 알 수 없었다.

사실 원래였다면 지아를 죽인 것이나 마찬가지인 리젤을 향해 강렬한 적의를 발산해야 했겠지만, 감정이 끓어오르던 찰나에 그 분화구를 막아버린 존재가 있었다.

두 명의 금발과 한 명의 은발. 그중 한 명의 은발의 존재가 그의 눈길을 사로잡고 말았던 것이다. 탁한 잿빛이 섞인 긴 은발머리. 시각이 순간적으로 마비되는 것 같았다.

그곳에 세피로아가 있었다.

"오랜만이지?"

여전히 불가해한 목소리에, 불가해한 미소였다. 생긋 눈웃음치는 그녀의 웃음은 예전의 매혹적인 그것에서 조금도 변하지 않은 상태였다. 잠깐이지만 리젤을 만난 일이 뒷전이 되고 말았다.

묻고 싶었다. 가출했다며, 어떻게 된 거야. 왜 뇌전의 리젤과 같이 있는 거지? 어째서 네가 이곳에 있어. 이지는, 이지는 어디에 두고 혼자 있는 거야?

생각은 생각인 채 그대로 스러져 간다. 세피로아는 살짝 우수 어린 표정으로 수련을 바라보고는, 그대로 고개를 돌렸다.

지금은 아무것도 말할 수 없다는 표정이었다.

그사이에 혼란이 수습되었다. 뒤늦게 하르발트가 찾아왔고, 제롬과 나훈영, 벨라로메가 네임리스 여섯을 이끌고 일행에 합류했다. 전열을 갖춘 원정대는 이제 봉인 '호루스의 구슬'이 있는 노스 플레인으로 떠날 시간이 되었다.

리타르단도를 지켜야 하기에 떠날 수 없는 베가는 일행을 하나하나 정성껏 배웅했다. 그녀는 마지막으로 수련을 바라보았다. 애틋함 이상의 무언가가 깃들어 있는 그녀의 시선.

수련은 그 시선을 맞받으며 마치 그것이 어머니의 그것과 닮았다는 생각을 했다. 그녀는 짧게 심호흡을 하며 입을 열었다.

"미리 당부해 둘게. 아마 너는 아크와 만나게 될 거야."

그 정도는 이미 예상하고 있다. 수련은 차분한 자세로 그녀의 이어질 말을 기다렸다. 이윽고 그녀는 망설이던 뒷말을 꺼냈다.

"절대 그와 싸우지 마. 지금의 너는…… 그를 이길 수 없어."

인정하기 싫었다. 하지만 아마 사실일 것이었다. 수련은 한참 동안이나 고개를 숙이고 있다가 내키지 않는 표정으로 고개를 끄덕였다. 베가는 애써 씁쓸함을 지우고 활짝 웃어주었다.

원정대는 노스 플레인을 향해 발걸음을 옮겼다.

            *   *   *

  불멸의 땅, 이모탈랜드의 황폐한 대지는 끝이 보이지 않았
다. 먼 지평선이 끝도 없이 펼쳐져 있었고, 걷는 시간이 길어질
수록 원정대의 대열은 자연히 익숙한 사람들끼리 뭉치게 되었
다.

  네르메스, 루피온, 베로스의 트리오가 함께 걷고, 나훈영과
제롬이, 실반과 하르발트가, 여섯 명의 네임리스와 벨라로메
가 발걸음을 맞추었다. 리젤은 홀로 선두에서 걸었고, 성하늘
과 수련, 그리고 세피로아가 후방에서 같이 걸어갔다(그것은
원정대 중에서 가장 어울리지 않는 조합이었다).

  "그런데 루피온, 너 지금 상황이 어떤지나 알고 있어? 너 피
스나 진령들이 어떻게 나눠져 있는지도 잘 모르지?"

  베로스는 무거운 분위기를 가라앉히고 싶었던 듯, 괜스레
심각한 척하는 루피온에게 히죽거리며 말을 건넸다.

  "나도 알고 있다고! 아하, 베로스 너 모르는구나. 설명해 줄
까?"

  "난 이미 알아."

  "좋아, 그럼 네가 설명해 봐."

  베로스는 그제야 아뿔싸 하는 생각이 들었다. 이 바보 루피
온에게 말싸움에서 지다니. 이놈은 처음부터 모르는 게 당연
했는데.

  마침 일행의 발걸음이 멈추자, 베로스는 인상을 팍팍 쓰며

주변에서 나뭇가지 하나를 찾아 바닥에 그림을 그리기 시작했다. 가로세로의 선이 완성되고, 작은 세 개의 사각형과 두개의 원이 완성되었다. 또박또박한 필체로 추가 설명을 기입한 베로스는 이내 의기양양한 표정으로 루피온을 돌아보았다.

"자, 잘 보고 외우도록, 루피온 학생."

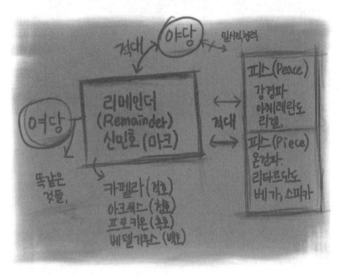

"베로스, 너 의외로 글씨체가 귀엽구나."

"지금 중요한 건 그게 아냐."

"아아, 어쩐지 공부하는 기분이 되어버렸어."

왠지 복잡해 보이는 그 그림을 유심히 보던 루피온은 예상대로 머리를 쥐어뜯기 시작했다. 옆에서 네르메스가 키들키들 웃었다. 그러나 이런 희극적인 장면과는 대조적으로 원정대의 한쪽에는 어두운 표정의 둘이 있었다.

"저 사람들, 디게 재밌게 논다. 그치?"

커다란 바위에 웅크리듯 앉은 세피로아가 느긋하게 말했다.

문득 시선을 돌려보니 성하늘은 제롬들과 함께 앞으로의 계획에 대한 이야기를 나누고 있었다. 수련은 다시 세피로아 쪽을 바라보았다.

세피로아는 변하지 않았고, 대신 많이 달라져 있었다. 변하지 않았다는 것은 분명했으나 달라진 부분이 어디인지는 도통 알 수가 없었다. 세피로아는 애꿎은 모래를 손가락으로 깨작거렸다.

순간, 지금이 아니면 말을 꺼낼 수 없다는 생각이 강하게 들었다.

"뉴스에서 봤어."

"무슨 뉴스? 아아……."

그녀의 반응은 조금 늦게 돌아왔다. 봤구나, 하는 표정이었다. 남매 가출 사건. 세피로아는 별로 꺼릴 것도 없다는 표정으로 흥얼거리듯 말했다.

"그냥, 잠시 변덕 부려본 거지 뭐."

"이지는……."

그 말은 꺼내지 말았어야 했다. 이지의 이름이 나오는 순간, 세피로아의 얼굴이 딱딱하게 굳어지기 시작했던 것이다.

하지만 수련은 답지 않게 그 반응을 알아채는 것이 늦었고, 때문에 그 말을 끝까지 이어가는 실수를 범하고 말았다.

"이지는 어디 있어?"

"이지는……."

공기가 싸해진 느낌이 들었다. 문득 피어오르는 불온함을 막을 겨를이 없었다. 세피로아는 차분히 미소를 지어 보였다.

그 미소는 어쩐지 소름 끼쳐 보이기까지 했다.

"이지, 죽었어."

"뭐?"

"미안, 지금은 말하고 싶지 않아."

그녀는 말없이 자리에서 일어났다. 착 달라붙는 검정색 야행복을 감싼 케이프가 선들바람에 가만가만히 나부낀다. 돌아선 등이 부술 수 없는 벽처럼 느껴졌다. 아무런 대화도 오가지 않았지만, 수련은 분명하게 느꼈다.

지금 그녀는, 너무나 확실하게 고립되어 있다고.

다음 말을 꺼내지 않으면 이 적요 속에 영원히 침몰해 버릴 것 같았다. 그러나 수련이 말을 채 꺼내기도 전에 일행의 출발 신호가 울려 퍼졌다. 위로는 침묵 속에 가라앉았다.

원정을 떠난 지 나흘째 되는 새벽, 일행은 노스 플레인에 도착했다. 그 나흘 동안 수련은 세피로아와도, 다른 일행과도 아무런 대화를 나누지 않았다. 모두가 자신의 세계에 갇혀 스스로의 이야기를 간직할 뿐. 그들은 함께 있었으나, 오로지 홀로 존재했다.

"다 왔다."

생생한 꽃 위에 떨어진 잉크방울 만큼이나 이질적인 목소리였다. 영원히 계속될 것만 같은 원정이었는데, 어느새 목적지에 도착해 버린 것이다. 아무리 최단 경로로 왔다지만, 상당한 거리를 이동해 온 셈인데······.

"저기입니까?"

일행은 리겔의 지시를 받아 조망이 좋은 산등성이의 언덕에 몸을 웅크리고 숨었다. 언덕의 아래쪽에는 바윗돌들이 가파른 곡선을 그리고 있었고, 더 아래쪽에는 넓은 평원이 자리 잡고 있었다.

그리고 그곳에는 이미 기다리고 있었다는 듯이 수많은 병력들이 배치되어 있었다. 개중에는 임윤성과 마태준을 비롯한 세인트 나이트들도 있었고, 처음 보는 존재—그들은 유저가 아닌 것으로 보였다—들도 있었다. 공성전에서 수련이 죽였던 마스터들도 대기하듯 주변을 어슬렁거리며 걸어 다녔다.

조심해서 왔음에도, 적은 이미 짐작하고 있었다는 말이다. 그리고 그 긴 대열의 끝에 자그마한 건물 같은 것이 보였다. 보얗고 예스러운 벽돌로 쌓은 작은 신전이었다.

"시리우스의 신전이다. 저곳에 호루스의 구슬이 있지."

리겔은 딱딱한 목소리로 설명했다. 그의 시선은 줄곧 적영(賊營) 속에 있는 흑포인과 적포인, 그리고 백포인을 향하고 있었다. 백포인은 지난번 습격 당시 그에게 심한 타격을 입었던 중력의 베텔기우스가 분명해 보였다. 그리고 다른 두 사내는······.

"맙소사, 벌써 프로키온과 카펠라가 와 있군. 게다가 베텔기우스까지……."

제롬이 탄식하듯 중얼거렸다. 불꽃의 카펠라와 암흑의 프로키온, 게다가 좀 다치기는 했지만 중력의 베텔기우스까지…… 무려 셋이나 되는 진령이 모여 있었다.

"그때 끝내 버렸어야 했어……."

리겔의 눈에 아쉬움이 스쳤다. 프로키온은 그렇다 치더라도 베텔기우스는 죽일 찬스가 있었다. 그때 베텔기우스를 죽였다면, 지금의 싸움이 조금은 더 수월해졌을 텐데.

리겔은 진령들 중에서도 수위(首位)에 드는 무력을 가지고 있었다. 하지만 그런 그라고 할지라도 진령 셋을 한꺼번에 상대할 수는 없다. 그때, 수련이 그의 곁으로 접근해 왔다.

"난 당신을 아직 용서하지 않았어. 이 일이 끝나면…… 반드시 책임을 묻겠어."

수련은 속삭이듯, 그러나 명백한 살의가 담긴 목소리로 말했다. 그는 정신적으로 몹시 지쳐 있었으나 아직 복수를 완전히 포기한 것도 아니었다. 이유가 있다는 것 정도는 알고 있었다. 하지만 이유는 누구에게나 있다. 리겔은 담담한 목소리로 입을 열었다.

"네 힘으로는 무리야."

그의 몸에서 끓어오르는 뇌전이 강한 스파크를 튀겼다. 지금까지 단 한 번도 느껴본 적 없는 막대한 살기에 수련은 온 힘을 다해 저항했다.

"널 믿는 베가나 죽은 스피카도 불쌍하지. 죽은 시리우스의 아들이라는 이유만으로 너 같은 애송이에게 모든 희망을 다 걸어야 하다니…… 이런 비참한 꼴이 또 있을까."

"……."

수련은 말없이 리겔을 노려보았다. 다른 일행들이 그를 말리려 했으나 누구도 선뜻 나서는 이가 없었다. 그만큼 수련의 분노는 깊었다. 그 분노를 말린다는 것이 무엇을 의미하는지 일행은 모두 잘 알고 있었다.

수련은 일단 진정하고 물러나는 것을 택했다. 지금은 아직 때가 아니라는 사실을 그 스스로도 냉정히 깨닫고 있었다. 하지만 그 짧은 격돌로 인해 분위기가 찬물을 뒤집어쓴 듯 착 가라앉았다.

일행은 모두 사태를 조금씩 인지하기 시작하고 있었다.

이제 진짜 싸움이 시작된다는 것을.

리겔은 일행의 전력과 적의 전력을 비교 가늠하며 말했다.

"제롬, 나훈영. 너희는 진령 카펠라를 상대로 얼마나 버틸 수 있을 것 같은가? 솔직하게 대답해야 한다."

"10분…… 아니, 5분도 힘들 것 같습니다."

추궁에 가까운 질문을 받은 제롬이 얼굴을 붉히며 답했다. 나훈영 또한 끔찍하다는 표정으로 고개를 끄덕였다.

일행은 믿을 수 없다는 얼굴로 그 말을 들었다. 어쩌면 수련보다 강할지도 모른다고 생각했던 제롬과 나훈영이 진령을 상대로 5분밖에 버티지 못한다고?

리겔의 표정이 조금 어두워졌다. 리겔이 동시에 상대할 수 있는 최대는 진령 둘이었고. 그것도 베텔기우스와 프로키온이 상대일 때의 이야기였다(그조차 버티는 것에 불과했다).

질도 질이지만 양의 차이가 너무 심하기에 성하늘, 그리고 벨라로메와 네임리스들은 다른 유저들을 상대로 싸워야 할 판.

그렇다면 제롬과 나훈영이 한 명의 진령을 맡아야 한다는 말인데, 그 둘이 카펠라를 상대로 버틸 수 있는 시간은 고작 5분뿐.

"5분이 승부처로군."

암울한 목소리였다. 그때 루피온이 끼어들었다.

"잠깐, 우리들은 왜 전력에 넣어주지 않아?"

우리들이라 함은 분명 네르메스와 베로스 등을 비롯한 말이리라.

"너희들이 전력이 되나?"

"이…… 내 우드 애로우를 얕보지 마!"

루피온이 자신이 조각한 화살을 들고 성을 내는 사이, 리겔이 성하늘과 벨라로메 쪽을 바라보며 말했다.

"너희는 저 떨거지들을 이끌고 길을 터야 한다. 저 애송이가 신전에 다가갈 수 있도록. 세 명의 진령은 나와 두 명의 옵서버가 어떻게든 막아내겠다. 할 수 있겠지?"

성하늘과 벨라로메가 무겁게 고개를 끄덕였다. 우중충하던 하늘에 먹구름이 드리워지자, 불길한 그늘이 깔린다. 리겔은 마지막으로 수련 쪽을 돌아보았다.

"그래도, 우리가 지금 할 수 있는 일은 저 애송이를 믿는 것밖엔 없으니까."

지독하게 궂은 날씨였다. 금세 드리운 먹구름이 비가 되어 내리고 있었다. 수련은 그 따가운 빗줄기 사이를 쏜살같이 달려갔다.

선두에 서서 달리는 것은 리겔과 제롬, 그리고 나훈영. 그 셋은 적영을 반쯤 파고들었을 때, 어딘가로 사라져 버렸다. 아마 진령들을 상대하기 위해 움직인 것 같았다.

새롭게 선두로 치고 나선 것은 성하늘과 벨라로메. 세피로아 루피온들은 네임리스들을 도와 일행의 후미를 맡고 있었다. 실반과 하르발트는 날개처럼 붙어서 수련을 호위했다.

갑작스런 적의 출현에 당황하던 유저들이 순식간에 베어 넘겨진다. 역시나 성하늘의 실력은 일반적인 마스터의 그것을 훨씬 상회하는 수준이었다. 벨라로메는 최상위 랭커의 저력을 과시하듯이 무지막지한 힘으로 다른 마스터들의 검을 망가뜨리고, 던지듯 날려 버렸다.

쐐기 형태로 파고들었던 진영은 조금씩 날개 형태로 바뀌어 가고 있었다. 아무리 정예로 구성된 원정대라고 해도, 적의 숫자가 너무 많았다. 하지만 조금씩 전진하고는 있었다. 이제 신전까지의 거리는 얼마 되지 않는다. 조금만 더…….

그러나 바로 그 순간, 일행은 더 이상 앞으로 나아갈 수 없게 되었다. 두 명의 강적이 그들의 앞길을 막았던 것이다. 론도 사상 최강의 유저, 남해의 사자 임윤성과 홍염의 사신 마태준.

네임리스들과 성하늘, 그리고 루피온 일행은 사방에서 덮쳐오는 임윤성의 세인트 나이트들을 상대하느라 여념이 없었다. 수련은 자신이 그들을 상대해야 한다는 것을 깨달았다.

하지만 임윤성의 얼굴을 보는 순간, 자신감이 사라지고 만다. 자신은 이미 그에게 한 번 패배했다. 지금 다시 싸운다고 해서 이길 수 있을까? 어쩌면 신전까지 가보지도 못하고 여기서⋯⋯.

"제가 맡겠습니다."

벨라로메는 수련을 제지하듯 앞으로 나서며 말했다.

"시리우스, 당신은 아직 그를 상대할 수 없어요."

자존심 상하는 말이었다. 수련이 뭐라 쏘아 붙이려는 순간, 벨라로메가 엄숙한 표정으로 첨언했다. 훈계조였다.

"그에 비해 당신이 약하다는 게 아닙니다. 당신은⋯⋯."

순간 귀가 확 틔는 것 같았다. 왠지 수련이 그동안 고뇌하고 있었던 해답이 그 뒷말에 있을 것 같았다. 그거다. 어서 말해. 그동안 내가 알고 싶어 했던 그 말. 지금 당신의 입에서⋯⋯.

그러나 그 순간, 적진에서 나온 상대가 벨라로메의 말을 잘랐다.

"벨라로메, 아스칼 전쟁 이후로 처음이지? 얼마나 강해졌는지 한번 확인해 보자고."

상대를 도발하는 듯한 특유의 말투. 홍염의 사신 마태준이었다. 임윤성 또한 그의 뒤를 뚜벅뚜벅 걸어나왔다. 벨라로메의 안색이 어두워졌다. 아무리 그라고 해도 두 명을 상대하는 것은 불가능했다. 결국은 수련이 둘 중 하나를……

"마스터, 빨리 가십시오."

앞으로 나온 것은 실반과 하르발트였다.

용병들…… 처음에는 아무 생각이 없었다. 그들은 수련에게 있어 그저 외로운 사냥을 달래주는 도우미 같은 존재였다. 하지만 그렇게 하루, 이틀…… 눈처럼 쌓인 시간이 어느새 산더미처럼 불어나 있었다. 수련에게 있어서, 그들은 이제……

"죽지 마."

하르발트는 애써 수련을 외면하며 말했다.

"이제 우리에게 남은 건…… 마스터밖에 없다고."

실반이 죽었어. 슈왈츠도 죽었어. 마스터. 우린 대체 당신에게 뭐지? 어떤 존재지? 우린 정말…… 우리는 고작……!

그의 모든 울분과 경의가 그 짧은 교차 속에서 스쳐 갔다. 수련은 은빛이 고이도록 입술을 깨물었다.

그리고 돌아서 달려가기 시작했다.

'미안하다……'

싸움이 시작된다. 벨라로메의 도끼와 마태준의 검이 폭음을 내며 충돌했다. 어느새 저만치 멀어진 수련의 모습을 보며 실반은 옅은 미소를 머금었다. 그 꼴을 보던 임윤성은 역겹다는 목소리로 중얼거리며 차츰 거리를 좁혀오기 시작했다.

"꽤나 재미있는 신파로군. NPC와의 우정이라니."

공포스러운 발걸음이었다. 침을 삼키며 경계를 곧추세우던 하르발트와 실반의 눈이 문득 마주쳤다.

"실반, 그동안 즐거웠다."

하르발트는 피식 웃으며 말했다.

"저 녀석은 괴물이야. 아마 너와 나로도 부족할 거다."

이미 수련과의 전투 당시 그의 무위를 눈으로 직접 확인했던 둘이었다. 섬광의 폭풍을 비집고 들어오는 절대의 신기(神器). 그들의 상대는 그들의 마스터보다 더 강했다. 하르발트는 진심 어린 목소리로 말했다.

"만약 우리 둘 중 하나가 죽게 된다면, 그건 나였으면 좋겠다."

발끈한 실반이 뭐라고 대답하기도 전에 임윤성의 검이 천천히 궤적을 그리고, 하르발트의 쾌검이 허공을 꿰뚫는다. 실반은 처절한 심정으로 기도하고, 또 기도했다.

'마스터, 부디 이 친구가 죽기 전에 돌아와 주십시오……'

수련은 떨어지지 않는 발걸음을 옮기고 또 옮겼다. 양손에 거머쥔 흑백의 검이 요동치며 길을 갈랐다. 이제 신전이 코앞이었다. 이제 저 신전에 들어가서 구슬만 깨부수면 끝이다.

하지만 그가 알고, 모두가 알고 있었다. 일이 그렇게 쉽게 풀릴 리가 없다는 사실을. 누군가가 그의 앞을 막을 것이라는 사실을. 그리고 수련은 그게 누구일지 이미 알고 있었다.

허름한 밀짚모자 사이로 흘러나온 금발머리, 삐뚜름하게 문 풀피리. 그의 오랜 적은 그곳에 있었다. 수련은 온 힘을 다해 검을 날렸다. 그에게 배운 섬광검이었다.

"아크!"

아크도 빛살처럼 검을 뽑아 들었다. 말 그대로 섬광검이라 는 이름이 무색하지 않은 속도였다. 검과 검이 맞닿은 서슬의 틈새로 흘러들어 온 조각 바람이 밀짚모자를 날려 버린다. 그 의 수려한 얼굴이 정면으로 시선에 노출되었다. 수련이 다그 쳤다.

"왜 내게 검을 가르쳤지?"

"그건 원래 네 아버지의 것이었으니까."

"고작 그런 이유로……!"

"원래 내 것이 아니다. 그렇다면 돌려주는 것이 당연하겠 지?"

그것이 그의 이해할 수 없는 절대(絶對)다. 제멋대로 재단되 어진 절대다. 수련은 치밀어 오르는 불쾌감을 참으며 일루전 브레이크를 펼쳐 냈다. 아크가 조소하듯 검을 움직인다. 극의 에 오른 열두 개의 환검은 섬광의 줄기에 파괴되어 나갔다.

확실히 그는 수련보다 우위에 있었다.

섬광을 발전시켜 뇌전으로 빚어낸 리겔만큼은 아니겠지만, 수련보다는 훨씬 뛰어난 검놀림이었다.

하지만 이상하게도 이길 수 있을 것 같은 기분이 들었다. 수 련은 그 기묘한 측량감(測量感)을 느끼며 인퀴지터를 휘둘러

갔다.

까앙!

보이지 않을 정도로 빠른 검이 동시에 두 개의 검을 쳐낸다. 수련은 가라앉은 목소리로 입을 열었다.

"오래전의 당신을 보았어."

아크의 가면 같은 얼굴에 표정이 떠오른다. 그것은 곤혹스러움에 가까웠다. 힘을 얻은 수련은 검을 움직이며 다시 입을 열었다.

"믿을 수 없더군. 당신에게 그런 시절이 있었다는 게."

"베가가 그랬겠군."

아크, 신민호는 담담하게 말을 끊었다. 두 개의 섬광이 허공에서 미려하게 흩어졌다. 거대한 빛줄기와 빛줄기가 부딪치고, 은빛 입자들이 폭발하며 마치 불꽃놀이 같은 정경이 펼쳐진다.

너무나 아름답고, 동시에 너무나 잔혹한 전투였다. 거기에 승자 같은 건 없었다. 공기에는 오로지 슬픔만이 가득 녹아 있다.

"리타르단도에게 이야기를 들었어."

공기가 비명을 지른다. 검이 부딪칠 때마다 숨이 끊어진다.

"너는 론도를 통해서 현실을 지배하려 한다면서."

이미 전장은 아비규환, 고통을 느끼지 못하는 유저들은 쾌락 속에서 검을 휘두른다. 그들에게 있어서 그것은 전쟁이 아니다. 한낱 유희에 지나지 않는다.

"하지만, 그 영상을 보는 순간."

검과 검이 부딪치는 간격만큼 말이 끊어진다. 수련은 허리를 숙여 상대방의 섬광포를 피해내며 마주 섬광포를 쏘아낸다. 그리고 쥐어짜내듯이 외친다.

"나는, 당신의 원래 목적은 다른 것이었다는 사실을 깨달았어!"

한순간 공기에 퍼져 나가는 살기의 감도가 짙어졌다. 수련은 확신을 마친다.

"원래의 당신은 세계를 지배하기 위해서 론도를 이용한 게 아냐."

검과 검이 부딪치는 속도가 점점 빨라진다. 아크는 아무런 대답이 없었다. 검을 움직이는 것에 모든 신경을 다 쏟고 있는 사람처럼 표정이 굳어져 있었다. 하지만 수련은 그가 자신의 말을 듣고 있다는 사실을 알고 있었다. 공기가 동요하고 있다.

"당신은……."

섬광과 섬광은 이제 무(無)의 경지에 접어들고 있었다. 소리의 간격이 점점 더 좁아진다. 검들이 당장이라도 절벽 끝에서 떨어질 것 같은 사람처럼 위태위태한 비명을 질러댄다.

원래는 아무것도 아니었던, 이름이 없었던 그 가상현실에 론도라는 이름이 붙기까지. 수련은 그 모든 과정을 상기시키며 외쳤다. 아주 오래전부터 그 언덕에 머무르고 있었던 작은 소녀.

"당신은 지아를 치유하기 위해서 론도를 만들었어! 그렇지?"

뉴스의 한 장면이 선명한 사진처럼 투영되었다. 론도를 통해 무의식의 일부를 개선하여 재활치료를 하던 장애인들의 모습이 스쳐 간다. 우리도 이제 걸을 수 있어요. 정말로 우리가……

죽을힘을 다해서 달려나간다. 승부를 가르는 것은 한순간. 극쾌(極快)를 담은 두 검신은 정확히 상대방을 겨냥하며 공중에서 정지했다. 상쇄된 두 섬광은 허공에서 무위로 돌아갔다.

그런데 아니었다. 잘려 나간 것이 있었다.

스르륵 하는 소리와 함께 아크의 머리카락이 떨어진다. 그의 깨끗한 마스크에 가는 실선이 그어져 있었다. 그리고 마침내, 최후의 가면이 벗겨졌다.

그로테스크한 광경이었다. 수련의 섬광에 잘려 나간 인피면구 아래에 순결한 원형이 드러났다. 그 얼굴은 더 이상 수련이 알던 '아크'의 얼굴이 아니었다. 그것은 현실의, 신민호의 얼굴이었다.

"그래, 네 말이 맞아."

신민호는 순순히 시인했다. 위악(僞惡)에 순수 같은 건 존재할 수 없다. 그렇기에 그것은 가장 순수한 위악.

이 모든 일의 연원은 소녀였다. 처음 그는 소녀를 위해서 이 게임의 개발을 추진했었다. 소녀를 다시 걷게 하기 위해, 그 빌어먹을 아버지 때문에 일어난 모든 상처를 다시 아물게 만들기 위해…….

"그런데, 왜 그렇게 된 거지?"

어디서부터 꼬여 있었던 걸까. 억지로 생각하려 하지 않아도 투명하게 보이는 과거. 수련은 문득 그의 심정을 알 것만 같은 상상에 사로잡혔다. 공유된 그 순간 속에서 신민호의 기억들이 밀려들어 오기 시작했다.

그곳에는 청년이 있었다. 아직은 청년이었던, 그가 있었다.

소녀가, 지아가 발을 딛고 서기에 이 현실은 너무나 가혹해. 현실을 바꿔 버리자. 썩어 빠진 정치인들을 모두 몰아내 버리자. 빈민층을 압박하는 부유층을 모두 끌어내려 버리자. 모두가 평등한 세상이 되어야만 해. 어떤 종류의 범죄도 허용되지 않고, 누구도 서로를 미워하지 않는 유토피아를…….

그 완전한 절대의 세계를!

기억은 유리조각처럼 깨어져 나간다. 수련은 번뜩 정신을 차리고 날아오는 신민호의 검을 받아쳐 냈다. 조각난 기억의 파편들이 부르짖어대고 있었다.

힘으로 모두를 지배해야만 해. 인간이란 원래 힘으로 밟아 버리지 않으면 끝까지 기어오르는 존재니까. 모두가 평등한 세상이 되기 위해서는, 누군가가 세상의 꼭대기에서 그들을 조율해야만 해. 그는 세상의 모든 절대를 품고 있는 「완전한 인간」이어야만 해!

"틀렸어! 당신은 잘못됐어!"

머릿속이 엉망진창이었다. 그 광기의 일부를 엿본 대가는 너무도 컸다. 수련은 가슴이 터질 듯한 목소리로 외쳤다.

"그건 아니잖아. 엉망이야. 그런 세계는…… 있을 수 없어. 당신이란 존재는 정말!"

수련은 답답했다. 그건 분명히 잘못되어 있었다. 하지만 설명할 방법이 없었다. 뭐가 잘못되었지? 그는 대체 뭘 잘못한 거지?

또다시 검격이 부딪쳤다. 수련은 더 이상 망설이지 않았다. 그 이상 광기 어린 기억을 듣고 있다가는 미쳐 버릴 것 같았다. 수련은 힘으로 그를 꺾기로 결심했다.

신민호의 검에서 섬광이 모여들고 있었다. 그것은 섬광검의 최종기인 폭풍섬광(暴風閃光)의 발검식. 수련은 왼팔의 레퀴엠으로 같은 자세를 취하며, 오른손의 인퀴지터를 바닥에 꽂았다.

단순한 쾌검의 대결로는 아크에게 밀릴 것이 자명하다. 하지만 수련에게는, 신민호에게 없는 것이 있었다.

팬텀 블레이드 라스트 스타일.
고스트 그레이브(Ghost grave).

대지에 꽂힌 인퀴지터의 흑색 칼날을 중심으로, 전장의 유령들이 한꺼번에 일어난다. 모든 고통과 울부짖음 속에서, 역사 속에서 스러져 갔던 그들은 공간과 공간을 비집고 나타났다. 투명한 몸의 윤곽. 유령들은 모두 왼손에 밝은 빛무늬가 어린 검을 쥐고 있었다. 마치 수련처럼.

신민호의 폭풍섬광이 발현되었나.

아우우.

유령들이 울부짖으며 빛의 폭풍 속으로 몸을 던졌다. 그들이 던진 검은 어둠으로 변하여 빛을 꿰뚫고 신민호의 몸을 노린다.

그러나 신민호의 폭풍은 그보다 더 강했다. 소용돌이에 휩쓸린 유령들이 비명과 함께 산화한다. 순식간에 영역을 넓힌 폭풍은 이윽고 수련의 작은 육체마저 덮쳤다.

그 광활한 빛의 구(球) 안에서 모든 것은 흔적도 없이 녹아 없어질 것만 같았다. 이윽고 빛이 사라졌다. 비현실적인 광원이 서서히 대기 속으로 모습을 감추자, 새카만 인영이 드러났다.

검게 그을린 카오스 아머. 폭풍이 스쳐 간 폐허 속에서, 유령들의 희생으로 약해진 폭풍섬광을 견뎌낸 수련이 서 있었다. 왼손에는 여전히 빛이 집약된 성검 레퀴엠을 쥔 채로.

섬광검 제삼초(三招).
폭풍섬광(暴風閃光).

폭풍섬광처럼 강력한 광역 기술은 연속으로 두 번이나 펼칠 수 없다. 그 사실을 누구보다도 잘 알고 있었던 수련이었기에 쓸 수 있었던 카운터 어택. 그는 같은 폭풍섬광으로 응수했다.

신민호는 자신을 향해 휘몰아치는 빛의 폭풍을 보며 눈을 부릅떴다. 그가 가르친 쾌검이 이제 그를 위협하고 있었다. 온몸을 난자하는 폭풍의 숨결이 스쳤다.

처절한 응징이었다. 빛이 지나간 자리에 신민호는 천천히 무릎을 꿇고 쓰러졌다. 수련은 숨을 크게 들이키며 검을 집어넣었다.

"이제 끝났어."

가장 강력한 적은 쓰러졌다. 이겼다. 수련은 경계를 늦추지 않은 채 그를 향해 천천히 다가갔다. 바닥에 무릎을 꿇은 채 주저앉은 신민호는 어쩐지 침착한 모습이었다. 그는 분명히 패배했음에도 조금도 패배한 느낌을 주지 않고 있었다.

그러고 보면 이상했다. 이상하게, 너무 쉬운 결말인 것만 같다.

수련은 끝을 보기 위해 칼자루에 손을 대었다가, 이내 그만두고 말았다. 신민호의 온몸에서 은빛 입자가 흘러내리고 있었다. 가만히 놔둬도 1분 안에 죽을 것이다.

창백하게 물든 신민호의 입이 떨리듯 열렸다.

"과연, 제법 멋진 결말이군."

그것은 마치 뇌까림 같았다. 그는 천천히 고개를 들어 수련을 보았다. 마치 뭔가를 호소하고 싶어하는 듯한 그 눈동자에 수련의 호흡이 한순간 멎었다.

"확실히…… 어쩌면 내 방법은 틀렸는지도 모르지."

"그래."

수련은 간단하게 수긍했다. 틀렸지. 당신은 너무 틀렸어. 하지만 신민호는 그의 말을 듣지 못한 것 같았다. 뭔가를 듣기에는 이미 그의 몸이 너무 많이 망가져 버린 탓일까. 신민호는 천천히 바닥을 향해 기대듯 몸을 눕히며 중얼거렸다.

"그래, 기존의 세계를 바꾼다는 것은… 정말 터무니없이 어려운 일이지."

나도 알고 있어. 세계는 이미 바꿀 수 없을 만큼 일그러져 있지. 수련은 천천히 발걸음을 돌렸다. 시간이 없었다. 신민호가 저렇게 여유 부리는 것을 보면, 이미 명령을 내린 후인지도 몰랐다. 멀어지는 발걸음 사이로 신민호의 마지막 음성이 아릿하게 들려왔다.

"혹시 그런 생각해 본 적 없나? 이 썩어빠진 현실을 바꿔서 완전하게 만드는 것보다는 차라리 새로운 세상을 하나 만들어 버리는 것이 훨씬 더 쉬울지도 모른다고……."

수련의 모습이 신전 안으로 완전히 사라졌을 때, 신민호의 육체도 이내 투명해지더니 마술처럼 부서져 버렸다. 마치 처음부터 그곳에 존재하지 않았던 환영(幻影)처럼.

EPISODE **024**
The left arm

　수련은 심호흡을 하며 신전의 내부를 살폈다. 발을 내딛는 순간, 전장의 뜨거운 공기가 어딘가로 빨려 들어가 버리고, 기묘한 차분함만이 남아 있었다.

　그 또한 불가해한 공간이었다. 마치 모든 시대를 역행하여, 일의 연원(淵源)으로 돌아온 듯한 기분에 사로잡힌다. 고대 그리스의 파르테논 신전이 꼭 이런 분위기일까.

　신전의 곳곳에 스며들어 있는 성실함과 따스함. 곳곳에서 아버지의 흔적이 느껴지고 있었다. 아버지가, 이곳에 있었다.

　수련은 천천히 발걸음을 옮겼다. 순간 왼팔이 움찔거린다.

　'왼팔…….'

　그 미묘한 통증은 신전에 발을 들이민 순간부터 계속되고 있었다. 숨을 한 번 들이쉴 때마다 왼팔이 부르르 떨려온다.

마치 이 공간에 감응(感應)하기라도 하는 것처럼. 마치 처음부터 이 공간에 속해 있었던 것처럼. 왼팔은 희열과 기쁨에 들떠 쾌락의 몸부림을 치고 있었다.

자꾸 이상한 생각이 들었다. 뭐가 문제일까.

뭔가 놓치고 있어. 그게 뭐지?

신전의 중심에는 거대한 구슬이 있었다. 구슬을 보는 순간 수련은 인퀴지터를 뽑아 들었다. 검신에 어린 푸르스름한 오오라가 차가운 대기를 데워놓는다.

"호루스의 구슬은, 인간이 가장 두려워하는 것을 보여준다."

리타르단도는 그렇게 말했었다. 자신이 가장 두려워하는 것이란 뭘까? 수련은 경련하는 왼팔을 간신히 진정시키고 오른팔로 인퀴지터를 감싸 쥐었다. 질척거리는 어둠의 숨결이 손아귀 속에서 느껴진다. 수련은 있는 힘껏 구슬을 향해 검을 내려쳤다.

그리고 검은 보기 좋게 튕겨 나왔다.

"뭐야, 이거……."

당황한 나머지 부지중에 읊조리고 만다. 분명 봉인을 해지할 수 있는 존재는 아버지뿐, 하지만 아버지가 죽은 이상 가장 가능성이 높은 것은 수련 자신이 되어야 했다. 쉽게 파괴되지 않을 것은 알았지만, 너무나 허무하게 공격이 무위로 돌아가니 불안감이 엄습했다.

사실 봉인은, 아무도 풀지 못하는 것은 아닐까?

왼팔이 계속해서 저려왔다. 빌어먹을 왼팔. 왜 자꾸 난리야. 나는 이 봉인을 깨야 하는데…… 깨부숴서 신민호 녀석을 막아야만 하는데.

그 순간, 어떤 영상이 뇌리를 스쳐 갔다.

수련은 천천히 자신의 왼팔을 내려다보았다. 모든 상황이, 지표가 왼팔을 가리키고 있었다. 왜 하필 「왼팔」이지?

문득 이상한 상상이 떠오른다. 봉인을 부수지 못한 것은 어쩌면, '오른팔'이었기 때문이 아닐까?

'오른팔'은 안 되는데, 만약 '왼팔'은 된다면…… 내 오른팔과 왼팔은, 서로 「다른 것」인가?

수련은 그 불가해한 감각을 믿어보기로 했다. 잘 모르겠지만, 아무런 인과관계도 증명할 수 없지만, 알 수 없게도 그런 느낌이 들었다. 지금 이 왼팔로 호루스의 구슬을 내려치면 구슬은 반드시 깨진다, 라고…….

수련은 떨리는 왼팔을 움직여 레퀴엠을 뽑았다. 하얀 빙한의 검신이 진동을 받아 부르르 떨렸다.

'섬광영으로 단숨에 끝내자.'

수련은 자세를 잡았다. 온 힘을 다해서 마무리를 짓는 거다. 그리고 빛줄기가 뻗어나갔다. 너무나 빨라서 눈으로는 보기 힘든 공격일 텐데도 그 찰나는 이상하게 길었다.

그리고 그때, 그의 내부에서 누군가가 말했다.

"네 팔, 누구의 것이라고 생각해?"

검극은 점점 가까워져 간다.

헝클어져 있던 머릿속에서 실타래 한 줄이 쭈욱 뽑혀 나온다.

왼팔. 그의 왼팔.

머더러들과의 격전에서 제멋대로 공격을 피해 버리던 왼팔. 은행에서 강도의 총알을 피해낸 왼팔. 임윤성과의 전투에서 그의 통제를 거부했던 왼팔, 그리고 왼팔…….

만약 그 팔이, 처음부터 수련의 팔이 아니었다면 어떨까. 확신은 석고처럼 딱딱하게 굳어갔다. 구슬은 이제 코앞에 있다.

'만약, 그게 아버지, 「시리우스의 팔」이었다면?'

뜬금없이 그런 확신이 생겼다. 팔이, 신전이, 상황이 그에게 그 사실을 알려주었다.

갑자기 모든 일이 설명되고 있었다. 자신의 의지를 벗어나서 움직이던 왼팔. 늘 그의 목숨을 구해줬던 왼팔. 사고 이후 잘 움직이지 않았던 왼팔. 게임 속에서 차츰 원래의 기능을 되찾아갔던 왼팔. 그리고… 지금 구슬을 내려치고 있는 왼팔!

'그게…… 모두 아버지의 의지였다는 말인가.'

수련은 분명하게 느꼈다. 지금 이 순간, 6년 전을 마지막으로 단 한 번도 만나보지 못했던 아버지와 분명하게 연결되어 있다고.

냉혹한 검신은 정확히 구슬에 작렬했다. 너무나 쉽게 꿰뚫린 구슬이 칼날에 대롱대롱 매달린다. 얇은 금이 점차 번져 간다. 그런데 그 순간 또다시 내부에서 목소리가 들려왔다.

"그렇다면 그 팔, 누가 준 거지?"

그동안 쌓아왔던 감격의 탑이 한순간 무너져 내렸다. 온몸의 피가 차갑게 식었다.

두근.

다시금 자맥질을 시작하는 순간 파노라마가 스친다. 사고 당시 그를 치고 간 검은색 세단 속에서 웃고 있던 남자의 모습이 보인다. 그가 입원했던 병원의 이름이 보인다. 불신에 절어 떨고 있는 그의 왼팔이 보인다.

'성환 대학 부속병원.'

그 모든 것이, 한낱 우연이었다는 말인가?

그리고 다음 순간, 사위가 산산조각으로 부서졌다.

가만히 눈을 감은 채 귀를 기울이고 있으면 환청이 들려왔다. 그것은 멀리서 들려오는 것 같기도 했고, 바로 옆에서 들려오는 것 같기도 했다. 여긴 어딜까. 대체 얼마만큼의 시간이 흐른 것일까.

사고가 정리되질 않았다. 모든 것을 잊어버리고, 굉장히 오랜 세월이 흐른 뒤에 의식이 깨어난 것처럼 몽롱했다.

와아아아.

환성의 밀도가 짙어진 것은 한순간이었다. 수련은 튀어 오르듯 정신을 차렸다. 눈을 떴을 때, 그는 게임 스페이스 오페라(Space opera)의 경기장에 앉아 있었다. 결승전을 기념하기 위해 쓰인 플랜카드가 홀의 위쪽에서 펄럭거리고 있었다. 수많은 관객들이 그와 그의 적을 응원하기 위해 몰려와 있었다.

"이겨, 가면 백작! 녀석을 뭉개 버려!"

자신을 응원하고 있다. 그 사실만으로도 수련은 충분히 안심이 되었다. 이곳이 어디든…….

수련은 버릇처럼 품속에 손을 넣어 「뭔가」를 찾았다. 뭘 찾고 있는 거야? 그는 행동하고 있으면서도 떠올리지 못했다. 그리고 품속에는 아무것도 없었다.

'없어. 늘 필요했던 게 없어.'

수련은 풀린 눈으로 자신의 앞쪽을 바라보았다. 그곳에는 그의 적이 앉아 있었다. 그와 똑같은 머리에 똑같은 체형, 게다가 똑같은 옷을 입고 있는 남자였다. 다만 다른 점이 있다면, 그는 얼굴에 가면을 쓰고 있었다. 수련은 그 순간 자신에게 없는 것이 무엇인지 알았다.

그곳에는 또 다른 '수련'이 있었다. 다만, 그 수련은 가면을 쓰고 있었다. 예전의 그가 즐겨 썼던 검정색의 반달 가면을…….

수련은 그때서야 깨달았다.

'이곳은 호루스의 구슬 속이다.'

인간이 가장 두려워하는 것을 보여준다는 호루스의 구슬. 그의 아버지가 만든 절세의 봉인. 수련은 적을 꺾어야만 이 봉인을 완전히 해제할 수 있다는 사실을 본능적으로 느꼈다.

'이길 수 있을까?'

상대는 전성기의 자신이었다. 수련은 두려웠다. 만약 지게 되면 어쩌지? 자신을 향해 일갈하던 임윤성과 마태준의 말들이 뇌리를 스쳐 갔다. 그들은 수련이 프로게이머의 자격이 없다고 말했었다. 프로게이머에게 있어 가장 중요한 것이 빠져 있다고 말했었다.

그럼에도 이겨야만 했다.

적의 반달가면 아래쪽으로 어렴풋이 비치는 입술의 굴곡이 빙그레 웃는 것처럼 보였다. 선뜩한 미소였다.

"경기를 시작합니다!"

수련은 줄어드는 카운트를 보며 황급히 컨트롤러를 잡았다. 흥분하면 안 돼. 침착하자, 침착해.

경기가 시작된다. 그의 종족은 가장 인간과 흡사한 종족인 휴리안이었다. 수련은 일꾼을 움직여 자원을 캐도록 명령했다.

스페이스 오페라 같은 전략 시뮬레이션 형식의 게임은 가능한 더 강력한 부하 유닛(Unit)들을 많이 만들어서 상대방의 진영을 전멸시키면 이기는 게임이었다.

각 부하 유닛은 하급, 중급, 고급 등 다양한 단계가 있었고, 유닛마다 상성이 있어서 때로는 중급 유닛이 고급 유닛을 이기거나 하급 유닛이 중급 유닛을 이기는 상황도 만들어졌다.

그뿐만 아니라 각 유닛에는 특수 능력들이 있어서 그 능력을 얼마나 잘 사용하느냐가 승패의 관건이 되기도 했다.

수련은 우선 '영웅유닛[Hero]'을 생산하기로 마음먹었다.

하급, 중급, 고급의 유닛들과는 달리 '영웅'은 테크트리에 관계없이 독자적으로 생산할 수 있는 최고급 유닛으로, 한 종류당 한 개체만을 가질 수 있었다.

게임이 끝날 때까지 만들 수 있는 영웅은 총 다섯 종류.

'블레이드 워커가 필요하다. 블레이드 워커만 있다면……'

블레이드 워커(Blade walker). 광선검을 다루는 휴리안의 영웅인 블레이드 워커는 수련이 가장 좋아하고, 또 가장 잘 다루는 영웅이었다. 그 영웅만 있다면 어떻게든 이길 수 있을 것 같았다.

긴장한 탓인지 컨트롤러가 땀으로 흥건히 젖었다. 조금만 더 하면 된다. 조금만 더 하면.

하급 유닛들의 공방전이 펼쳐진다. 적 또한 휴리안이었다. 같은 종족끼리의 싸움이기에 먼저 유리한 고지를 잡아 많은 자원을 획득하는 쪽이 승리할 가능성이 높다. 전황은 점차 수련에게 불리하게 돌아가고 있었다.

'APM에서 밀리고 있어.'

APM. 1분 동안 프로게이머가 내릴 수 있는 명령의 개수. 전성기 당시 수련의 APM은 2천을 훨씬 상회했었다. 지금의 그와는 역량 차이가 나는 것이 당연했다.

순식간에 수련의 본진까지 밀고 들어온 적의 병력들이 건물들을 마구 부수기 시작한다. 불안이 먹구름처럼 번진다. 진다, 진다, 진다, 질지도 몰라!

뒤늦게 블레이드 워커가 생산되었다. 좋아, 이 녀석이라면

이 상황을 이겨낼 수 있어. 가라!

그러나 수련의 블레이드 워커는 너무도 쉽게 막히고 말았다. 그의 검을 막은 것은 또 다른 적의 영웅. 그곳에는 적의 블레이드 워커가 있었다. 등줄기가 서늘해졌다.

적은 과거의 자신이다. 당연히 블레이드 워커를 생산할 것을 예상했어야 했다. 그리고 같은 영웅끼리의 싸움이라면……그가 질 것은 불 보듯 뻔한 일. 그의 블레이드 워커는 허무하게 소멸했다. 건물들이 불타고 있었다. 역전의 기미는 보이지 않았다.

떨리는 손으로 항복을 선언한다.

졌다, 졌다, 져버렸어. 수련은 머리를 감싸 쥐었다. 패배했다. 패배하고 말았다!

'가면이 필요해…….'

수련은 속으로 되뇌었다. 방음 유리 너머에서 또 다른 그가 웃고 있는 것이 보였다. 그가 이길 수 있었던 것은 가면 때문일 것이다.

'그 가면은 내 거야. 돌려줘!'

가면은 대중으로부터 그를 지켜주는 보호막이었다. 그가 드러나지 않게끔 그를 숨겨주는 든든한 방패였다. 대중들의 야유가 쏟아진다. 시합 중에는 방음유리가 효과를 발휘하기 때문에 아무 소리도 들을 수 없을 터임에도 그는 분명히 그 소리들을 들었다. 가면 백작이 이겼어! 우우, 꺼져라 진수련!

누구에게나 「절대」가 있다고 한다면, 수련에게 있어 그것은 과거였다. 그는 완벽하고자 했다. 천재였고, 재능을 부여받았고, 운을 타고났다.

하지만 사고 후 왼팔을 쓰지 못하게 되었을 때 그는 모든 것이 끝났음을 깨닫게 되었다. 육체가 정신을 따라가지 못했던 것이다.

수련은 두 번째 경기에서도 졌다. 이번에는 블레이드 워커조차 생산하지 못했다. 완벽한 패배였다.

압도적인 경기력의 차이, 명백한 실력의 차이…….

만약 이 경기가 만약 3판 2선승제나 단판제였다면 이 시점에서 경기는 끝난 것이나 마찬가지였다. 지금껏 수련은 단 한 번도 진정으로 패배한 적이 없었기 때문에 그 충격은 더욱 컸다. 3판 이상을 치르는 경기에서 한 게임을 내준 적은 있었지만, 그 뒤의 게임은 모두 이겼다. 결과적으로 승리. 수련은 지금껏 그게 승리였다고 믿어왔다.

론도에서의 마태준과의 싸움 때도 그랬다. 그는 분명 패배했지만 패배를 인정하지 않았다. 그래서 결과적으로 그 승부는 무승부가 되었다. 그때도 생각했다. 괜찮아, 패배하지는 않았으니까. 패배하지는…….

하지만 그는, 패배를 인정했어야 했다. 결국 그는 임윤성과의 전투에서 패배하고, 자기 자신과의 싸움에서 지고 말았다. 현재와 대비되는 과거를 극복하지 못하고 말았다.

그는 과거에 먹혀들어 가고 있었다…….

이제 곧 세 번째 경기가 시작될 것이었다. 그리고 그는 이기지 못할 것이다. 여기서 지면 봉인도 깨지지 않을 것이었다.

세계를 지킬 수 없게 될 것이었다.

그런데 그 순간, 기묘하게도 '아무럼 어때' 하는 생각이 스쳤다. 자신의 생각이 아니었다. 수련은 무심결에 스스로의 왼팔을 내려다보았다. 왼팔이 말하고 있었다.

괜찮아. 아직, 끝난 게 아니야.

수련은 고개를 들었다.

그는 두려워하고 있었다. 과거의 자신 속에 갇혀 스스로를 잃어가고 있었다. 그 고고한 절대, 패배를 두려워하고 있었다. 그 패배 후 다시는 일어서지 못할지도 모른다고 생각하고 있었다.

괜찮아. 아직, 끝난 게 아니야.

왼팔의 떨림이 차츰 멎으며, 수련은 조금씩 차분해져 갔다. 분명 현재 그의 기량은 과거에 비해서 많이 떨어진다. 하지만 정말, 과거의 그가 현재의 그보다 더 '강한' 것일까?

세 번째 게임이 시작되었다.

이번 게임에서 지면 완전히 지는 것이었다. 유닛을 생산한다. 건물을 짓는다. 작은 명령 하나, 작은 컨트롤 하나에 정성이 깃들고 있었다. 그는 게임을 처음 할 때를 떠올렸다.

'이건 여기에 짓고, 이걸 지으면 이걸 생산할 수 있고……'

즐거웠다. 너무나 색다른 세계였다. 자신의 나라를 만들고, 자신의 부하들을 만들고, 자신의 손으로 뭔가를 해낸다는 것.

'이크!'

적의 공격이 시작된다. 일꾼까지 동원해서 공격을 막아낸다. 총격전이 벌어지고, 탱크의 포격이 대지를 울린다. 막자. 이걸 생산하고, 저걸 지어서 여기를 수비하자.

그는 집중하고 있었다. 적의 병력이 줄어들 때의 희열, 자신의 부하 유닛이 기습에 성공할 때의 쾌감. 그는 게임을 즐기고 있었다. 전황은 불리했고, 전세는 점점 더 기울어가고 있었다.

하지만 즐거웠다. 손을 움직이는 것이 즐겁고, 유닛을 생산하는 것이 즐겁고, 그 세계 속에 자신이 있다는 것이 즐거웠다.

수련은 즐거워하고 있는 자신을 발견했다. 그 순간 그는 과거에 있지 않았다. 오로지 현재에 머물러 있었다.

즐거워, 즐거워, 너무나 즐겁다. 게임을 즐기는 것. 자신의 그 순간을 다 바쳐서 게임을 사랑하는 것.

그것이 프로게이머로서의 수련이었다.

블레이드 워커가 나왔다. 광선검을 휘두른다. 경기가 후반부로 치닫는다. 새로운 영웅들이 속속 등장한다. 수련은 하나둘씩 그의 히든카드(Hidden card)를 모아가기 시작했다. 다섯 명의 영웅, 다섯 명의 영웅이 모일 때가 기회다!

이 게임의 끝에는 승리와 패배가 있었다. 그리고 인생의 끝에는 삶과 죽음이 있다. 만약 인생을 게임에 비유한다면, 결국 모든 플레이어는 패배하고 마는 것일지도 모른다.

하지만 그것이 정말 패배일까?

아무도 그렇게 생각하지 않을 것이다. 수련도 그와 같았다. 그에게 있어서 게임은 삶이었다. 언젠가 죽을 것을 알면서도 오늘을 즐겁게 살아가는 사람처럼, 언젠가 죽을 것을 알기에 오늘을 보다 기쁘게 살아가는 사람처럼, 수련에게 있어서도 패배는 중요하지 않았다. 중요한 것은 그 순간 자신이 웃고 있다는 것이었다.

게임하는 그 순간을, 현재를 즐기고 있었다는 것이었다.

적의 공격이 한층 심화되었다. 수련은 밀리고 또 밀렸다. 적병은 그의 본진까지 밀고 들어왔다. 수련은 때를 노리고 있었다. 생산한 네 명의 영웅들을 아끼고 아낀다. 마지막 다섯 번째의 영웅이 나올 때까지!

그리고 마침내.

다섯 번째의 영웅인 나이트 엔더(Night ender)가 생산되었다. 그의 이 긴 밤을 조용히 종식시킬 휴리안 최후의 영웅.

"됐다!"

수련은 자기도 모르게 소리를 질렀다.

'와라, 나의 친구들!'

휴리안의 다섯 영웅이 모일 때야말로 휴리안이라는 종족이 진짜 힘을 갖추는 순간이었다. 수련은 믿을 수 없는 컨트롤로 다섯 명의 영웅의 특수능력을 한꺼번에 사용했다. 수많은 검의 잔영이 피어오르고, 스크린을 뒤덮는 총탄이 소환되고, 전장이 거대한 폭음에 휩싸인다!

수련은 자신의 승리를 예감했다. 밀고, 밀고, 또 밀고 나간다. 결국 그의 다섯 영웅은 상대방의 진영을 초토화시켰다. 조금씩, 그리고 또 조금씩.

결국 적은 더 이상 버티지 못하고 항복을 선언했다.

숙였던 고개를 들었다. 얼마만의 승리일까. 이 감촉, 이 느낌. 그것이 프로게이머로서 존재하는 이유.

과거가 매듭지어졌다. 그동안 끊어내지 못했던 그가 절대라고 믿어왔던 사슬이 천천히 풀려 나간다. 그 순간, 그는 분명히 자신이 현재에 머물러 있다고 느꼈다.

이겼다. 그리고 게임은 이제부터 시작이다.

"남자라면 5판 3선승제라고. 알지?"

그 순간 상대방의 반달 가면이 깨어져 나갔다. 시야가 천천히 안개 속에 잠식되어 간다. 수련은 적의 얼굴을 보지 못했지만, 아마 웃고 있었을 것이라고 생각했다. 그것도 아주 기쁘게.

이제 더 이상 그에게 가면은 필요하지 않았다.

봉인은 깨졌다.

*　　　　*　　　　*

거대한 절대신성(絕對神聖)의 검이 소환되었다. 임윤성의 검신에서 뻗어나온 그 에너지의 덩어리는 하르발트를 향해 정면으로 쇄도했다.

"하르발트, 피해!"

실반의 목소리가 들려온다. 그런데 그때, 하르발트의 뇌리를 뭔가가 강타했다. 정신적인 타격이었다.

"아, 아아……."

뇌리의 신경이 가닥가닥 끊어져 나가는 것 같았다. 이게 뭐지? 대체…… 마스터, 도와줘. 실반! 사실 난 아직 죽고 싶지 않아!

하지만 이미 피할 수 없었다. 검이 코앞에 와 있다.

하르발트는 천천히 눈을 감았다. 아, 이게 끝이구나. 미안하다 실반. 마스터를 잘 부탁해. 슈왈츠, 헨델, 나도 니들 따라간다. 그리고 검은 그의 심장을 관통했다.

"하르발트—!"

실반은 비명을 지르면서도 움직일 수 없었다. 그 또한 미칠 듯한 뇌의 통증을 느꼈던 것이다. 누군가가 머릿속에 손을 집어넣어 대뇌를 쥐고 으스러뜨리는 듯한 잔인한 고통이었다.

그리고 다음 순간, 실반은 이상한 기분에 들어섰다.

그것은 그동안 자신의 뇌리 속에서 뭔가를 금제(禁制)하고 있던 굵은 밧줄 같은 것이 서서히 끊어져 나가는 느낌이었다.

이내 시야가 맑게 개이기 시작했다.

"제롬, 나훈영!"

나훈영과 제롬은 5분은커녕 3분도 채 버티지 못했다. 그들이 능력을 개발한 시간은 다른 진령들에 비하면 티끌에도 미치지 못하는 기간이었다. 게다가 둘의 상대는 네 명의 리메인더 중에서 가장 강력한 적호, 불꽃의 카펠라. 공식적으로 카펠라는 뇌전의 리겔과 동급의 무력을 갖고 있었다. 처음부터 상대가 되지 않는다.

순식간에 전황은 3:1이 되었다. 카펠라 하나를 상대하는 것도 벅찬데, 이미 상대하던 다른 진령이 둘이나 있었다. 리겔은 아슬아슬하게 허리를 숙여 프로키온의 암흑투기를 피해내고, 베텔기우스의 중력장(重力場)에서 벗어났다. 그러나 그곳에는 이미 카펠라가 기다리고 있었다.

"과연 리겔, 전투의 천재답군."

카펠라는 으스스하게 웃었다. 지옥의 겁화를 두른 두 주먹이 섬전처럼 내질러진다. 리겔은 뇌전을 뿜어 간신히 불꽃을 상쇄시켰다. 그러나 옆에서 남은 두 진령의 공격이 이어졌다. 리겔은 그것마저도 약간의 생채기를 남기며 피해냈다. 실로 경이에 가까운 움직임이었다. 하지만 그게 한계였다.

"리겔, 네 수법은 이제 낡았어."

뒤를 잡힌 것은 한순간. 리겔은 그 순간에도 사력을 다해 몸을 비틀었으나 이번에는 피할 수 없었다. 오른팔에 끔찍한 고통이 밀려왔다. 팔이 녹아내리는 것 같았다. 연이어진 다른 진령들의 공격이 가슴과 허리에 적중했다.

리겔은 최후의 순간까지도 비명을 지르지 않았다. 혈색이 새파래지고 다리가 비틀거린다. 베텔기우스가 질렸다는 목소리로 중얼거렸다.

"지독한 녀석……."

리겔은 간신히 포위망을 벗어나 바닥에 내려섰다. 이미 그의 오른팔은 반쯤 날아가 있었다.

더 이상 버틸 수 없어.

리겔은 위압적인 뇌전을 뿜어 세 명의 진령을 경계했으나, 방금 그 타격으로 이미 승부가 정해졌음을 알고 있었다. 지금 와서 카펠라가 다시 빠진다고 해도 이길 수 없는 싸움이었다.

지진이 시작된 것은 그때였다. 마치 세상 전체가 하나의 덩어리가 되어 흔들리고 있는 것 같은 거대한 지진이었다. 리겔은 강력한 단절감(斷絶感)을 느꼈다.

끊어졌군.

카펠라를 포함한 세 명의 진령은 그 지진을 신호로 기다렸다는 듯 진열을 물렸다. 마치 그렇게 될 것을 알고 있었던 것처럼……

카펠라가 나지막한 광소를 흘렸다.

"아쉽지만, 다음에 보지."

그의 붉은 눈은 리겔을 향해 말하고 있었다. 너도 알고 있었지? 봉인을 깨면 이 세계가 어떻게 될지. 리겔은 침묵으로 답했다.

무감각한 병장기들이 부딪치는 소리만이 난무하던 전장에, 최초의 비명(悲鳴)이 울려 퍼지기 시작한 것은 그때였다.

비명은 마치 전염병처럼 번져 갔다.

*   *   *

수련이 다시 눈을 떴을 때는 신전 안이었다. 꽤나 긴 시간

동안 꿈을 꾼 듯한 기분인데, 실제로는 찰나였다. 아직 후끈한 몸의 열기가 남아 있었던 것이다. 산산조각난 구슬 파편들은 바닥을 나뒹굴고 있었다.

성공했다.

아찔한 충족감과 함께 승리감이 가슴을 적신다. 뭔가가 완결되었다는 느낌이 강하게 남아 있었다. 그것은 분명 완결되었다.

머리가 굉장히 아팠다. 정확히 무슨 영상을 봤는지 잘 기억이 나질 않았다. 하지만, 이제는 누구와 싸워도 이길 수 있을 것 같은 충만한 자신감이 차올라 있다.

그는 이제 과거라는 가면을 벗어던진 것이다.

"으……."

수련은 반사적으로 허리를 감싸 쥐었다. 아마 신민호와 겨룰 때 다친 부상인 것 같았다. 뼈 안쪽까지 몰려오는 통증으로 봐서 꽤나 심각한 듯했다. 그는 아무 생각 없이 절뚝거리며 걸어서 신전의 벽에 기대어 섰다.

그런데 이상했다. 분명히 게임인데, 게임에 불과한데 무지막지한 현실감(現實感) 같은 것이 그를 압박해 오고 있었다. 숨을 들이마시는 감각이 너무나 선명하고, 심장이 팔딱거리며 뛰는 감각이 그가 그곳에 살아 있다는 것을 확연하게 알려주고 있었다.

바닥을 딛는 감촉도 너무나 생생했다. 마치 현실에 있는 것처럼 생동감 있는 지탱감과 딱딱함…….

등줄기가 싸늘해졌다. 뭔가가 잘못되었다.

그는 뒤늦게 자신의 왼팔이 허리를 감싸고 있는 것을 바라보았다. 론도는 분명 통각이 제거되어 있는 게임이었다. 그런데 지금 그는 너무나 또렷한 통증을 경험하고 있었다.

상처가 아프다!

입술이 벌벌 떨렸다. 무슨 일이 벌어진 거지? 현 상황이 제대로 파악이 되질 않았다.

파르르 떨리던 왼팔의 경련도 멎어 있었다. 왼팔?

수련은 폭포수처럼 쏟아지는 생각의 파편 속에 다시 허우적거렸다. 구슬 속에 들어가기 전 그를 옭아매던 최악의 가정들이 다시금 수면위로 하나둘씩 떠오르기 시작한다.

그는 분명 왼팔을 잃은 기억의 일부가 남아 있었다. 사고의 순간 그의 왼팔은 처참하게 박살났었다. 그는 외팔이가 되었어야 했다. 그러나 그가 다시 깨어났을 때, 그의 왼팔은 멀쩡하게 붙어 있었다. 단, 신경이 제대로 움직이지 않았다는 사실만을 제외하고⋯⋯.

수련은 지금껏 고려해 보지 않았던 가정 하나를 덧붙였다.

그렇다면 만약 그가 정신을 잃은 동안 누군가가 다른 이의 팔을 이식했을 수도 있는 것이다. 상식적으로는 불가능한 이야기지만, 만약 현대의 과학을 뛰어넘는 어떤 존재가 개입한다면 이야기가 다르다. 예를 들면 진령처럼.

수련은 통증조차 잊은 채 자신의 두 팔을 뻗어 맞춰보았다. 마주 보는 손가락의 길이가 미묘하게 달랐다. 처음에는 아무런 관심도 없었던 것들이 하나하나 눈에 들어오기 시작했다.

자신의 오른팔보다 더 낡아 보이는 왼팔. 오랜 세월 동안 빛을 못 본 창백함이 서려 있는… 그렇다, 그것은 마치 중년인의 팔 같았다. 한순간 시야가 휘청이며 흐릿해졌다.

그건, 아버지의 팔이 분명했다. 그걸 그에게 이식한 대상은 너무나 분명했다. 성환그룹, 검은색 세단, 그리고 젊은 회장…….

신민호.

비록 아버지의 영혼은 이곳으로 넘어왔을지언정, 그 육체는 현실에 남아 있었을 것이다. 영력을 빌어 그 육체를 보관하고 있다가 수련에게 이식했다고 해도 하등 이상할 것이 없다.

그렇다면 신민호는 왜 이 팔을 수련에게 이식했는가. 수련은 이 팔 덕분에 호루스의 구슬을 쉽게 파괴할 수 있었다. 대체 왜, 그는 수련이 이 봉인을 쉽게 깰 수 있도록 도왔는가.

…도왔다?

수련은 넋 나간 사람처럼 신전 밖으로 뛰쳐나갔다. 신민호의 시체를 찾아야 한다!

아버지 시리우스는 분명 섬광과 환영을 동시에 사용할 수 있었다고 했다. 그리고 신민호는 그런 아버지에게서 기술들을 배웠다. 그런 신민호가 사용할 수 있는 것이 오직 섬광류뿐이었을까? 마네킹처럼 쓰러져 있던 신민호의 모습이 뇌리를 스친다.

만약 그게, 진짜 그의 육체가 아니었다면?

언젠가 나훈영에게 환영의 기술 중에서 분신을 만드는 기술이 있다는 이야기를 들었던 것이 떠오른다.

어디선가 비웃음 소리가 들려오는 것 같았다.

그가 밖으로 나왔을 때, 신민호의 시체는 이미 보이지 않았다. 마치 처음부터 그곳에 없었던 존재인 것처럼.

귀청을 찢는 듯한 비명이 전장을 채우고 있었다.

그곳은 이미 지옥이었다. 유저들은 더 이상 은빛을 흘리지 않았다. 붉게 물든 대지, 검에 꿰뚫린 유저의 배에서 피분수가 솟구친다. 뭐야, 이건 대체 뭐야…….

"로, 로그아웃이 안 돼!"

"내 팔! 내 팔! 아아아아아……!"

수련은 멍하니 팔을 늘어뜨리고 그 광경을 지켜보았다. 누군가 설명해 줘. 이게 대체 어떻게 된 거지? 봉인이 풀렸잖아. 그럼 모든 게 잘 풀려야 하잖아. 그런데 지금 이건, 대체…….

"이게…… 도대체 뭐야?"

불온한 현실감이 한 꺼풀 벗겨졌다. 누구도 말해주지 않았음에도, 수련은 조금씩 사태를 깨달아가고 있었다. 쓰러지는 유저들, 핏빛 절규, 쓰려오는 상처…….

이곳은, 더 이상 게임이 아니었다. 죽어가던 신민호의 목소리가 어렴풋하게 머릿속에서 메아리쳤다.

"혹시 그런 생각 해본 적 없나? 이 썩어빠진 현실을 바꿔서 완전하게 만드는 것보다는, 차라리 「새로운 세상」을 하나 만들어 버리는 것이 더 쉬울지도 모른다고……."

　머리에서 발끝까지, 불같은 감각이 관통했다.
　신민호는, 처음부터 현실을 지배할 생각이 없었다.
　그가 지배하고자 했던 것은 이 세계.
　론도(Rondo)였다.

*　　　　*　　　　*

　끔찍한 비명의 메아리가 잠을 방해한다. 세계의 꿈이 정지하고 있었다. 깊은 단절감이 세계와 세계가 단절되었음을 알려주었다. 눈을 떴을 때는 어둠 속. 가장 느린 달 리타르단도는 뭔가 꺼림칙한 기분을 느꼈다.
　봉인이 깨졌다. 하지만 이렇게 쉽게 깨질 리가 없는데……?
　섬뜩한 상상이 뇌리를 스친다.
　"베가! 녀석들을 구출해야 해!"
　생각보다 입이 먼저 반응했다. 모든 것이 헝클어져 버렸다. 론도 내에서 세력을 규합하던 신민호, 리메인더의 세력을 불리고, 일반 유저들을 끌어들이던 신민호. 그 빌어먹을 자식!
　"아크 녀석, 그 봉인의 내용을 이미 알고 있었어……."
　호루스의 구슬에는 가상현실과 현실을 단절시키는 힘이 봉인되어 있었다. 고도로 집적된 영혼의 강력한 절삭력으로 세계의 통로를 끊어버리는 힘.

그 결과 접속 중인 모든 유저들은 게임 속에 갇혀 버리게 된다.

베가가 달려왔다.

"무슨 일이에요? 뭐가 잘못……"

"이쪽이 아냐. 녀석들을 구출하러 가. 녀석들을……"

그리고 다음 순간, 리타르단도는 더 심각한 일이 벌어졌다는 것을 깨달았다.

수백 년이나 그와 유대를 이어오던 또 다른 달이, 바로 그 순간 그와의 링크(Link)를 끊어버렸다. 리타르단도는 절망했다.

"아, 아체레란도가……."

아체레란도가 죽었다.

                *   *   *

캄캄한 어둠 속. 틈을 주지 않고 움직이는 시계 소리. 그곳은 리타르단도의 방과 일면 비슷했지만, 동시에 완전히 다른 분위기를 풍기고 있었다. 그곳의 시간은 너무나 빨랐다.

공기가 가쁘게 달아올라 있었고, 모든 것이 제자리에 있음에도 뭔가가 숨차게 움직이고 있었다. 깊은 수면을 방해하는 비명들이 울려 퍼지기 시작할 때, 늙은 용인(龍人)은 천천히 눈을 떴다.

신민호의 아버지이자, 세계의 꿈을 꾸는 다른 하나의 달.

가장 빠른 달, 아체레란도(Accelerando).

침침한 광기가 흐르는 그 노란 눈에 음습한 웃음기가 감돌았다.

"결국 왔군."

그것은 불가해한 웃음이었다. 마치 쾌락 속에서 죽어가는 악마처럼, 그는 통쾌한 듯 괴소(怪笑)를 흘렸다. 기다렸다는 듯이 뒤쪽 어둠 속에서 하얀 인영이 나타났다.

"리겔이 당신의 곁을 비울 때를 기다렸지."

잘게 자른 칼날 같은 목소리. 한번 들으면 잊을 수 없을 법한 그 목소리의 주인공은 어둠 속에서 천천히 모습을 드러내었다. 신민호였다. 아체레란도가 재미있다는 듯 말했다.

"네놈은 날 두 번 죽일 셈이냐?"

"당신이 꾸는 꿈을 넘겨받으러 왔다."

신민호는 웃음기 없는 얼굴로 용인을 바라보았다. 아체레란도가 대소를 터뜨렸다.

"정말 재미있군. 설마하니 시리우스의 아들에게, 현실에 남아 있는 시리우스의 육체를 이식시켰을 줄이야⋯⋯."

영혼이 육체에서 빠져나갔다고 해도, 그 영혼의 일부 조각은 육체에 남는다.

아체레란도는 계속해서 말했다.

"영혼이 떠난 육체에도 그 흔적이 남아 있다는 것을 잘도 이용했군. 어쩐지 봉인이 쉽게 깨지더라니⋯⋯."

그 상태에서 만약 영혼이 남은 육체의 일부를 다른 사람에게 이식시킨다면, 이식 대상은 죽은 자가 가졌던 영력의 일부를 사용할 수도 있게 된다. 아체레란도는 그 점을 말하고 있었다.

"넌 정말 내 아들다워. 세계를 닫고, 동시에 내가 가진 창조의 권능을 빼앗기 위해 이곳에 나타난 건가? 그것도 리젤이 없는 틈을 타서?"

신민호는 대답하지 않았다. 이미 그의 아버지는 모든 것을 알고 있다. 아체레란도는 소용없는 짓 하지 말라며 고개를 저었다.

"네 계획은 훌륭하지만, 결코 성공하지 못해."

"……."

"넌 날 죽일 수 없다. 달을 추락시킬 수 있는 사람은 세상에 오직 한 명뿐. 그리고 그 한 명은, 이미 이 세상에 없지."

달을 없앨 수 있는 사람은 오직 그 달을 만든 사람뿐. 그에게 꿈을 꾸는 능력을 준 시리우스뿐이다. 신민호는 그 말을 듣고 잠시 침묵하더니, 그의 오른팔을 천천히 걷어 올렸다.

"인간의 팔은 두 개야. 알고 있나?"

"…뭐?"

마치 월광(月光)처럼, 파르스름한 빛이 감도는 오른팔. 그 팔을 본 아체레란도가 경악하며 눈을 부릅떴다. 그 팔은 분명히, 자신을 만든 사람의 그것이었다.

"그 팔은……!"

수련에게 시리우스의 왼팔을 이식시켰지만, 오른팔은 남아 있었다. 그리고 남은 오른팔은…… 신민호, 그의 몫이 되었다.

"달을 죽인 인간은, 그 달의 꿈을 계승하게 된다더군."

달을 죽인 자는, 창조의 권능을 이어 받게 된다.

아체레란도가 허탈한 표정을 지었다. 그것은 어딘가 현실을 초탈한 한숨처럼 보여서, 도저히 변태성욕자의 인격을 가진 영혼이라고는 볼 수 없었다.

"너는 이미, 그때부터 이걸 계획하고 있었단 말이냐……."

시리우스가 죽은 그 순간. 현실을 지배하기 위한 계획이 조금씩 틀어지기 시작하던 그 순간 그때부터 이미 신민호는 현실이 아닌 '가상현실'을 지배하기로 마음먹고 있었다.

믿을 수 없었다. 하지만 그것만이 사실이었다. 언젠가 자신의 영혼이 노쇠하면 새로운 진령에게 자신의 꿈을 계승시켜 주겠다는 생각을 하고 있었지만, 설마 그 상대가 현실에서 자신을 죽인 그의 아들일 줄이야.

이상(理想)의 재건. 눈앞에 있는 아들은 그의 아버지가 일전에 실패했던 절대의 과업을 잇고 있는 셈이었다. 자신을 향해 날아드는 검을 본 아체레란도가 천천히 눈을 감으며 말했다.

"넌, 결국 나처럼 될 거야."

그것은 저주였다. 그릇은 결국 그릇일 뿐이다. 담을 수 있는 한계가 있다. 단지 크기의 차이가 있을 뿐.

그릇은 결국 깨지게 되어 있다. 아무리 크고 단단하다 할지라도. 그것이 그릇의 운명이니까.

신민호는 단호하게 검을 찔러 넣었다. 오른팔에서 나온 영기가 검을 타고 아체레란도의 심장으로 흘러들어 가자 수백 년의 기억이, 수백 년의 꿈들이 다시 검신을 타고 신민호에게 넘어오기 시작했다.

"난 당신처럼 되지 않아."

아체레란도의 안색이 급속도로 하얗게 물들더니, 이내 생명력이 빨려 나간 나무처럼 딱딱하게 굳기 시작했다. 신민호는 냉엄한 눈길로 그 사체를 내려다보았다.

"…안녕히 가십시오, 아버지."

이상으로 바꾸기에 세계는 너무 썩어 있었다.

그래서 그는, 새로운 세계를 창조(創造)하기로 했다.

그렇게 영원(永遠)이 시작되었다.

ANOTHER STORY
The winter rose

프로게이머가 되었다.

처음 그 사실을 깨달았을 때는 실감이 나질 않았다. 게임이 좋아서 프로게이머를 했는데, 나는 정말 게임을 좋아하는 걸까?

성하늘은 초조한 눈꺼풀을 내리깔며 생각했다.

'지금 나는, 뭘 위해 게임을 하는지…….'

그때만 해도 아직 소녀였던 그녀는 그런 고민을 하지 않을 수 없었다. 처음 주변의 시선―특히 남자들―은 다양했다.

"저렇게 예쁜 여자도 게임을 하는구나." "사실 닳고 닳은 거 아냐? 여자가 게임 같은걸 할 리가…….""막장이지, 막장." "힘내세요!" "다른 업계로 진출하려고 그러는 거지?"

그녀는 리그 위의 꽃에 불과했다. 사람들은 그녀의 실력이 아닌 외모만을 보았고, 늘 그 외모가 걸림돌이 되었다.

동료 여성 프로게이머들의 질시, 남성우월주의에 도취된 남자들의 깔보는 시선, 부모님의 반대. 세상에는 오로지 혼자뿐.

고독이 두려워. 사람들의 시선이 두려워. 그런 일이 반복되며 그녀 또한 그런 세상에 조금씩 물들어가고 있었다. 정신을 차렸을 때, 그녀는 이미 하나의 상품에 불과했다.

게임보다는 CF같은 광고를 찍는 시간이 더 많았고, 그녀의 팬클럽 카페는 웬만한 연예인을 뛰어넘을 만큼 확고한 회원 수를 보유하고 있었다. 주변의 멸시는 계속되었다.

"분명 몸을 잘 굴려서 저럴 거야." "여우같은 년."

답답했다. 세상에는 때론 말이 통하지 않는 사람들이 있다. 처음 게임 업계에 발을 내딛었을 때만 해도, 그녀는 아직 이곳은 순수한 성지(聖地) 같은 것이리라 믿었다.

게임을 잘하면 위로 올라가는, 순수한 실력위주의 사회.

그러나 현실은 그와 조금 달랐다.

외모가 아름다워야 프로게이머가 될 수 있었다. 실력은 평균만 조금 넘어서도 충분했다. 경기 엔트리를 조금 조절하고, 각 팀의 감독들과 중계진들이 협력해서 얼마간 한 선수를 밀어주면 그 선수는 금방 리그의 톱으로 부상하기 일쑤였다.

팬들이 생기고, 인기를 얻고…… 그렇게 인기를 얻은 여성 프로게이머들은 게임을 그만두었다. 이미 게임을 할 이유가 없었던 것이다. 그녀들은 벌써 연예인이나 다름없으니까.

성하늘은 그런 동료들의 소식을 들을 때마다, 그녀 또한 언젠가는 그렇게 되는 것이 아닌가 하는 생각이 들어서 두려워졌다. 최근 그녀에게 집적거려오는 관계자들도 늘고 있었다.

그리고 어제.

"오늘 밤, 어때?"

마침내, 본격적인 수작이 시작되었다. 상대는 요즘 한창 잘나간다는 남성 프로게이머. 여성 팬클럽의 회원 수가 30만을 넘었다던가. 깔끔한 마스크에 순수한 인상. 그러나 속은 너무나 추잡하다.

"너 벌써 닳고 닳았다며? 하루쯤은 괜찮잖아?"

상대는 너무도 당당하게 원 나이트 스탠드를 요구해 왔다. 어떻게 이런 인간이 있을 수 있을까 싶을 정도로 어이가 없었다.

"설마 아직 경험이 없는 건 아니겠지?"

당황해서 얼굴이 붉어지고 만다. 그녀는 아직 고등학생이었다.

아름다운 여성 프로게이머일수록 뜬소문이 많은 법이다. 성하늘은 깊은 모멸감을 느끼며 그를 외면했다. 상대하고 싶지 않다.

"하, 이봐!"

남자의 강력한 완력을 이길 수는 없다. 그녀는 어깨를 붙잡혀 벽으로 몰리고 말았다. 코앞에서 거친 숨을 내뿜는 남자를 보며 두려움이 치솟았다.

다른 여성 프로게이머들도 모두 이런 꼴을 당했을까?

"앙탈 부리지 말라고."

그는 능글거리는 목소리로 말했다. 붙잡힌 어깨가 몹시 아팠다. 도움을 요청하고 싶었으나 너무 당황한 나머지 쉽게 입이 떨어지지 않았다.

"그만두시죠."

처음에는 희미하게 들려왔던 그 목소리가 인지하는 순간 머릿속에서 또렷이 재구성되었다. 나지막하지만 강한 음성. 성하늘은 고개를 돌려 소리난 쪽을 바라보았다. 흑백이 절묘하게 어우러진 반달 가면이 그곳에 있다. 아직은 약간 앳된 끼가 남아 있는 소년.

남자가 당황한 목소리로 중얼거렸다.

"넌……."

아, 가면 백작. 성하늘은 어렵지 않게 그 가면 소년의 이름을 떠올렸다. 이제 리그에 처음 진출한 신예라서 그다지 인기는 없었지만, 한창 떠오르고 있는 RF드래곤즈 팀의 기대주였다.

이름이 아마, 진수련이라고…….

"비겁한 사람이군요."

남자는 순간 찔끔한 표정으로 한 걸음 물러섰다.

"닥쳐. 가면이나 쓰고 있는 주제에……."

그는 쉽게 상대방을 모욕할 만한 말이 떠오르지 않는 듯, 한참 동안이나 상대를 노려보더니 이내 비웃음과 함께 입을 열었다.

"외모에 자신이 없는 거겠지?"

소년은 순간 주춤했다. 성하늘은 동정심이 치솟았다. 말리고 싶었지만 놀란 몸이 빳빳이 굳어 있었다. 그러나 처음부터 그녀의 도움 같은 건 필요치 않았다. 소년은 너무나 당당하게 반격했다.

"그래도 누구처럼 승부 조작으로 게임에서 이기지는 않습니다."

"이 자식이!"

주먹이 작렬하는 찰나 소년의 몸이 위태롭게 휘청거렸다.

성하늘은 순간적으로 크게 들썩이는 가면 사이로, 얼핏 소년의 얼굴을 본 것 같다고 느꼈다. 소년은 굉장히 슬픈 눈을 가지고 있었다. 오직 속으로 끊임없이 침잠한, 황폐한 눈동자였다.

소년은 태연한 몸짓으로 입가의 핏물을 닦으며 말했다.

"프로게이머는…… 게임으로 싸우는 겁니다."

가면 사이로 보이는 결연한 눈, 단호한 말투.

성하늘은 그 순간을 결코 잊을 수 없었다.

남자와 소년의 매치 업이 이루어진 것은 다음날이었다. 남자는 자만심에 가득 차 있었다. 지금껏 어떤 상대도 그를 꺾지 못했다. 중계진이, 감독들이, 모든 후원사들이 그를 밀어주고 있었다.

남자는 폭발적인 자신감을 드러내며 관중들을 향해 사인을 보냈다. 열화 같은 여성 팬들의 응원이 쏟아진다. 문득 남자가 자신을 향해 눈을 찡긋거리는 것을 본 성하늘은 불쾌한 표정으로 고개를 돌렸다. 반면 진수련은 초연한 모습이었다. 그녀는 근심스런 얼굴로 몰래 그를 응원했다.

그날.

경기가 시작된 후, 모든 관중이 침묵했다. 단 한순간도 눈을 뗄 수 없는 압도적인 경기력, 눈부신 컨트롤, 파괴적인 전투력. 말을 잃은 중계진들의 뒤늦은 승리 선언이 외쳐진 뒤에야 관중들은 경기가 끝났음을 깨달았다.

리그의 8강전. 5전 3선승제로 이루어지는 그 게임에서 소년은 3:0의 스코어로 남자를 갖고 놀 듯이 박살 내버렸다.

터져 나오는 관중들의 환호. 시작된 소년의 전설.

그 중심에, 아직은 소녀에 불과했던 성하늘이 있었다.

경기를 끝내고 지친 발걸음으로 선수대기실을 향해 걸어오는 수련을 향해 그녀는 용기를 내서 말을 걸었다.

"저기……."

무슨 말을 해야 할지는 알 수 없었다. 가슴이 감동으로 벅차올라 있었다.

'이런 사람이 정말 있구나. 열정을 가지고, 자신의 게임을 만들어가는 사람이…….'

둘은 한참 동안이나 어색하게 서로를 마주 보고 있었다. 뭔가 감사를 표하고 싶은데 쉽게 입술이 떨어지질 않았다. 그때,

소년의 몸이 움직였다.

소년은 어떤 멋들어진 대사도 할 줄 몰랐다. 당신을 위해서
가 아니었어요, 라던가 당신을 위해 복수했어요, 라던가······.

소년은 아무 말 없이 소녀를 향해 고개를 꾸벅 숙인 후 천천
히 연회장을 걸어나갔다. 소녀는 서서히 멀어져 가는 소년의
뒷모습을 하염없이 지켜보았다.

모든 경기 외적인 스케줄을 취소하고, 게임에만 집중한 것
은 아마 그때부터였을 것이다. 마침내 윈터 프리 리그의 우승
자가 되어, 윈터 로즈(Winter rose)라는 별명을 얻게 되기까
지······.

그 후 얼마 뒤, 성하늘은 피스(Peace)와 접촉하게 되고, 그
사정을 전해들은 후 스스로 인프라블랙이 될 것을 결심하게
되었다. 그리고 그렇게 4년이라는 시간이 흐른다.

새하얀 눈으로 뒤덮인 12월의 거리.

까만 흑요석 같은 두 눈동자는 마치 거대한 우주를 담고 있
는 것처럼 유유히 흔들리고 있다.

"게임, 좋아하세요?"

붉은 입술에서 새어 나온 하얀 입김이 눈부시다.

추위에 파르르 떨리는 긴 눈꺼풀이 매혹적인, 이제 소녀라
고 불리기엔 성숙한 듯한 느낌의 여자. 청아한 목소리가 던지
는 그 선율에 수련은 순간 몸을 떨었다.

"아, 네."

새하얗게 부서지는 그녀의 웃음. 수련은 엉겁결에 CD를 받아 들고 내빼듯이 달아난다. 멀어지는 그의 뒷모습을 보며, 이제는 이름을 밝힐 수 있는 그녀가 따뜻한 입김을 한숨처럼 내뱉었다.

"오랜만이에요, 진수련 씨."

그것은, 모든 이야기의 시작.

『론도』4권 끝

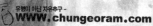

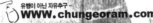